파멸왕

우각 신무협 장편소설
ORIENTAL FANTASY STORY & ADVENTURE
십지신마록(十地神魔錄) 3부

7

dream
books
드림북스

파멸왕 7
마인불사(魔人不死)

초판 1쇄 인쇄 / 2010년 9월 8일
초판 1쇄 발행 / 2010년 9월 18일

지은이 / 우각

발행인 / 오영배
편집장 / 김경인
편집 / 윤대호, 신동철
펴낸 곳 / (주)삼양출판사 · 드림북스

주소 / 서울특별시 강북구 송천동 322-10호
대표 전화 / 02-980-2112 팩스 / 02-983-0660
편집부 전화 / 02-980-2116 팩스 / 02-983-8201
블로그 / blog.naver.com/dreambookss

등록번호 / 제9-00046호
등록일자 / 1999년 3월 11일

ⓒ 우각, 2010

값 8,000원

ISBN 978-89-542-3825-0   04810
ISBN 978-89-542-3767-3   (세트)

* 지은이와 협의하에 인지는 생략합니다.
* 잘못된 책은 구입한 곳에서 바꾸어 드립니다.

십지신마록(十地神魔錄) 3부
파멸왕
7
마인불사(魔人不死)
우각 신무협 장편소설
ORIENTAL FANTASY STORY & ADVENTURE
dream books
드림북스

목차

제 1장

천하환란(天下患亂)

　온유하는 서둘러 걸음을 옮기고 있었다. 그녀가 향하는 곳은 천우경의 거처인 천원각(天元閣)이었다. 구주천가 전체의 공기가 변해 있다는 사실이 피부로 느껴졌다.

　어딘가 모르게 경직되고, 사람들의 표정에 변화가 없어졌다. 질식할 듯 무거운 공기가 장내를 짓누르고 있는 것이 느껴졌다. 그녀는 이런 분위기를 예전에도 느낀 적이 있었다. 바로 이십 년 전에 말이다.

　이십 년 전의 무거운 분위기가 다시 재현되고 있었다.

　"피의 역사는 또다시 반복되는 것인가?"

　온유하의 얼굴 역시 그 어느 때보다 딱딱하게 굳어 있었다.

평상시 절대로 감정의 변화를 노출하지 않는 온유하였지만, 지금 그녀에게는 자신의 감정을 추스를 마음의 여유가 존재하지 않았다.

"마해가 천문산을 비롯한 오악(五岳)을 점거했다. 그들이 대체 왜?"

아무리 생각해도 이해가 되지 않았다.

본래 그녀는 마해가 침공을 개시하면 곧장 구주천가를 향해 진군해올 것이라 생각했었다. 문상부에서 내놓은 예측도 그녀와 같았다. 그런데 마해는 그들의 예상과 달리 구주천가와 전혀 관계가 없는 천문산과 오악의 문파들을 점거했다.

아무리 생각해도 그 이유를 알 수가 없었다.

"도대체 무슨 속셈인가? 오악을 점거해 뭘 어쩌겠다는 것인가?"

오악을 점거한다고 해서 중원을 포위할 수 있는 것도 아니고, 대국에 영향을 끼칠 수 있는 것도 아니었다. 오히려 전력이 분산되어 각개 격파되기 딱 좋았다. 그런 사실을 모를 리 없을 텐데 굳이 천문산과 오악을 점거한 것이 납득이 되지 않았다.

천문산(天門山), 그리고 오악인 태산(泰山), 화산(華山), 형산(衡山), 항산(恒山), 숭산(嵩山). 그 어느 것 하나 연결되는 것이 없었다.

이미 문상부의 수많은 책사들이 천문산과 오악 간의 연관성을 찾기 위해 머리를 맞대고 있었다. 하지만 그들 중 누구도 속시원한 해답을 내놓지 못하고 있는 상황이었다.

온유하는 급히 천원각으로 들어갔다. 천우경의 거처에 들어가니, 이미 보고를 받았는지 그가 기다리고 있었다.

"어서 오시오, 부인."

"상공."

"그렇지 않아도 부인이 곧 올 거라고 생각하고 있었소."

"상공께서도 급보를 들으셨겠지요?"

"그렇소."

천우경이 고개를 끄덕였다.

그 역시 온유하와 비슷한 시간에 똑같은 보고를 받았다. 또한 그도 온유하와 마찬가지로 의문을 품고 있던 참이었다.

"마해가 천문산과 오악을 점거했다는 이야기를 들었소. 부인은 그 이유를 짐작하고 계시오?"

"저 역시 그들이 천문산과 오악을 점거한 이유를 알지 못합니다. 그러나 문상부에서 여러 가지 상황을 놓고 분석을 하고 있으니 곧 결과가 나올 겁니다."

"뜻밖이구려. 문상부에서도 그들의 의도를 알 수 없다니."

"모두의 예상을 벗어난 의외의 상황 때문입니다. 저들은 이제까지 우리 문상부가 예측한 것과는 전혀 다른 방식으로 모습을 드러냈습니다. 그러나 최종목표가 구주천가라는 사실에는 변함이 없으니, 곧 대책을 수립할 수 있을 겁니다."

"그래야 하오. 어떤 희생을 치르며 쌓아온 구주천가인데, 나의 대에서 무너트릴 수는 없소. 그렇게 되면 나는 죽어서도 형님을 볼 면목이 없게 될 거요."

"그런 일은 없을 겁니다, 상공."

온유하가 입술을 질근 깨물었다.

이십 년이란 세월이 흘렀다. 하지만 그 남자의 잔향은 여전히 구주천가를 지배하고 있었다. 도대체 얼마나 더 많은 시간이 흘러야 구주천가에서 그의 잔향을 지울 수 있단 말인가?

십전제라는 호칭을 가졌지만, 결코 십전제가 될 수 없는 남자, 천우경.

어쩌면 그 때문에 온유하는 천우경을 자신의 배필로 택했는지도 몰랐다. 그 존재만으로도 이미 완벽하여 누구도 필요로 하지 않는 천우진에게는 그녀의 도움이 아무런 쓸모가 없기 때문이다.

그녀가 천우경을 선택한 것은 역설적으로 그가 불완전하기 때문이었다. 불완전하단 것도 어디까지나 천우진과 비교해서 그런 것이지, 실제로 현 천하에 천우경보다 완벽한 무인은 존재하지 않았다. 더구나 그는 천우진과 달리 다른 사람의 말을 경청할 줄 알았다. 이런 남자는 결코 흔치 않았다.

"천하의 그 어떤 고난도 상공과 제가 함께한다면 헤쳐 나갈 수 있을 겁니다."

"물론이오. 나는 마해를 두려워하지 않소. 지난 이십 년 동안, 나는 착실히 준비를 해왔소. 비록 저들의 예상치 못한 행보가 의

심스럽긴 하지만, 충분히 마해를 물리칠 수 있다고 생각하오.”

“물론입니다. 반드시 그렇게 될 것입니다.”

온유하의 표정이 풀어졌다.

세상은 모르고 있다. 천우경이 얼마나 강한지, 그동안 얼마나 혹독하게 자신을 다그치며 수련을 해왔는지 말이다.

‘상공의 무력은 예전의 그 남자에 육박할지도 모른다. 어쩌면 넘어섰을지도 모르지. 상공이 계신 이상, 구주천가는 앞으로도 건재할 것이다. 상공이야말로 십전제라는 칭호에 가장 잘 어울리는 분이다.’

온유하는 그 누구보다 천우경이 자랑스럽게 느껴졌다. 그녀는 천우경을 위해서라면 그 어떤 일이라도 할 수 있었다.

천우경이 자리에서 일어났다.

“저들이 움직였으니, 이제 우리가 움직일 차례. 수뇌부를 모두 소집하시오.”

“그럼?”

“구주천가는 이제부터 전시태세로 전환할 것이오. 수뇌부들에게 한 시진 뒤까지 모두 천원각에 모이라고 전하시오.”

“알겠습니다.”

“마해는 세상에 나온 것을 후회하게 될 것이오.”

천우경의 단호한 음성이 천원각에 울려 퍼졌다.

                        *   *   *

천우경의 명령은 순식간에 구주천가의 전 조직에 전달되었다. 명령을 전달받은 즉시 각 조직의 수장들은 천우경의 거처인 천원각으로 몰려들었다.

일만의 군세를 이끄는 절대의 무인들이 속속 모습을 드러냈다. 이십 년 전에 마해가 준동한 이후로 이렇게 대규모로 구주천가의 수뇌부들이 한자리에 회동하는 것은 이번이 처음이었다. 그 때문에 구주천가에는 팽팽한 긴장감이 감돌고 있었다.

이미 전운이 감돌고 있는 천하였다. 구주천가의 무인들은 머지않아 폭풍의 중심에 구주천가가 서게 되리란 사실을 직감하고 있었다. 그들은 이십 년 전에 그랬듯 이번 폭풍 역시 결코 작지 않으리란 것을 알고 있었다.

이십 년 전 마해와의 전쟁을 치른 이후, 구주천가의 각 조직들은 더욱 효율적으로 개편됐다. 많은 조직들이 통합되고 명칭이 바뀌면서 각자의 역할이 더욱 분명해졌다.

현재 구주천가는 천우경의 천원각을 필두로 문상부와 무상부, 그리고 오천(五天)과 오대(五隊), 오군(五軍)으로 구성되어 있었다. 그 외에도 가주의 직할군인 흑영대와 문상부의 별동대라고 할 수 있는 화진천의 혈포사신대, 무상이 이끄는 직할군과 임무의 특성상 외부에 절대 모습을 드러내지 않는 조직까지, 구주천가는 철옹성을 방불케 할 정도로 짜임새 있는 구성을 자랑했다.

 평상시 구주천가의 수뇌부들이 한자리에 모일 때는 거의 없었다. 특히 이렇게 전 조직의 수장이 한자리에 모인 것은 이십 년 만에 처음 있는 일이었다.

 폐관에 든 화진천을 제외한 모든 조직의 수장이 천원각에 모였다. 거대한 대전에 사람들이 가득 들어찼다. 하지만 그토록 많은 사람들이 모여 있음에도, 대전은 숨소리 하나 새어나오지 않을 정도로 조용했다.

 각 조직의 수장들은 굳은 얼굴로 서로의 얼굴만 바라보고 있었다. 그들의 얼굴에 떠오른 긴장의 빛이 이번 사건을 얼마나 심각하게 생각하고 있는지 보여주고 있었다. 하지만 그들 중 누구도 절망을 생각하는 이는 없었다.

 '이십 년 전에 그랬듯, 이번에도 우리가 승리할 것이다.'

 '마해는 결코 구주천가의 적수가 될 수 없다. 구주천가야말로 이 땅의 지배자다. 우리는 결코 마해에게 지지 않는다.'

 '우리에겐 십전제 천우경 대협이 있다. 그가 우리를 승리로 이끌 것이다.'

 그들의 결연한 의지와 생각이 눈빛으로 고스란히 전해지고 있었다. 천우경이라는 거목이 그들의 굳건한 버팀목이 되어주고 있었다. 이십 년 전에 구주천가를 위기에서 구했듯이, 이번에도 그러할 것이라고 굳게 믿었다.

 수많은 사람들이 침묵을 지키고 있는 가운데 문상 온유하와 무상 혁련청화가 동시에 입장했다. 그녀들을 바라보는 수뇌부의 표정엔 굳건한 신뢰의 빛이 담겨 있었다. 지난 이십 년 동안 실질적으로 구주천가를 이끌어온 사람은 바로 그녀들이었다.

두 사람은 수뇌부들에게 포권을 하며 인사를 나눴다. 두 사람이 입을 열자 그나마 경직되었던 분위기가 조금은 풀렸다. 그들은 서로 간단하게 안부를 물으며 담소를 나눴다.

"언제고 무상께서 저희 아이들에게 가르침을 한번 내려주시지요. 요즘 아이들은 너무 정신력이 약해서……."

"별말씀을 다 하시네요. 현무대(玄武隊)의 무인들이 정신무장이 얼마나 강하게 되어있는지 모두가 다 아는데요."

"무상께서 그리 말해주시니 몸 둘 바를 모르겠군요."

"서 대주님이 얼마나 심혈을 기울여 현무대를 키웠는지 잘 알고 있습니다. 그만큼 현무대에 기대도 크답니다."

"반드시 무상의 기대에 부응하겠습니다."

현무대의 대주 서소지가 힘차게 대답했다.

혁련청화가 주위를 둘러보았다.

'대부분의 사람들이 모인 것 같구나.'

밖에서 보는 것과 직접 이들의 구성원이 되어 안에서 보는 것과는 큰 차이가 있었다. 구주천가의 진정한 강함이란 구성원이 되어야만 알 수 있는 것이었다.

예전에는 그 누구보다 구주천가를 증오했던 혁련청화지만, 이십 년이란 세월동안 완전히 구주천가에 동화되어버리고 말았다. 이제 구주천가가 아닌 그녀의 삶은 상상할 수도 없었다.

그 모두가 한 사람 때문이었다. 그녀를 변화시킨 단 한 사람.

'정말 그대로 죽은 건가? 다른 사람들의 말처럼, 정말 그날 이 세상에서 사라진 건가? 나는 결코 믿을 수 없다.'

혁련청화의 눈빛이 깊게 침전됐다.

그렇게 혁련청화가 상념에 잠겨있을 때, 또 다른 무인이 천원 각 안으로 들어왔다.

타는 듯한 적발에 하늘로 치켜 올라간 붉은 눈썹이 인상적인 남자는 염화백검(炎火白劍) 남무해였다. 옛 적련부(赤蓮府)의 주인이자 현 구주천가의 태상장로직을 맡고 있는 거목이 그였다. 천우경이 가주직에 오르면서 일선에서 물러나긴 했지만, 그의 존재감은 아직도 구주천가가 곳곳에 남아 있었다.

"태상장로님을 뵙습니다."

"어서 오십시오."

수뇌부들이 남무해에게 인사를 해왔다. 남무해 역시 미소를 지으며 그들의 인사를 받았다.

"허허! 오랜만이오. 이렇게나마 여러분들의 얼굴을 보게 되니 기분이 좋구려."

"태상장로께서는 더욱 정정해지신 것 같습니다."

"나이가 드니 다른 이들과 마찬가지로 뼈가 아프고 이가 시리다오. 그래도 이렇게라도 바깥바람을 쐬니 오랜만에 가슴이 뛰는구려."

"태상장로께서도 가슴이 뛰실 일이 있습니까?"

"허허! 나도 사람 아니겠소. 자자, 자리에 앉읍시다. 조금 있으면 가주께서 나오실 텐데 예의를 차려야 하지 않겠소."

"예!"

사람들이 자리에 앉았다.

이제 남은 사람은 오직 한 명뿐이었다. 사람들의 시선이 가운데 있는 태사의에 집중됐다.

지난 이십 년 동안 천우경은 바깥출입을 거의 하지 않았다. 때문에 실제로 그를 만난 사람도 손가락으로 꼽을 만큼 적었다. 그래도 사람들은 이상하다 생각하지 않았다. 그들이 알고 있는 십전제는 예측이 불가능한 존재였다. 그가 어떤 행동을 하든 이상하다고 생각할 사람은 아무도 없었다.

그때, 나직한 발자국 소리가 대전을 울렸다.

저벅!

발자국 소리가 들리는 순간 모든 사람들의 행동이 그대로 정지됐다. 그렇지 않아도 조용하던 대전 안이 완벽한 정적에 빠지고, 오직 발자국 소리만이 들릴 뿐이었다.

저벅 저벅!

발자국 소리가 커질수록 사람들의 얼굴에 떠오른 긴장의 빛도 짙어졌다. 긴장의 빛을 떠올린 것은 태상장로인 남무해도 예외가 아니었다.

이십 년 전, 사상초유의 가주쟁탈전이 있었다. 한 시대에 한 명만 태어나도 능히 세상을 발아래에 둘 수 있을 만한 기재가 동시대에 네 명이나 나타난 것이다. 그것도 구주천가에서 말이다. 네 명의 기재들은 처절하게 경쟁했고, 천우경도 그런 기재들 중 한 명이었다.

남무해는 공식적으로 적화원(赤花院)의 기재인 반무상을 밀었었다. 하지만 반무상은 불의의 사고로 가주가 되지 못했고, 결국 구주천가의 적통인 천우경이 가주가 되었다.

남무해는 당시 반무상을 밀었던 데에 일말의 책임을 느끼고 그동안 구주천가의 일선에서 물러나있었다. 만일 천우경이 구주천가 전 무인들의 소집령을 내리지 않았다면 이런 공적인 자리에는 끝까지 나오지 않았을 것이다.

당시 남무해는 십전제의 무서움을 뼛속까지 경험했다. 때문에 아직도 그는 천우진을 천우경이라 생각하고 두려워하고 있었다.

천우경이 대전의 정중앙을 가로질렀다. 비록 예전처럼 짙은 어둠을 두르지는 않았지만, 대신 그는 절대자로서의 위엄을 내보이고 있었다. 감히 쳐다볼 수도 없을 만큼 엄청난 위압감과 존재감으로 장내의 모든 이들을 압도하고 있었다.

'오오!'

'역시……'

그의 존재감에 압도당한 사람들이 절로 탄성을 흘렸다. 이십 년이란 세월이 흘렀지만, 천우경의 존재감은 여전했다.

천우경이 대전 중앙에 이르자 사람들이 일제히 일어나 그를 맞이했다.

"가주님을 뵙습니다."

"어서 오십시오, 가주님."

그들의 목소리가 쩌렁쩌렁 대전을 울렸다.

천우경은 묵묵히 고개만 끄덕일 뿐 입을 열지 않았다. 그런 그의 모습이 사람들에게 더욱 신뢰와 믿음을 주었다.

그렇게 절대자의 기도를 풍기며 천우경은 태사의에 앉았다. 그가 태사의에 앉은 채 주위를 둘러보았다. 그 순간에는 모든 이들의 시선이 천우경에게 고정되어 있었다.

마침내 천우경이 입을 열었다.

"오랜만이오."

"오랜만에 뵙습니다, 가주님."

"내가 굳이 말하지 않아도 다들 알고 있을 것이오. 오늘 왜 여러분들을 모이게 했는지, 무엇을 의논할 건지 말이오."

"……"

그 누구도 대답하지 않았다. 하지만 천우경의 말처럼 모두들 사실을 알고 있었다.

"마해가 세상에 나왔소. 그들이 원하는 것은 매우 간단하오. 바로 구주천가의 멸망이오. 그들은 우리의 멸망을 바라고, 우리의 멸망을 위해 싸울 것이오. 그러니까 우리의 선택 역시 매우 간단하오."

천우경의 입가를 따라 한 줄기 호선이 그어졌다. 그것이 천우경 특유의 웃음이란 사실을 이 자리에 있는 모두가 알고 있었다.

모두의 얼굴에 비슷한 미소가 어렸다. 이 자리에 모인 모두가 천우경의 분위기에 동화된 듯했다.

그 모습을 보며 혁련청화가 놀라는 표정을 지었다.

'그의 감정에 다른 이들이 동화되고 있다. 마치 솜이 물을 흡수하듯, 주위의 감정까지 자신에게 동화시키는 경지. 무공으로 따지면 가장 낮은 곳에 완전한 그릇을 이뤄 주위의 모든 물줄기를 흡수하고 받아들이는 경지. 그는 이미 광륜을 넘어섰구나.'

그녀 역시 광륜의 경지를 넘었기에 알 수 있는 사실이었다. 광륜의 경지에 이르면 이전까지와는 또 다른 세상을 경험하게 된다. 초식의 구애나 막힘이 없고, 의도하는 모든 동작이 곧 무공이 된다. 무엇보다 기존의 기와는 전혀 다른 개념을 깨닫게 된다.

한마디로 빛을 이해하고 그 힘을 무공에 담을 수 있게 된다. 그것이 바로 광륜의 경지다.

혁련청화는 최근 들어 거대한 벽을 느끼고 있었다. 그리고 생각했다. 혹시 그 벽을 넘게 되면 사람들의 감정을 자신에게 동화시킬 수 있지 않을까하고 말이다.

혁련청화는 광륜을 넘어선 월륜(月淪)의 경지는 단순히 무공뿐만 아니라 인간적으로 완벽해지는 경지라고 생각했다. 그렇기에 자신보다 아랫단계의 사람들의 감정을 포용하고 흡수하면서 그들을 완벽하게 지배하는 것이다.

혁련청화는 그렇게 막연히 상상만 하던 경지를 천우경을 통해서 엿보고 있었다. 그리고 자신 역시 그 초입에 머지않아 들어설 것이라 느끼고 있었다.

그 사이, 천우경이 모든 이의 감정을 완벽하게 통제한 채 말을 잇고 있었다.

"그들이 우리를 멸망시키려 한다면 우리 역시 살아남기 위해 그들을 멸망시켜야 하오. 이 싸움은 어느 한쪽이 멸망하기 전까지 끝나지 않소. 이번이 절호의 기회요. 칠백 년을 이어 내려온 지루한 싸움을 끝낼 절호의 기회."

천우경의 음성이 쩌렁쩌렁 대전 안에 울려 퍼졌다. 모두가 그의 음성에 정신없이 빠져들었다.

천우경은 특별히 어떤 작전을 제시하거나, 어떻게 싸워야한다고 말하지 않았다. 그저 마해를 멸망시켜야 한다고 말했을 뿐이다. 그런데도 사람들은 당장이라도 마해를 멸망시킬 수 있을 것 같은 기분이 들었다. 천우경의 목소리에 담긴 알 수 없는 거대한 힘이 그렇게 만든 것이다.

"마해가 침공을 시작한 이상, 본가는 마해를 멸망시키기 위한 작업에 들어갈 것이오. 올해가 가기 전에 본가는 마해를 반드시 멸망시킬 것이오."

"맞습니다. 저희는 반드시 마해를 멸망시킬 겁니다."

"가주님의 뜻대로 될 겁니다."

천우경의 말이 끝나자마자 대전 안에 모인 모두가 동조를 했다. 그들의 눈은 전의로 활활 불타오르고 있었다. 천우경과 함께라면 마해가 아니라 더한 어떤 것이라도 물리칠 수 있단 자신감이 가슴가득 차오르고 있었다.

천우경이 수뇌부의 격렬한 반응을 이끌어내자, 이번에는 문상 온유하가 나섰다.

"저희 문상부에서는 오래전부터 마해의 침공에 대비해 계획을 수립해놓았습니다. 하지만 저희 계획에는 한 가지 문제점이 있습니다. 그것은 모든 계획이 마해가 구주천가를 침공하는 것에 초점이 맞춰져 있다는 겁니다. 지금 마해는 천문산을 비롯해 오악의 문파들을 점거했습니다. 그들이 구주천가가 아닌 천문산과 오악을 점거한 이유를 우선 알아내야 합니다. 그래야 상황에 맞게 계획을 변경할 수 있습니다."

"천문산과 오악에 전력을 파견하자는 말씀이오?"

"소수의 별동대를 파견할까 합니다. 괜히 대규모의 전력을 파견해서 저들에게 경각심을 심어줄 필요도 없고, 혹여 우리의 전력을 분산시키기 위한 저들의 흉계일지도 모르니까요."

온유하의 말에 모두가 고개를 끄덕였다. 그녀의 말이 일리가 있다고 여겨졌기 때문이다.

사실 적의 의도도 알지 못하면서 천문산과 오악에 전력을 파견하는 것은 무척 위험한 일이었다. 우선 적의 의도를 알아야 효율적으로 대처할 수 있었다.

"문상께서는 따로 생각이 있는 모양이십니다."

"물론이에요. 문상부에서는 이미 오래전부터 꾸준히 준비해 왔어요."

"비밀전력이라도 키워놓은 모양이군요?"

"그렇습니다. 설마 그들을 이런 일에 투입하리라고는 생각하지 못했지만, 그래도 이번 임무에는 그들이 최적인 것 같군요."

"그들의 실체를 밝혀주실 수는 있는지요?"

"죄송해요. 임무를 완수할 때까지 그들의 정체를 밝힐 수는 없어요. 대신 이번 임무가 끝나면 절로 알게 될 거예요."

온유하의 대답에 사람들이 고개를 끄덕였다.

온유하의 말이 끝나자 천우경이 결론을 내렸다.

"이제 주사위는 던져졌소. 저들이 멸망하느냐, 아니면 우리가 멸망의 길을 걷느냐는 모두 여러분의 손에 달렸소. 이제부터 구주천가 전군에 전시태세를 선포하겠소. 지금부터 구주천가의 모든 것은 마해와의 전쟁에 초점이 맞춰질 것이오."

쿠웅!

천우경의 폭풍 같은 기세가 대전 안을 휘감았다. 그에 휩쓸린 사람들이 앞다퉈 무릎을 꿇으며 큰 소리로 외쳤다.

"모든 것이 가주님의 뜻대로 될 겁니다."

그들은 격동하고 있었다. 천우경의 외침이 그들의 가슴을 뜨겁게 달아오르게 만들었다. 천우경과 함께라면 지옥 끝까지라도 달려갈 수 있을 것 같았다.

수뇌부들이 일제히 무릎을 꿇은 모습을 보며 혁련청화가 생각했다.

'그의 지배력은 이미 최고조에 이르렀다. 그 어떤 시련과 고난도 저들에게서 가주에 대한 충성심을 앗아갈 수 없을 것이다.'

한 치의 빈틈도 허락하지 않는 철옹성. 천우경은 그 철옹성의 완벽한 지배자였다.

그렇게 장내의 열기가 최고조에 이르렀을 때였다.

벌컥!

갑자기 대전의 문이 열리며 누군가 안으로 비틀거리며 들어왔다. 그는 바로 대전의 경비를 담당하고 있는 무인이었다.

뜻밖의 등장에 모두의 미간에 골이 패이고, 무영군주(武英軍主) 종리무환이 소리쳤다.

"무슨 일이냐?"

"나, 나는……."

경비무사가 말을 더듬거렸다.

그의 모습에서 종리무환은 무언가 이상한 분위기를 직감했다. 초점이 없는 눈동자와 어기적거리는 걸음걸이, 그리고 입가에 흘러내리는 침까지, 경비무사의 모습은 분명 정상적인 것이 아니었다.

종리무환의 목소리가 높아졌다.

"무슨 일이냐고 물었다."

"나, 나는…… 반갑습니다, 여러분."

갑자기 경비무사의 음성이 바뀌었다.

이제까지의 어기적거리던 모습은 온데간데없이 사라지고, 마치 사람 자체가 바뀐 것처럼 정중한 음성으로 이야기했다. 하지만 단 한 곳, 초점이 사라진 눈동자만큼은 여전했다.

모두의 시선이 집중된 가운데 경비무사의 시선이 천우경을 향했다.

"처음 뵙겠습니다, 십전제 천우경 대협."

"불쌍한 경비무사의 몸을 빼앗은 그대는 누군가?"

"역시 천우경 대협이시군요."

경비무사의 얼굴에 감탄의 빛이 떠올랐다.

천우경의 말처럼, 경비무사는 자신의 의지로 이런 말을 하는 것이 아니었다. 누군가가 그의 몸을 빌려 이야기를 하고 있는 것이다.

경비무사가 천우경을 향해 정중히 고개를 숙이며 말을 이었다.

"정식으로 소개를 하겠습니다. 제 이름은 마장유, 마해의 십대장로 중 한 명입니다."

"뜻밖이군. 마해의 십대장로가 이곳엔 무슨 일이지?"

"본래는 직접 이곳에 오고 싶었지만, 경계가 너무 삼엄해 이런 편법을 쓰게 된 것을 용서해주십시오. 저는 천마님의 전언을 가지고 왔습니다."

"천마의?"

천우경의 눈에 이채가 어렸다.

마장유가 경비무사의 몸을 탈취한 수법은 이혼대법(移魂大法)과 비슷했다. 한 가지 다른 점이 있다면 몸을 완전히 바꾸는 것이 아니라 일시적으로 탈취한다는 것뿐이다. 하지만 한 번 펼치는 데 엄청난 내공을 소모하고, 대법을 펼치는 동안 진체(眞體)에 약간이라도 충격이 가해지면 목숨을 잃을 수도 있는 위험한 수법이었다.

경비무사의 몸을 탈취한 마장유가 말을 이었다.

"천마님께서는 이렇게 전하라 하셨습니다. 훗날 스스로 성문을 열고 무장을 해제한 채 나를 맞이하라. 그러면 목숨만은 살려줄 것이다, 라고."

"뭣이?"

"감히 구주천가를 뭐로 보고 그런 망발을 한단 말인가?"

마장유의 말에 구주천가의 수뇌부들이 발끈했다. 하지만 그에 아랑곳하지 않고, 마장유는 말을 이었다.

"기회는 오직 이번 한 번뿐이란 말을 전하라 하셨습니다. 두 번의 기회는 없다 하셨습니다."

"천마는 어디에 있는가?"

"죄송합니다만, 그것은 제가 말씀드릴 수 있는 게 아닌 것 같군요."

경비무사가 히죽 미소를 지었다. 아니, 그것은 마장유가 짓는 웃음이었다. 마장유가 웃으면 경비무사도 웃고, 마장유가 하는 행동은 경비무사도 한다. 경비무사는 완벽한 꼭두각시에 불과했다.

마장유는 멀리서 천우경과 구주천가의 수뇌부를 비웃고 있었다. 어떻게 이런 일이 가능한지는 모르지만, 마장유가 구주천가의 수뇌부들을 조롱하는 게 가능하단 사실을 보이고 있었다.

천우경이 무겁게 입을 열었다.

"그럼 나도 한마디를 하지."

"말씀하소서. 구주천가의 위대한 지배자시여."

"그에게 세 번째 기회는 없을 것이다. 어떻게 살아났는지 모르지만, 이번에는 그를 완벽하게 죽일 것이다. 구차한 목숨이라도 부지하고 싶다면 스스로 마해를 해산하고, 내 눈이 닿지 않는 곳으로 도망가는 것이 좋을 것이다. 그리고……."

"예?"

"이만 그의 육체를 내놓거라."

"크윽!"

천우경이 손을 뻗자 경비무사의 얼굴이 고통으로 일그러졌다. 그의 몸에서 뼈가 우두둑거리는 소리가 들리더니, 갑자기 다리에 힘이 풀려 바닥에 주저앉고 말았다.

"어?"

바닥에 주저앉은 경비무사의 눈에 초점이 돌아왔다. 잠시 고개를 흔들던 그가 주위를 둘러보더니 사색이 되었다.

"어, 어?"

경비를 서고 있을 때 갑자기 세상이 까매지는 것을 느꼈는데,

다시 눈을 뜨니 천원각 안에 있었다. 수많은 수뇌부들이 바라보는 냉정한 시선에 그의 정신이 다 아득해졌다.

"도대체 무슨 일이?"

"그만 나가 보거라."

그 순간 천우경의 목소리가 그에게 구원을 가져다줬다. 천우경의 명령에 경비무사가 급히 고개를 숙여보이고는 밖으로 나갔다. 아마 그는 자신이 어떤 일을 겪었는지 평생 알지 못할 것이다.

경비무사가 나간 직후 천우경의 눈이 매섭게 빛났다.

"천마! 정식으로 선전포고를 한 셈인가? 그렇다면 이쪽에서도 사양하지 않지."

*　　*　　*

"우웩!"

마장유가 눈을 뜨더니 선혈을 한 됫박이나 토해냈다. 그의 옷섶이 온통 피로 물들었다. 한참을 엎드려 기혈을 다스리던 그가 겨우 몸을 일으켰다.

그가 입가에 묻은 선혈을 닦아내며 중얼거렸다.

"역시 십전제인가? 그 멀리서 나의 진체에 타격을 입히다니."

마장유가 펼친 무공의 이름은 천리환혼술(千里換魂術)이라는 상고의 대법이었다. 이름을 그대로 풀이하면 천리 밖에서도 혼을 바꿀 수 있다는 의미였지만, 그 정도의 위력을 내는 것은 사실상 불가능한 일이었다.

그래도 십여 리 안팎이라면 가능했다. 하지만 그러기 위해서는 까다로운 전제 작업이 필요했다. 우선 대상자를 정하고 몇 가지 작업을 한 후 대법을 펼치면 일시적이나마 그의 육체를 자신의 의지 대로 사용하는 것이 가능했다.

대신 이 수법에는 치명적인 단점이 있는데 바로 조그만 충격에도 진체가 크게 부상을 입을 수 있다는 것이다.

"천리환혼술은 대법을 행한 자가 아니면 결코 풀 수 없는데, 그것을 강제로 해제하다니. 십전제 천우경, 역시 무서운 존재다."

마장유가 비칠거리는 걸음으로 머물던 거처를 빠져나갔다. 곧 있으면 구주천가의 수색이 시작될 것이다. 그 전에 몸을 피하는 것이 좋았다.

*　　*　　*

모든 것이 완전히 부서진 이후의 완벽한 정적 속에서, 단월 등은 감히 숨조차 크게 쉴 수 없었다. 단월과 검운영 등은 약간의 숨이라도 새어나갈까 입을 꾹 다물고 있었다. 하지만 그들의 눈동자만큼은 여지없이 흔들리고 있었다.

그들이 본 광경을 어떤 말로 표현할 수 있을 것인가? 그들은 인간의 상상을 뛰어넘는 대결을 자신들의 눈으로 직접 목도했다.

만일 직접 보지 않았다면 절대 믿지 않았을, 그런 대결이었다.

인간의 한계를 벗어난 두 거인의 대결에 주위의 모든 것이 파괴되어 있었다. 땅거죽은 속살을 드러난 채 일어나 있었고, 집채만 한 바위들은 자잘하게 부서져 바닥에 나뒹굴고 있었다. 수백 년을 살아온 아름드리 거목은 처참하게 부러진 채 나뒹굴고 있었다.

반경 오백 장이 완벽하게 초토화되었다. 나무 한 그루, 풀 한 포기 살아남지 못했다.

살아있는 모든 것이 사라진 죽음의 땅.

철군패와 원개세가 그렇게 만들었다.

"흐흐흐!"

폐허 속에서 원개세가 몸을 일으켰다.

머리가 깨져 흐른 선혈이 얼굴을 붉게 물들이고 있었고, 몸 곳곳에도 엄중한 상처를 입고 있었다. 특히 그의 왼쪽 어깨는 탈골돼서 덜렁거리고 있었다.

보통 사람이었다면 충격으로 열 번은 더 죽었을 그런 상처를 입고도 원개세는 웃고 있었다. 그 모습이 소름끼치도록 무서웠다.

원개세는 여전히 웃으며 멀쩡한 손으로 탈골된 어깨를 붙잡았다. 그리고 강제로 끼워 맞췄다.

뚜둑!

뼈가 부딪치는 소리가 소름끼치게 울려 퍼졌다. 마치 자신의 뼈가 부딪히는 듯한 섬뜩한 소리에 사람들이 몸을 흠칫 떨었다.

"크흐흐!"

원개세의 입술을 비집고 악마 같은 웃음소리가 흘러나오고 있었다.

그가 붉게 물든 얼굴로 어느 한곳을 바라보았다. 원래는 집채만 한 바위가 있어야 할 곳이었다. 허나 바위는 산산이 부서져 잔해만이 남았을 뿐이다.

쿠쿠쿠!

부서진 잔해 속에서 거구의 남자가 몸을 일으키고 있었다.

철군패였다.

그의 머리와 어깨 위에는 돌가루가 수북이 쌓여 있었다. 그의 모습 역시 원개세와 그리 다를 바가 없었지만, 그 눈빛만큼은 형형하게 빛나고 있었다.

철벽같은 굳건한 그의 모습에 단월 등이 안도의 한숨을 내쉬었다.

힘과 힘의 대결.

그 사이엔 기교도 잔재주도 존재하지 않았다.

두 사람은 갖고 있는 무력과 힘을 총동원해 서로를 공격했다.

주먹과 주먹이 부딪치고, 강철보다 단단한 육신과 육신이 격돌하고, 산맥과도 같은 근육과 근육이 얽히는 치열한 접전은 이제까지 단 한 번도 겪어 보지 못한 것이었다.

철군패의 근육은 아직도 꿈틀거리고 있었다. 난생처음으로

전력을 다하게 만든 사내가 눈앞에 있었다. 철군패는 원개세와
격돌하면서 한계라는 것을 느꼈다.

수십 년 전부터 십대고수의 반열에 올라 있는 원개세였다. 그
는 십전제의 심복이 되어 난세를 경험하면서 무력이 급상승하
여, 지금은 신주십대고수 중에서도 수위에 올라 있었다. 그런
원개세와의 싸움은 철군패에게 새로운 눈을 뜨게 만들었다.

싸우면서 깨닫는다.

철군패는 그런 사실을 몸으로 직접 느꼈다.

처음 싸울 때는 막상막하였다. 아니, 철군패가 밀리는 감이
없지 않았다. 무공을 익혀온 세월과 경험이 다르기 때문이었다.
하지만 치열한 격전을 벌이면서, 철군패는 자신이 익힌 파형권
을 새롭게 관조하게 되었다.

싸우면서 깨닫고, 부족한 점을 보완했다. 잘못된 부분은 싸움
중에 새롭게 고쳐졌다. 그런 과정을 통해, 철군패는 가히 파격
이라 불러도 좋을 만큼 진보를 했다. 자신을 막고 있던 벽을 깨
부수면서, 철군패는 그렇게 엄청난 진화를 이루었다.

여전히 그의 근육이 꿈틀거리고 있었다. 아직도 그에겐 여력
이 있는 것이다.

저벅!

그 순간, 원개세가 그를 향해 걸어왔다. 그의 발걸음에 바닥
에 널려있던 자갈이 바스러져 가루가 됐다.

"흐흐흐!"

철군패는 그 자리에 서서 원개세의 모습을 물끄러미 바라보았다. 그 순간에도 원개세는 엄청난 살기를 풀풀 날리며 다가오고 있었다.

그가 발을 내딛을 때마다 바닥에 깊은 발자국이 생겨났다. 그의 근육이 크게 요동치고 있었다. 근육이 꿈틀거리는 그 모습이 마치 용암이 끓고 있는 것만 같았다.

철군패의 눈빛이 깊게 침전됐다. 그래도 그는 움직이지 않았다. 마치 석상이라도 된 것처럼 그 자리에 그대로 서있었다.

마침내 원개세의 손이 철군패의 어깨를 짚었다.

"흐흐! 애송이 대단…… 오랜만에 후련했……."

목소리가 떨리는가 싶더니 원개세의 몸이 그대로 뒤로 넘어갔다. 거대한 고목이 쓰러지듯, 거대한 그의 육신이 그대로 바닥에 처박혔다.

쿵!

"휴우!"

그제야 철군패가 나직이 한숨을 토해냈다. 그는 잠시 원개세를 내려다보다 그의 거구를 들어 올려 어깨에 걸머지었다.

*　　*　　*

"끄응!"

시간이 얼마나 흘렀을까? 원개세가 묵직한 신음성과 함께 서서히 눈을 떴다. 희미하게 보이는 천장의 화려한 무늬와 등에서 느껴지는 푹신한 느낌으로 이곳이 실내란 사실을 알 수 있었다.

원개세가 억지로 몸을 일으켰다.

뚜둑!

온몸에서 뼛소리가 나며 근육이 지독한 통증을 호소했다. 그러나 원개세는 육신에서 느껴지는 그런 반응들을 싹 무시하며 몸을 일으켰다.

"크흐! 지독하구나. 온몸이 해체되는 듯한 느낌이라니."

얼마 만에 느껴보는 고통인지 몰랐다.

지난 이십 년 동안 그에게 상처를 입혔던 인간도 없었지만, 이렇게 지독한 통증을 안겨주었던 인물은 더욱 없었다. 하지만 지독한 통증이 그 자신이 살아있다는 사실을 실감하게 만들었다.

그때 방문이 열리면서 낯익은 목소리가 들려왔다.

"조금 더 누워있는 것이 좋을 거요."

"애송이."

문을 열고 들어오는 철군패를 바라보는 원개세의 눈이 희번덕거렸다. 혈마인이라는 별호답게 꿈에서조차 보기 두려운 모습이었다. 하지만 철군패는 아무렇지 않은 듯 원개세가 누운 침상 앞에 의자를 끌어다 앉았다.

"여긴 어디냐?"

"객잔이오. 노인장을 들고 오느라 죽는 줄 알았소."

"들고 와? 나를?"

"그럼 버리고 올걸 그랬나? 왠지 노인장의 반응을 보니 그러는 게 나았을 것 같다는 생각이 드는데."

"애송이 놈, 크윽!"

갑자기 원개세가 나직한 신음성을 흘렸다. 몸을 움직이자 옆구리에서 불같은 통증이 느껴졌기 때문이다.

"노인장의 몸이 제아무리 튼튼하더라도 온전히 나으려면 시간이 좀 걸릴 것이오."

"크흐흐! 애송이 놈이 제법이구나."

"노인장도 제법이었소. 강호에 나와서 내가 그렇게 고전한 것도 처음이었으니까."

"제법? 크하하하!"

원개세가 갑자기 앙천광소를 터트렸다. 그의 웃음소리에 객잔 전체가 흔들리는 것 같았다. 그 후로도 원개세는 한참을 더 웃었다. 철군패는 곁에 앉아서 묵묵히 그의 웃음소리를 들었다.

왠지 모를 후련함과 미련이 공존하는 웃음소리였다. 그의 웃음소리에서, 철군패는 원개세가 무언가를 그리워하고 있다는 느낌을 받았다.

"그나저나 놀랐소. 설마 노인장이 나타날 줄은 몰랐으니까."

"흐흐! 나를 불러내려고 놈이 짜낸 계책이었다. 대놓고 부르는데 어찌 나오지 않을 수 있겠느냐?"

"대단한 자신감이구려."

"흐흐! 대단하다 한들 네놈보다 더하겠느냐? 네놈 덕분에 정신이 번쩍 들었다. 단도직입적으로 묻겠다. 네놈은 누구냐?”

“이미 아시지 않소. 철군패, 그것이 나의 이름이오.”

“네놈의 이름은 이미 알고 있다. 나는 네놈의 연원을 말하는 것이다. 나는 단 한 번도 네놈이 익힌 것과 같은 무공을 본적이 없다. 거칠기 짝이 없지만, 고차원의 무리와 파격적인 이론으로 무장한 그런 무공은 결코 하루아침에 만들어지지 않는다. 분명 오랜 세월 갈고 닦아야만 나타날 수 있는 무공일진대, 나는 한 번도 그런 무공이 있다는 사실을 들어본 적이 없다.”

“파형권이라 하오. 내 스승께서 만들어낸 무공이지.”

“네 스승이 누구냐?”

“말해줘도 모를 것이오.”

“말해주기 싫다는 것이냐?”

“말한 바와 똑같소. 말해줘도 모를 것이오.”

“그래도 말해 보거라. 이 나이까지 세상을 살면 모르는 것보다 아는 것이 더 많은 법이니까.”

“내 스승은 칠백 년 전의 초인인 환사영 대협이오.”

“네놈은 설마 칠백 년 전의 일영(一影)을 말하는 것이냐?”

“알고 계시오?”

“크하하하! 이거 정말 웃기구나. 칠백 년 전 일영의 무공이 현세에 전해지다니. 하긴, 일영의 무공이 아니고서야 노부를 그렇게 만들 수 없지. 일영의 무공이 세상에 나오다니, 정말 모든 악연이 다 쏟아져 나오는구나.”

원개세가 다시 한 번 앙천광소를 터트렸다. 그 여파로 방안의 집기가 흔들리거나 떨어졌다.

"흐흐! 이것도 하늘의 뜻이란 말인가? 현시대에 칠백 년 전 악연으로 뭉쳤던 이들을 다시 모이게 한 것은. 정말 빌어먹을 하늘이구나."

"칠백 년 전의 은원을 알고 있다니, 노인장도 범상한 사람은 아니구려."

"네놈 몸은 좀 어떻느냐?"

"노인장 덕분에 한동안 움직이기 힘들었소. 하지만 이제는 움직일 만하오."

"그렇다면 의자에 똑바로 앉거라. 우리에게 우는 소리 따위는 어울리지 않으니까."

철군패가 의자를 끌어당기고, 원개세가 침상에 앉은 자세로 철군패를 똑바로 노려보았다. 타는 듯한 눈빛이 마치 먹이를 노리는 맹수의 눈 같았다.

"일영의 후손이라면 마해가 어떻게 탄생하게 되었는지 알 터. 맞느냐?"

"물론 나는 그런 사실을 알고 있소."

"그럴 것이다. 이 모든 것이 칠백 년 전의 은원에 의해서 시작된 일이니까."

"노인장은 그런 사실을 어떻게 알고 있는 것이오? 칠백 년 전의 직접적인 은원의 당사자가 아니면 그런 사실을 알 수 없을 텐데.”

“모르느냐? 노부가 십전제와 함께 마해와 싸운 사실을. 나는 그런 사실을 십전제에게 들었다.”

“구주천가의 가주인 천우경 대협을 말하는 것이오?”

“천우경? 웬 천우경을 말하는 것이냐? 나는 천우진을 말하는 것이다. 그야말로 진정한 십전제이지.”

“복잡한 사정이 있는 모양이구려.”

“하나도 복잡할 것 없다. 세상이 알고 있는 십전제는 진정한 십전제가 아니니까. 진정한 십전제는 이십 년 전에 세상에서 모습을 감췄다. 지금의 십전제는 그의 쌍둥이 동생이다.”

쿠웅!

원개세가 아무렇지 않게 내뱉은 말은 무림최고의 비밀이었다. 그런 비밀을 원개세는 태연히 말하고 있었다.

뜻밖에 무림비사를 알게 된 철군패가 나직이 한숨을 내쉬었다.

“왜 그런 이야기를 내게 하는 것이오?”

“흐흐! 그것은 말이다. 이제부터 네놈이 빌어먹을 천마와 싸워야하기 때문이다.”

“천마?”

“그래! 천마. 네놈도 천마가 부활했단 사실을 알고 있을 터.”

“지금의 천마가 이십 년 전의 천마와 동일인물이라는 말이오?”

“그렇다. 그렇지 않았다면 노부가 왜 굳이 강호로 나왔겠느냐?”

　원개세의 말에 철군패가 나직이 한숨을 내쉬었다. 이미 그런 줄 알고 있었지만, 원개세의 입으로 직접 들으니 답답한 마음이 들었다.

　"천우진, 그 빌어먹을 녀석이 이 자리에 있었다면 나는 굳이 네놈에게 이런 말을 하지 않았을 것이다. 하지만 그가 없으니 나는 너에게 걸어봐야겠다."

　"그게 무슨 말이오?"

　"흐흐! 네 녀석이 천마를 막아야 한단 말이지."

　철군패의 미간이 찌푸려지자 원개세가 말을 이었다.

　"나는 오래전부터 네놈 같은 녀석을 찾고 있었다. 천마를 죽일 수 있는 자, 그의 불사의 능력을 파괴할 수 있는 자를 말이다. 이십 년 전, 십전제 천우진은 천마를 제압했지만 죽이지는 못했다. 네놈은 왜 그런지 아느냐?"

　철군패가 솔직히 고개를 저었다. 그러나 원개세가 흉측한 미소를 지으며 말을 이었다.

　"그것은 십전제와 천마가 동일한 부류의 인간이기 때문이다. 둘 다 어둠에 물든 인간. 때문에 서로에게 상처를 입힐 수는 있지만, 결코 죽일 수는 없다."

　"요컨대 제압은 할 수 있되 죽일 수는 없다, 이거요?"

　"정확하다."

　"노인장께서는 어찌 그리 정확히 아시오."

　"뼈까지 씹어 먹어도 시원치 않을 인간, 천우진이 그렇게 이야기했기 때문이다.”

“십전제가?”

“그렇다. 놈이 분명 말했다. 자신과 천마는 동류이기 때문에 서로를 완벽하게 죽일 수 없다고. 그리고 이미 한 번 제압한 자에게 흥미 따위는 없다고. 그 오만한 자식이 그렇게 말했단 말이다.”

“으음!”

철군패가 나직한 신음성을 흘렸다.

이제까지 감춰져 있던 무림의 비사를 알게 된 것도 놀라웠지만, 십전제와 천마 사이에 그런 비밀과 사연이 있다는 사실이 더욱 놀라웠다.

“그럼 노인장은 이제까지 십전제를 대신해 천마를 죽일 사람을 찾아다녔단 말이오?”

“그렇다.”

“노인장이 상대해도 되잖소.”

“나는 이미 이십 년 전에 그의 무서움을 경험했다. 그의 가공할 존재감과 세상을 향한 무한한 적대심을. 그것은 결코 인간이 가질 수 있는 것이 아니다. 그의 진정한 무서움을 느낀 사람은 결코 두 번 다시 그에게 대들 수 없다. 나는 이미 그의 두려움을 몸에 각인시킨 자, 그의 두려움을 알기에 절대 대항할 수 없다. 그래서 찾아야 했다. 천우진과 동등하거나, 그가 갖지 못한 능력을 가진 자를. 그게 바로 너다.”

“나?”

“그렇다. 너의 그 무공은 바로 천마를 죽이기 위해 만들어진 것. 너와 싸우면서 나는 그런 사실을 몸으로 느꼈다. 오직 네놈의 무공만이 천마를 죽일 수 있다. 물론 그러기 위해서는 네놈도 목숨을 걸어야 하겠지만.”

원개세의 눈빛이 아련해졌다.

어쩌면 그는 지금 이십 년 전을 추억하고 있는 건지도 몰랐다. 진정한 십전제 천우진과 함께 전장을 전전하던 그때를. 그런 강렬한 경험을 한 자는 두 번 다시 평온한 삶으로 돌아가는 것이 불가능하다.

어떻게 보면 원개세도 피해자일지 모른다는 생각이 들었다. 과거의 기억에 얽매여 있는 망령과도 같은 존재가 바로 원개세였다.

“어째서 내가 천마를 죽일 수 있을 거라 생각하는 것이오?”

“흐흐! 내 눈은 속일 수 없다. 네놈의 무공은 철저히 상대의 근원을 파괴하기 위해 만들어졌다. 아직은 성취가 부족하지만, 화후가 극에 달하면 천마와 능히 자웅을 결할 수 있을 것이다.”

“아직 화후가 부족하단 말이오?”

“네놈은 아직 모른다. 진정한 천마의 무서움을. 그리고 천우진, 그 인간의 진정한 무력을. 일단은 그들과 맞부딪치는 것을 참아라. 아직은 때가 아니다. 네 녀석이 무공을 극성으로 다듬고 난 후에야 일말의 가능성이라도 점칠 수 있다. 이것은 내 진심을 담아 충고하는 것이다.”

철군패의 얼굴빛이 침중해졌다. 원개세의 말에 위축될 그도 아니었지만, 그렇다고 듣기 좋은 말도 아니었다.

그가 말을 돌렸다.

“진짜 십전제는 어디에 있소?”

“흐흐! 그것은 오직 한 명밖에 모른다.”

“그게 누구요?”

“섬호. 그 빌어먹을 인간의 유일한 심복이지. 오직 그만이 천우진의 거취를 알고 있다.”

“십전제는 여전히 건재한 것이오?”

“흐흐!”

원개세는 대답 대신 웃음을 흘렸다. 방 안엔 그의 나직한 웃음소리만이 가득했다.

＊　　　＊　　　＊

종제영이 초조한 표정으로 방안을 돌아다녔다.

그가 있는 곳은 적지 않은 크기의 방안이었다. 가구라곤 탁자 하나와 침상 하나가 전부인 황량하기 그지없는 공간에 종제영만이 홀로 존재했다.

서성이던 종제영은 목이 타는지 찻잔을 들어 입속에 털어 넣었다. 하지만 갈증은 쉽게 가시지 않았다.

이곳에 얼마나 홀로 있었는지 이젠 기억도 나지 않을 정도였다. 종제영을 구한 섬호는 잠시만 기다리라 해놓고 밖으로 나간후 이제까지 연락 한 통 없었다. 종제영은 그동안 섬호가 오기만을 이제나저제나 기다렸다.

이곳은 섬호의 안가(安家)였다.

"안가는 살행을 나갈 때 살수들이 마련해놓는 최후의 피신처. 안가까지 마련해놓으면서 살행을 나갈 정도로 상대가 위험하단 말인가? 섬호가 그렇게 위험한 살행을 하는 이유는?"

아무리 생각해도 의문은 풀리지 않았다.

결국 모든 의문은 섬호가 돌아와야만 풀릴 것 같았다. 하지만 섬호가 언제 돌아올지 모르니 가슴이 답답했다.

"언제까지 이렇게 기다려야 한단 말인가? 혹시 돌아오지 않는 것은 아닌가?"

생각하면 할수록 한숨만 나왔다.

결국 종제영은 서성거리는 것을 그만두고 자리에 앉았다. 엉덩이에 느껴지는 나무의자의 감촉이 유달리 딱딱하게 느껴졌다.

"젠장! 그 주인에 그 부하라고, 도대체 무슨 말이라도 해줬어야 마음을 놓고 기다리든지 하지. 하여간 더럽게 불친절한 것은 둘 다 똑같아."

결국 종제영은 두 사람을 한꺼번에 싸잡아 매도했다. 문득 서러움이 밀물처럼 밀려왔다. 자신이 이곳에서 뭘 하고 있나 하는 생각이 들었다.

"늙으면 죽어야 돼. 젠장! 그 무정한 인간의 얼굴 한번 보겠다고 이 짓거리를 하고 있는 건지 모르겠구나."

"죄송합니다. 오래 기다리게 해서."

"그래! 죄송하면……엉?"

갑작스럽게 들려온 목소리에 종제영이 입구를 바라보았다.

그곳에 언제 나타났는지 모를 한 남자가 서있었다. 허리에 두 자루의 소검을 교차로 차고 있는 남자는 바로 종제영이 그토록 애타게 기다리던 섬호였다.

투덜거리던 얼굴은 온데간데없이 사라지고, 종제영이 활짝 웃는 얼굴로 섬호를 향해 다가왔다.

"자네 왔는가?"

"조금 늦었습니다. 상대가 워낙 철저히 방비를 해서 시간이 조금 걸렸습니다."

"도대체 이번엔 누구였나? 누구기에 자네 정도의 남자가 살행 한 번 다녀오는 데 이리 오래 걸린 건가?"

"혈랑객(血狼客) 유소추란 자였습니다."

"자네가 혈랑객을 죽였단 말인가?"

"쉽지 않았습니다."

"으음!"

종제영이 앓는 신음성을 흘렸다.

혈랑객 유소추는 당금 강호에 새롭게 두각을 나타내는 신진 고수였다. 그는 낭인의 신분으로 천하를 떠돌면서 천하의 내로

라하는 고수들에게 도전장을 던졌다. 처음엔 그 누구도 그를 주목하지 않았지만, 스무 명이 넘는 절정고수들을 연이어 격파하자 모두가 그를 혈랑객이라는 별호로 부르며 두려워했다.

비록 신주십대고수에는 못 미치지만 그래도 자신만의 영역을 확고히 구축하고 있는 고수였다. 그런 고수를 섬호가 암살했다고 하니 왠지 오한이 들었다.

"혈랑객은 왜 죽였는가? 그가 자네에게 원한이라도 샀는가?"

"그런 것은 없습니다."

"그럼 왜?"

"혈랑객 유소추는 마해에서 전략적으로 키운 인물입니다."

"마해에서 말인가?"

종제영의 눈이 크게 떠졌다.

마해가 다시 준동하고 있다는 이야기는 들었지만, 설마 혈랑객 유소추가 마해의 인물일 줄은 꿈에서도 생각하지 못했다.

"아니, 자네가 그가 마해의 인물인지 어찌 안단 말인가?"

"우연히 마해와 관련된 몇몇 인물들의 목록을 입수할 수 있었습니다. 그 안에 적힌 이들을 암살하고 있을 뿐입니다."

"자네가 왜? 자네는 그를 따라 은퇴하지 않았는가? 그런 자네가 왜 살행을 한단 말인가?"

"그러려고 했습니다만, 구주천가에는 제 동생이 있지 않습니까?"

"한월…… 맞아! 자네 여동생이 구주천가에 있었군. 그녀의 부담을 덜어주기 위해 살행을 나갔던 것인가?”

섬호는 대답하지 않았다. 하지만 종제영은 대답을 들었다고 생각했다. 그가 아는 섬호란 남자는 여동생을 위해서라면 기꺼이 자신의 심장이라도 내어줄 사람이었다. 그렇게 생각하니 모든 사정이 이해가 되었다.

“이제까지의 모든 살행이 여동생을 위해서라니. 자네는 난세가 끝나도 은퇴를 하지 못하는군.”

“엄밀히 말해, 난세는 지금부터 다시 시작이지요.”

“그래! 나도 이야기는 들었네. 마해가 다시 준동을 시작했다며?”

“천마가 다시 세상에 모습을 드러냈다고 합니다.”

“휴! 그는 이십 년 전에 죽지 않은 모양이군.”

종제영이 나직이 한숨을 토해냈다.

비록 한정된 공간에 있었지만, 종제영의 귀에도 들려오는 소문이 있었다. 들려오는 소문은 하나같이 충격적인 것들뿐이었다.

천마의 재등장과 함께 들려온 마해에 의한 천문산과 오악의 혈사. 어느 것 한 가지 놀랍지 않은 것이 없을 정도였다. 종제영은 이십 년 전의 난세가 현세에 재현되고 있다는 느낌에 몸을 떨었다.

“어서 자리에 앉게나. 궁금한 게 많다네.”

“죄송합니다. 한시도 지체해서는 안 되는 상황이었습니다.”

“이해하네. 그래, 어떻게 지냈는가? 자네는 그와 함께 있던 것이 아니었던가?"

"그분께서는 자신의 영역에 타인이 있는 것을 좋아하지 않습니다."

"그건 나도 알고 있네만."

"가끔 찾아오는 것은 허락하지만, 그 이상은 용납하지 않습니다. 그분의 성정을 잘 알고 계시지 않습니까?"

"그거야 나도 알고 있네만. 그래도 그렇지, 나는 그가 자네마저 곁에 두지 않을 줄은 몰랐네."

종제영이 한숨을 내쉬었다.

섬호의 말을 듣자니 모든 것이 다 이해가 되었다. '그'의 성향이라면 능히 있을 수 있는 일이었다. 어쩌면 그이기에 당연한 일인지도 몰랐다.

"종 노인께서는 그분을 찾아오신 겁니까? 뜻밖이군요. 누구보다 그분에게 호되게 당했기에 두 번 다시 보지 않으려 하실 줄 알았는데."

"나도 그럴 줄 알았네. 하지만 그 당시의 기억이 마치 혹처럼 떨어지지 않더군. 그때의 강렬했던 경험이 내 인생을 변화시켜 버렸네."

"그분은 주위의 모든 것을 끌어들이는 거대한 소용돌이 같은 존재죠. 그 어떤 이도 그분의 영향력에서 벗어날 수 없죠."

"자네도 그렇지 않던가?"

"저는 그분에게 충성의 맹세를 했습니다. 그분이 원한다면 지금이라도 제 목숨을 바칠 수 있습니다.”

“그렇지. 자네는 그런 남자니까.”

종제영이 새삼스런 얼굴로 섬호를 바라보았다.

이십 년 전이나 지금이나 그는 별반 달라진 게 없었다. 외모도 그대로였고, 그에 대한 충성심도 그대로였다. 그 모습이 왠지 당연하게 느껴지기도 했다.

“그는 세상에 나오지 않겠다고 하는가?”

“그분은 세상일에 흥미를 잃으신 것 같습니다. 제가 간혹 들러 세상이 돌아가는 일을 말씀드려도 별반 관심이 없습니다.”

“으음! 지금 세상은 그가 필요하다네. 그는 그런 사실을 분명 알아야 하네.”

“누가 있어 그분의 결심을 꺾겠습니까?”

“그건 그렇지만…….”

종제영이 할 말을 잃었다.

섬호의 말처럼 ‘그’의 결심을 꺾는 것은 불가능했다. 그가 그렇게 마음을 먹은 이상 그렇게 될 것이다. 이제까지 그래왔던 것처럼.

“단도직입적으로 묻겠네. 그는 어디에 있는가?”

“그분을 왜 찾으시는 겁니까?”

“몰라서 묻는가? 이런 난세를 헤쳐 나가려면 반드시 그가 필요하네. 그가 있어야 하네.”

“그런 통상적인 대답 말고 진심을 이야기하십시오.”

"이 사람……."

종제영이 무어라 변명을 하려다 입을 다물었다. 자신을 바라보는 섬호의 시선이 모든 사실을 꿰뚫어보고 있는 것 같았기 때문이다. 결국 그는 변명하는 것을 그만두고 솔직히 말했다.

"그냥 그런 생각이 들었네. 죽기 전에 한 번 더 보고 싶다고. 그래서 내가 살아있다는 사실을 실감하고 싶다고. 그와 함께 있을 때는 그래도 내가 살아있음을 절감할 수 있었네."

"역시 그러셨군요."

섬호가 이미 짐작했다는 듯이 고개를 끄덕였다. 그는 종제영을 이해할 수 있을 것 같았다. 그 역시 한동안 종제영과 같은 심정이었으니까.

"나에게 말해주겠나? 그는 어디에 있는가?"

"그분은 절대 타인에게 자신의 거처를 말하지 말라 그랬습니다."

"이 늙은이의 마지막 부탁일세."

종제영의 애원에 섬호가 나직이 한숨을 내쉬었다.

섬호는 종제영의 성격을 잘 알고 있었다. 쾌활하고, 낙천적이며, 구속되는 것을 누구보다 싫어하는 사람. 누구보다 자유를 사랑했던 남자가 이제는 스스로 '그'를 찾고 있었다.

왠지 모순되지만 한편으로는 이해할 수도 있을 것 같았다.

종제영이 다시 한 번 그에게 애원했다.

"부탁일세. 내가 언제 자네에게 이런 부탁을 한 적이 있던가?

이번만일세. 그를 만나야만 앞으로 내가 살아갈 인생을 결정할 수 있을 듯싶어서 그러네. 그리고 지금은 난세. 세상은 그를 필요로 한다네."

"그분은 그렇게 생각하지 않을 겁니다."

"이보게."

"하지만 알려드리죠. 하지만 찾아가는 길이 결코 쉽지 않을 겁니다."

"걱정하지 말게. 다른 것은 몰라도 길 찾는 것은 누구보다 자신 있으니까."

"잘 들으십시오. 한 번밖에 말하지 않을 테니까."

"말해보게."

"그분이 계신 곳은……."

제 2 장
간자색출(間者索出)

　백화장(百花莊)은 이십 년 전에 중앙의 관리가 낙향해서 세운 장원의 이름이었다. 백화장이라는 이름처럼 백 가지가 넘는 꽃들이 사시사철 꽃을 피워 인근의 명소로 불리고 있었다.

　백화장은 특이하게도 뒤편이 바로 인근의 강과 연결이 되어 있었다. 강 인근에 장원을 세운 것이 아니라, 아예 강 자체를 끼고 장원을 세운 것이다. 또한 강이 무척이나 넓고 지형이 험해 외부에서 강을 타고 장원으로 들어가는 사람을 볼 기회는 매우 드물었다.

　평소 강을 통해 백화장으로 들어가는 사람은 없었다. 지형적인 특성도 있었지만, 무엇보다 백화장의 위세가 두려워 사람들이 접근하길 꺼려한 까닭이었다.

낙향한 고관대작의 장원이라는 소문을 증명이라도 해주듯 백화장 주위에는 무사들이 삼엄하게 경계를 했다.

백화장을 향해 유유히 다가오는 배 한 척이 있었다. 겨우 스무 명 남짓한 사람을 태운 조그만 고깃배였다. 배의 선두에는 하얀 장포를 걸친 남자가 서있었다.

불어오는 강바람이 그의 머리카락을 부드럽게 어루만지면서 신비한 얼굴이 그대로 드러났다. 배의 선두에 서서 전면을 바라보는 남자는 바로 소운천이었다. 그의 주위에는 열 명의 남자가 호위를 하듯 둘러서있었다. 소운천을 지키는 천마십위였다.

천마십위 뒤에도 몇 명의 사람이 있었지만, 그들의 모습은 잘 보이지 않았다.

소운천을 태운 배가 향하는 곳은 바로 백화장이었다. 백화장 뒤편의 선착장에는 수많은 사람들이 도열해 있었다. 소운천을 태운 배를 바라보는 그들의 시선에는 오직 긴장만이 가득했다.

마침내 배가 선착장에 닿았을 때, 도열해있던 수많은 사내들이 바닥에 부복을 하며 소리쳤다.

"천마현신(天魔現身) 만인앙복(萬人仰伏)."

그들의 쩌렁쩌렁한 목소리가 강물에 파문을 일으켰다. 목소리가 어찌나 크던지, 강가를 한가롭게 거닐던 새들이 일제히 날아오르고 물고기들이 수면 위로 튀어오를 정도였다.

우웅!

열기가 대지를 뜨겁게 달궜다. 그래도 부복한 군웅들은 뜨거운 줄 몰랐다. 그들은 감히 소운천의 얼굴을 바라보지도 못하고 이마를 바닥에 붙이고 있었다.

부복한 사내들 사이에서 왜소한 체구의 중년인이 조심스럽게 걸어 나왔다. 그가 소운천에게 한쪽 무릎을 꿇으며 말했다.

"소인 부경호, 존경하옵는 천마님을 영접합니다."

"일어나라."

"감사합니다. 천마시여."

말은 그렇게 했지만 부경호는 쉽게 몸을 일으키지 못했다. 설마 이 조그만 장원에서 소운천을 영접하게 될 줄은 꿈에도 생각하지 못했기 때문이다.

이곳 백화장은 마해에서 비밀리에 설치한 지부였다. 이곳의 정체를 아는 자는 마해에서도 극소수에 불과했다. 부경호는 이십 년 전부터 이곳 백화장을 관리해왔다.

부경호는 감히 소운천의 얼굴을 바라보지도 못했다. 그저 허리를 깊숙이 숙이고 소운천의 말이 떨어지기만을 기다릴 뿐이었다. 그렇게 시간이 얼마나 흘렀을까? 마침내 소운천의 음성이 들려왔다.

"이들이 백화장의 전부인가?"

"예! 무해주님의 명에 의해 무인의 수를 늘리는 대신 질적인 확장을 꾀했습니다. 때문에 수는 적지만, 그 실력만큼은 강호 어디에 내놔도 전혀 뒤지지 않습니다."

“수고했다, 부경호.”

“감사합니다, 천마시여.”

부경호의 얼굴에 감격의 빛이 떠올랐다. 소운천이 자신의 이름을 기억해주었기 때문이다.

“자세한 이야기는 안에서 듣겠다.”

“예!”

소운천이 앞장섰다. 부경호는 그가 지나갈 때까지 감히 고개도 들지 못하고 조용히 서있었다. 금청사가 부경호의 곁을 지나가면서 한마디 했다.

“그간 수고했다.”

“당연히 해야 할 일을 했을 뿐입니다.”

부경호가 고개를 깊숙이 숙였다. 그는 본래 금청사의 심복이었다. 금청사가 미래를 위해 거점을 준비하라는 말 한마디에 지난 이십 년 동안 소운천을 위한 공간을 마련하는 데 전력을 기울여온 충복 중 충복이었다.

금청사가 부경호의 어깨를 두드리며 말을 이었다.

“자네는 잠시 후에 들어오고, 우선 저 소저가 머물 만한 거처를 마련해주도록.”

금청사가 가리킨 곳에는 해여령이 서있었다. 해여령은 무척이나 놀란 듯 동그랗게 뜬 눈으로 주위를 둘러보고 있었다.

“저 소저는 누굽니까?”

“천마님을 따라온 여인이다.”

"스스로 말입니까?"

"그것까지는 네가 알 필요는 없다. 그녀가 쉴 만한 거처나 마련해주도록."

"죄송합니다. 주제넘게 나섰습니다. 그녀를 위해 안온한 거처를 마련하겠습니다."

"음!"

금청사가 고개를 끄덕이며 걸음을 옮겼다.

부경호는 등골이 축축하게 젖어오는 것을 느꼈다.

소운천은 말할 것도 없고, 금청사도 그가 감히 올려다볼 수 없는 높은 곳에 있는 존재였다. 지금은 소운천의 뒤를 따라다니며 그의 수발을 들고 있지만, 그의 진짜 정체는 무해의 해주였다.

그가 명령만 내리면 수천의 무인이 죽음을 불사하고 불구덩이 속으로 스스로 몸을 던질 것이다. 물론 부경호 역시 그런 사람 중 한 명이었다.

부경호는 급히 수하에게 명령을 내려 해여령을 위한 거처를 마련하라고 했다.

그 순간, 해여령은 백화장을 둘러보며 놀라고 있었다.

'백화장…… 그저 아름다운 장원이라고만 알고 있었는데, 설마 이곳이 마해의 주요 거점 중 하나였을 줄이야. 도대체 마해는 이런 곳을 얼마나 많이 만들어두었을까?'

세상 사람들은 그동안 마해가 구주천가가 두려워 숨을 죽이고 있었던 것으로 알고 있지만, 그것은 철저한 오산이었다. 마

해는 단지 사람들의 눈을 피하고 있을 뿐, 사라진 것이 아니었
다. 그들은 중원에서 다른 사람들과 살을 부대끼며 멀쩡히 존재
하고 있었다. 그래서 더욱 두렵게 느껴졌다.

소운천을 따라온 것은 철저하게 해여령의 의지였다.

소양의 해가장에서 있었던 대참사는 그녀의 많은 것을 변화
시켰다. 그동안 그녀가 믿고 있던 세계관이 소운천에 의해 철저
히 부서지고 재정립됐다.

그녀가 바라보던 세계는 이제 존재하지 않았다. 그녀의 사고
가 변하면서 세상을 바라보는 관점까지 바뀌었고, 그 결과 그녀
는 이제 아무것도 믿지 못하게 됐다.

해여령은 세상의 보이는 면이 진실이라고 생각했다. 하지만 세
상에는 보이는 부분보다 보이지 않는 부분이 더욱 많았고, 그런
부분에 오히려 진실이 많이 숨겨져 있다는 사실을 알게 되었다.

마해와 소운천.

세상은 그들을 절대악(絕對惡)이라고 말하고 있었지만, 해여
령은 어쩌면 그것이 진실이 아닐지도 모른다고 생각했다.

아직도 그녀의 머릿속에는 '인간은 절대 변하지 않는가?' 라
고 묻던 소운천의 목소리가 맴돌고 있었다.

인간은 변할 수 있다고 대답해주고 싶었다.

인간에게도 기회를 주어야 한다고 항변하고 싶었다.

하지만 소운천의 거대한 절망 앞에서, 그녀는 쉽게 말문을 열
수 없었다. 그녀 스스로도 아직 확실한 답을 내놓지 못했는데

그에게 함부로 말을 할 수는 없는 것이다.

그래서 그녀는 스스로 만족할 만한 답을 찾기 위해 소운천을 따라왔다. 그리고 언젠가는 소운천에게 인간은 지켜볼 만한 존재라고 말해주고 싶었다. 그것이 그녀가 소운천을 따라온 이유였다.

'당신이 간직한 슬픔의 실체가 무엇인지 모르지만, 혼자 그 모든 짐을 짊어지려고 하지 마세요. 당신에겐 짐을 나눠질 수많은 사람들이 있잖아요.'

*   *   *

남진엽은 숨을 죽이고 있었다.

자신을 선택한 주인은 너무나 크고 위대한 존재였다. 그가 가는 곳마다 수많은 사람들이 앞을 다퉈 충성을 맹세하고 따르고 있었다. 그는 한 인간이 이렇듯 수많은 사람들의 맹목적인 충성을 받는 모습을 처음 보았다.

소양에서 소운천이 자신을 구해줄 때까지만 하더라도 그가 이렇듯 위대한 사람인지 미처 알지 못했다. 하지만 소운천을 따라다니면서 그가 얼마나 위대한 사람인지 알게 됐다.

이런 사람에게 선택되었단 사실이 더 할 수 없이 자랑스러웠다. 이런 사람을 따를 수 있다는 사실만으로도 그는 자신의 목숨을 초개처럼 버릴 수도 있었다.

그 순간, 소운천은 등을 돌린 채 창문 밖에 펼쳐진 백화장의 모습을 바라보고 있었다. 남진엽은 조용히 소운천의 등을 바라보았다. 소운천의 곁에는 언제나처럼 금청사가 조용히 시립해 있었다.

시간이 얼마나 흘렀을까? 문득 소운천이 입을 열었다.

"금청사."

"하명하옵소서."

"진행상황은?"

"순조롭게 진행되어가고 있습니다. 이미 삼할 이상이 주군의 뜻대로 이뤄졌습니다. 나머지 역시 금방 이뤄질 겁니다."

"그대가 고생하는군."

"그런 말씀하지 마십시오. 저희 일족은 오직 천마님을 위해 살아왔습니다. 이렇게 천마님을 지척에서 모시게 된 것만으로도 저희 일족의 꿈은 이뤄진 것이나 다름없습니다. 저는 이대로 죽어도 여한이 없습니다."

금청사가 고개를 더욱 깊숙이 숙였다.

소운천을 위해서라면 무엇이든 할 수 있고, 언제라도 자신의 목숨을 버릴 수 있는 남자가 바로 금청사였다. 소운천을 향한 그의 무한한 충성심은 감히 인간의 잣대로는 규정할 수 없는 종류의 것이었다.

"그대가 있어 든든하다."

"감당할 수 없는 말씀이십니다."

"후후! 그대가 없었다면 무척 외로웠을지도 모르겠군."

"천마시여."

금청사의 어깨가 떨렸다. 그의 노안이 축축하게 젖었다. 그는 스스로에게 맹세했다. 어떠한 일이 있더라도 소운천의 곁에 있겠다고 말이다.

소운천이 화제를 바꿨다.

"당분간 이곳을 거처로 삼겠다."

"이미 그렇게 일러두었습니다. 대계에 투입되지 않은 나머지 전력들은 이곳으로 모일 겁니다."

"음!"

소운천이 고개를 끄덕였다.

벽에 거대한 중원전도가 걸려있는 것이 보였다. 무척이나 정묘하게 그려진 지도위에는 중원의 각 문파들의 이름이 빼곡히 적혀 있었다. 그리고 그 중앙에는 커다란 글씨로 구주천가(九州千家)라는 이름이 적혀 있었다.

"구주천가…… 지독한 악연이군. 칠백 년 전의 작은 불씨가 이렇게까지 거대한 겁화로 자라다니. 그래서 세상일은 모르는 거야."

소운천이 나직이 중얼거렸다.

구주천가라는 이름을 바라보는 그의 얼굴에는 숱한 감정의 빛이 복잡하게 얽혀 있었다.

애증(愛憎)이라는 단순한 단어로는 결코 설명할 수 없는 감정이었다.

그렇게 소운천이 중원전도를 바라보고 있을 때였다.

갑자기 금청사의 얼굴에 한 줄기 살기가 떠올랐다.

"감히!"

그의 살기가 폭출하려는 찰나, 소운천이 손을 들어 제지했다.

"그냥 두도록."

"하지만 주군이시여."

"후후! 용기가 가상하지 않은가?"

두 사람의 대화에 남진엽의 얼굴에 의혹의 빛이 떠올랐다. 그들이 왜 이런 대화를 하는지 영문을 알 수 없었기 때문이다. 하지만 의문은 곧 풀렸다.

스르륵!

대전 한가운데 갑자기 소리도 없이 어두운 그림자가 내려앉았기 때문이다.

수많은 무인들이 지키고 있는 백화장이었다. 마해의 정예라고 할 수 있는 백화장 무인들의 삼엄한 경계망을 뚫고, 소운천이 머무는 대전 한가운데 나타날 수 있단 사실만으로도 그가 얼마나 대단한 능력을 가지고 있는지 알 수 있었다.

"후후!"

검은 그림자의 입에서 나직한 웃음소리가 흘러나왔다. 그래도 소운천은 표정 하나 변하지 않았다. 대신 금청사의 미간이 꿈틀거렸다.

"네놈?"

"그간 격조했습니다. 금 해주님."

고개를 든 검은 그림자의 얼굴에는 금빛 가면이 씌워져 있었다. 금빛 가면 뒤로 보이는 눈동자에 시리도록 차가운 기운이 번들거리고 있었다.

"네놈, 역시 살아있었구나."

비록 금빛 가면을 쓰고 있었지만, 금청사는 한눈에 그의 정체를 알아본 듯 했다. 금빛 가면의 사내 역시 그런 금청사의 반응을 당연하게 생각하는 듯 했다.

금빛 가면을 쓴 사내의 얼굴이 소운천을 향했다. 그 순간에도 소운천은 여전히 등을 돌리고 서있었다. 그의 등을 바라보는 사내의 눈동자가 흔들렸다.

'으음!'

그는 억지로 신음이 흘러나오는 것을 참았다.

그는 누구라도 일단 한 번 보기만 하면 모든 것을 꿰뚫어볼 수 있다고 자부해왔다. 사물의 본질을 꿰뚫어보는 능력 덕분에 이제까지 자신만의 독자적인 영역을 구축해오던 사내였다.

그런데 지금 사내의 눈에 보이는 소운천의 뒷모습은 혼돈(混沌), 그 자체였다. 너무 혼탁해 한 치 앞도 볼 수 없고, 본질은커녕 자신이 보고 있는 모습이 진실된 것인지도 알 수 없었다.

그는 소운천의 뒷모습에서 거대한 혼돈의 벽을 느꼈다. 감히 넘볼 수도 없고, 엿볼 수도 없는 거대한 벽을 말이다.

'역시 칠백 년의 세월은 무시할 수 없단 말인가?'

그의 눈에 잠시나마 암담한 빛이 떠올랐다. 하지만 그는 억지로 흔들리는 마음을 다잡으며 어렵게 입을 열었다.

"드디어 뵙게 되는군요, 천마시여."

"……."

그러나 소운천은 대답을 하지 않았다. 어쩌면 대답을 할 만한 가치를 느끼지 못하는 것인지도 몰랐다.

대답은 금청사의 입에서 나왔다.

"네놈이 무슨 낯짝으로 이곳에 나타난단 말이냐? 죽고 싶어서 환장했구나."

금청사의 눈에 진득한 살기가 떠올랐다. 지독한 살기에 금빛 가면의 사내가 잠시 마른침을 삼키기도 했다. 하지만 그것도 잠시, 이내 그가 능글맞은 웃음이 섞인 목소리로 말을 꺼냈다.

"그래도 한때는 친손자처럼 아껴주셨는데, 설마 죽이기야 하시겠습니까?"

"놈!"

금청사의 목소리가 한층 더 사나워졌다. 그러자 천마십위가 소리도 없이 나타나 금빛 가면의 사내를 포위했다.

금빛 가면을 쓴 사내의 눈빛이 침중해졌다. 그조차도 눈치를 채지 못했을 만큼 은밀한 등장이었다. 소운천의 곁에 호위들이 있을 거라고 짐작은 했지만, 자신조차 눈치채지 못할 정도로 고강한 무공을 지닌 자들이 열 명이나 있을 거라고는 생각지도 못했다.

'역시 천마란 말인가? 칠백 년 전부터 이 땅에 존재해온 괴물. 나는 그 괴물을 눈앞에 두고 있는 것인가?'

그가 마른침을 삼켰다.

금빛 가면의 사내는 바로 반천련주였다. 그가 대담하게도 백화장의 한가운데 모습을 나타낸 것이다. 그것도 소운천 앞에 말이다.

사내가 금빛 가면에 손을 가져갔다. 그가 떨리는 손으로 금빛 가면을 벗었다. 그러자 어둠 속에 숨겨져 있던 사내의 얼굴이 실체를 드러냈다.

개구쟁이처럼 짓궂은 미소와 부드러운 호를 그린 눈매가 인상적인 중년의 남자였다. 하지만 오랫동안 가면으로 얼굴을 가리고 있어선지 얼굴이 창백하기 그지없었다.

드러난 사내의 얼굴을 바라보는 금청사의 수염이 푸르르 떨렸다.

"너, 너 사검영. 감히 네가 주군 앞에서 모습을 드러내다니. 주군의 권능을 탐하고, 주군의 자리를 탐했던 네가 감히······."

그의 살기가 거침없이 폭증했다.

금청사는 분명 사내를 사검영이라고 불렀다.

이십 년 전, 마해의 구주천가 침공 당시 혁련청화에게 목숨을 잃었던 남자. 그는 소운천을 위해 백팔마장이 세상에 남긴 유마신주(幽魔神珠)를 가로채 자신의 것으로 만들었다. 그리고 백팔마장의 권능으로 마해를 지배하고, 구주천가를 병탄하려 했다.

비록 실패로 돌아갔다고 하지만 그의 죄는 용서받을 수 있는 종류의 것이 결코 아니었다. 적어도 금청사는 그렇게 생각했다.

그러나 금청사가 살기를 드러내건 말건, 사검영은 신경 쓰지 않고 소운천의 등을 향해 말했다.

"세상에 다시 돌아오신 것을 진심으로 축하드립니다, 천마시여. 소인, 사검영이라고 합니다. 한때 광해를 이끌기도 했지만 지금은 반천련이라는 단체를 이끌고 있습니다. 오늘 저는 옛 광해주가 아니라 반천련주로서 이 자리에 왔습니다."

그제야 소운천이 서서히 뒤돌아섰다.

그가 물끄러미 사검영을 응시했다. 소운천과 눈이 마주치는 순간, 사검영은 자신의 몸 안에 갈무리해두었던 기운이 미친 듯이 날뛰는 것을 느꼈다. 기혈이 들끓고, 심장이 금방이라도 터질 듯이 요동쳤다. 온몸의 피란 피가 모조리 증발하는 듯한 숨 막히는 느낌에, 사검영은 진저리를 쳐야만 했다.

그는 혼신의 힘을 다해 자신의 몸 안에서 날뛰는 기운을 억제해야 했다.

"사검영? 제 조부를 강제로 은퇴시키고 백팔마장이 남긴 유마신주를 제멋대로 흡수한 자의 이름이 사검영이라고 들었다. 맞느냐?"

"한……때 분명히 그런 적이 있습니다. 철이 없던 시절이지요. 지금은 후회하고 있습니다."

　"후회? 너란 인간에게 후회라는 단어는 어울리지 않는 것 같 군."

　소운천의 입꼬리가 살짝 치켜 올랐다. 반대로 사검영의 눈빛 은 더욱 침중해졌다.

　마치 발가벗겨진 채 수많은 군중 속에 홀로 던져진 듯한 느 낌. 자신의 모든 것을 샅샅이 내보이는 그런 수치심이 들었다.

　소운천 앞에서는 그 어떤 것도 속일 수 없다는 생각이 절로 들었다.

　'역시 마의 근원이자 조종이란 말인가? 마공을 익힌 자는 그 의 장악력에서 벗어날 수 없단 말이 사실인가 보구나.'

　사검영이 입술을 질겅 깨물었다.

　이미 이십 년 전에 뼈저리게 경험했던 일이다. 유마신주를 흡 수해 완벽하게 백팔마장을 장악했다고 생각했지만, 소운천이 긴 잠에서 깨어나는 순간 그의 장악력은 존재도 없이 사라지고, 백팔마장은 오직 소운천만을 따랐다.

　그 순간, 그는 깨달았다. 평범한 방법으로는 도저히 소운천을 어찌할 수 없다는 사실을. 그래서 그는 죽은 것으로 위장하고 이제까지 반천련을 키웠다.

　소운천이 웃는 얼굴로 사검영을 바라봤다.

　"이제 와서 찾아온 이유가 무엇이더냐? 나를 납득시키지 못 한다면 오늘 이 방의 전경이 너의 생에서 마지막으로 보는 광경 이 될 것이다."

소운천의 말에 사검영은 아무런 반박도 할 수 없었다. 그 역시 소운천이 살심을 품는다면 도저히 이곳을 벗어날 수 없다는 사실을 본능적으로 느끼고 있었다.

사검영은 침착하게 생각을 정리했다. 자칫 말 한마디만 잘못하면 한 줌의 혈수로 변해 세상에 흔적조차 남기지 못할지도 몰랐다. 최대한 침착하게, 그리고 냉철하게 이야기를 꺼내야 했다.

"위대하신 천마시여. 제가 이곳을 찾아온 이유는 간단합니다."

"말해보거라."

"이십 년 전의 과오를 씻을 기회를 한 번만 주십시오."

"기회를 달라?"

"그렇습니다. 그동안 저는 죄를 참회하면서 반천련이라는 단체를 조직해 구주천가를 흔들었습니다. 저와 반천련의 힘이라면 마해의 행보에 막대한 도움이 되어드릴 수 있을 겁니다."

"아무런 조건도 없이 돕겠단 말이냐?"

"그렇습니다. 대신 저의 공이 충분하다 싶을 경우, 반천련을 마해의 일원으로 받아주시옵소서. 제가 원하는 것은 그뿐입니다."

사검영은 소운천에게 고개를 조아렸다.

그의 태도는 무척이나 공손했고, 음성에는 진실함이 고스란히 묻어나왔다. 누가 보아도 사검영이 진실을 말하고 있다는 사실을 알 수 있을 정도였다.

"네가 과연 도움이 될 수 있겠느냐? 겨우 그 정도의 힘으로?"

소운천이니까 할 수 있는 이야기였다. 그가 아닌 그 어떤 다른 사람도 감히 사검영에게 이런 말을 할 수 없었다. 그러나 사검영은 격동하지 않고 차분한 음성으로 말했다.

"물론 저 혼자만으로는 많이 부족하다는 사실을 알고 있습니다. 반천련도 마해에 비하면 미약하지요. 하지만 최근 제가 쓸 만한 친구를 사귀었습니다."

"친구라."

"예! 소중한 친구입지요. 혹시 들어보셨는지 모르겠지만, 새외의 전설이 된 십이사조란 존재가 있습니다. 그들이 가진 힘은 결코 작은 것이 아닙니다. 특히 대사조 신도제원은 일만의 수하를 언제든 동원할 수 있는 자입니다. 그가 저를 돕고 있습니다. 반천련과 십이사조라면 능히 천마님의 행보에 도움이 될 거라고 생각합니다."

"제법 구미가 당기는 제안이군."

소운천의 미소가 짙어졌다. 도무지 무슨 생각을 하는지 알 수 없는 미소였다. 정말 기뻐서 웃는 것인지, 그도 아니면 진실된 생각을 가리기 위해 짓는 미소인지, 도저히 구별할 수가 없었다.

소운천은 한참 동안이나 사검영을 내려다보았다.

숨 막히는 시간이 그렇게 흘러가고 있었다. 사검영은 소운천의 처분만을 기다리고 있었고, 금청사는 그런 상황을 못마땅한 표정으로 바라봤다.

마침내 소운천의 대답이 떨어졌다.

"좋다. 너의 제안 받아들이지."

"감사합니다, 천마시여."

"나머지는 후에 금청사와 의논을 하도록."

"알겠습니다. 그럼 저는 이만 물러나겠습니다."

사검영이 다시 얼굴에 가면을 썼다. 반천련주 본연의 모습으로 돌아간 것이다. 금빛 가면을 쓰자 자신감이 한층 살아난 듯 사검영의 몸짓에 힘이 실렸다.

이제까지 조용히 있던 금청사가 사검영을 향해 입을 열었다.

"한 가지만 물어보자. 어떻게 살아난 것이냐? 그때 너는 분명 죽었다고 보고를 받았는데."

"제가 익힌 무공의 종류가 어떤 것인지 잊어버리신 모양이군요. 제가 익힌 사술(邪術)중에는 환술(幻術)도 포함되어 있습니다. 죽음을 위장하는 것쯤은 일도 아니었죠. 당시의 상황은 무척이나 불리했으니까요. 얼음기둥 속에 갇히는 순간, 환술을 이용해 실체와 환상을 뒤바꿔 죽음을 위장했습니다. 그럼 저는 이만……."

아무렇지 않게 대답한 사검영이 소운천에게 정중하게 예를 취한 후 나타날 때와 마찬가지로 흔적도 없이 사라졌다.

소운천이 물끄러미 사검영이 사라진 자리를 바라보았다.

"훗! 제법 건방진 물건이군."

"그는 쉽게 믿어서는 안 될 자입니다. 자신의 조부까지 강제로 은퇴시키고 권력에 집착하던 자가 이리 쉽게 마해로 돌아오려고 하지는 않을 겁니다."

"그렇겠지."

"아시면서도 받아들이신단 말씀입니까?"

"그는 타고난 반골(反骨)이다. 주인의 뒤통수에 반드시 칼을 꽂을 상이지."

"그걸 아시면서도 받아들인단 말씀입니까?"

"후후! 그가 나를 죽이고 내 자리를 차지할 수 있다면 그것도 나쁘진 않겠지. 나를 죽일 수만 있다면 말이야."

소운천은 이미 모든 것을 꿰뚫어보고 있었다. 그의 앞에서 거짓은 통하지 않았다.

"모든 것이 주군의 뜻대로 되실 겁니다."

"사검영의 일은 그대가 알아서 처리하도록."

"알겠습니다."

금청사가 고개를 깊숙이 숙여보였다.

*　　*　　*

사검영이 백화장을 나서는 순간 대기하고 있던 은구사자가 다가왔다.

"어찌 되셨습니까?"

"잘됐다."

"천마가 저희를 받아주겠답니까?"

"결국 그의 선택은 한 가지밖에 없었다."

"잘됐군요."

은구사자가 고개를 끄덕였다.

"대사조는?"

"거처에서 기다립니다."

"그에게로 가겠다."

"제가 안내하겠습니다."

"음!"

사검영이 가면 뒤로 만족스러운 표정을 지었다.

이제까지 철저히 자신을 숨기며 살아온 세월이었다. 그동안 그는 사검영이란 자신의 이름마저 잊어버리고 살았다.

'네놈에게 받은 치욕을 반드시 돌려줄 것이다, 천우진.'

사검영이 이를 뿌득 갈았다.

지난 이십 년 동안 구주천가를 무너트리기 위해 수많은 공작을 해왔다. 하지만 구주천가는 실로 철옹성과도 같아 한 치의 빈틈도 보이지 않았다. 하지만 마해의 힘을 이용한다면 구주천가를 무너트릴 수 있을 것이다.

"구주천가를 무너트린 후에는 천마, 그자의 차례다. 대사조를 이용한다면 능히 천마를 쓰러트릴 수 있을 것이다."

금빛 가면 속에 숨겨진 사검영의 눈이 섬뜩한 빛을 발했다.

*　　*　　*

원개세의 상처는 불가사의할 정도로 빨리 나았다. 그는 언제

상처를 입었냐는 듯이 단 며칠 만에 완벽하게 회복했다. 무서울 정도의 회복력에 검운영 등은 혀를 내두를 수밖에 없었다.

원개세는 상처가 낫자마자 철군패를 떠났다. 철군패 역시 굳이 그를 붙잡지 않았다. 어차피 갈 길이 다른 사람이었고, 원개세의 불같은 기질 때문에 함께 어울리기도 힘들었다.

원개세는 누군가에게 얽매일 사람이 아니었다. 그를 얽어맬 사람이 있다면 오직 한 명, 천우진뿐이었다. 그 외의 누구도 그를 통제하거나 제어할 수 없을 것이다.

그건 철군패 역시 마찬가지였다. 원개세를 죽일 수 있을지는 모르지만, 자신이 마음먹은 대로 그를 부릴 수는 없었다. 죽이지 않을 바에는 차라리 이대로 헤어지는 편이 서로를 위해서도 나았다.

철군패는 단월 등과 함께 계속해서 남하를 했다.

천하는 마해의 출도와 구주천가의 전격적인 대응으로 무척이나 뒤숭숭한 상태였다. 곳곳에서 마해와 구주천가의 전력이 부딪친다는 소문이 들려오고 있었다.

마해의 공포는 실로 엄청나서, 수많은 문파들이 봉문을 하거나 구주천가의 편에 섰다. 구주천가야말로 마해를 물리칠 수 있다고 믿는 것이다.

철군패는 십여 일을 남하한 끝에 동정호(洞庭湖)에 도착했다. 동정호에 도착하는 순간 검운영은 절로 탄성을 내뱉었다.

"후아! 도대체 이게 무슨? 이게 호수인가요? 아니면 바다인가요?"

"당연히 호수죠."

"아니, 무슨 호수가 이리 크단 말입니까? 제 눈엔 말로만 듣던 바다로만 보이는데요."

평생을 대막에서 보낸 검운영이었다. 그의 눈에는 동정호가 광활한 바다처럼 보였다.

그럴 수밖에 없었다. 동정호는 실로 엄청나다고 할 수밖에 없을 만큼의 규모를 자랑하는 호수였다. 그 끝이 보이지 않고 크기가 팔백 리에 달해, 호수주변을 돌아보는 데만 일반 사람들의 걸음걸이로 여러 달이 걸릴 정도였다.

거대한 동정호를 보며 철군패가 입을 열었다.

"이곳이었느냐? 무영문이 이주한 곳이."

"태호의 거점까지 포기한 이상, 이곳이 최후의 보루야."

단월이 감회가 남다른 시선으로 동정호를 바라보았다.

이십 년을 몸담았던 소호에서 태호로, 그리고 다시 동정호로. 생각해보면 이렇게 급전직하(急轉直下)하는 인생도 없을 것이다. 이제 더 이상 물러설 곳도 없었다. 그나마 다행이라면 이제 그녀에겐 든든한 우군이 존재한다는 것이다.

단월이 철군패를 바라보았다. 거대한 장강을 보면서도 철군패의 얼굴엔 별반 감흥의 빛이 떠올라있지 않았다. 검운영이 보기엔 신기해보일지 몰라도, 철군패는 예전에 홀로 천하를 떠돌 때 이미 동정호를 다녀간 경험이 있었다.

"이제 그만 무영문으로 가자."

"나만 따라와."

단월이 앞장서 일행을 이끌었다.

그들이 향한 곳은 악양(岳陽)이었다. 악양은 토지가 비옥해 오래전부터 농업이 매우 발달한 데다 동정호변에서 잡히는 수산물이 더해져 예로부터 어미지향(魚米之鄕)이라고 불리는 고장이었다.

물산이 풍요롭다보니 사람들이 몰리고, 그러다보니 자연 악양의 규모 또한 매우 켜졌다. 수많은 사람들이 어울려 사는 악양, 무영문이 새로 옮긴 곳은 바로 악양의 외곽에 위치한 작은 장원이었다.

고월장(孤月莊)이라 불리는 곳.

동정호가 훤히 보이는 야트막한 언덕에 자리한 고월장은 특유의 고즈넉한 분위기 덕분에 꽤 유명한 곳이었다. 하지만 장원이 워낙 작은 탓에 크게 관심을 가지는 사람은 없었다.

고월장은 바로 무영문의 변신이었다. 겉에서 보면 작은 장원이지만, 안으로 들어가면 밖에서 보는 것보다 배는 넓은 구조를 가진 곳이 바로 고월장이었다.

단월이 철군패 일행을 데려간 곳이 바로 고월장이었다. 단월이 모습을 보이자 정문을 지키고 있던 무사들이 반가운 얼굴을 하고 다가왔다.

"아가씨."

"무사히 돌아오셨군요, 아가씨. 그렇지 않아도 문주님께서 초조하게 기다리고 계셨습니다."

무사 중 한 명은 눈물까지 찔끔 흘릴 정도였다.

그들의 태도에서 단월을 얼마나 끔찍이 생각하는지 알 수 있었다. 단월이 웃으며 그들에게 말했다.

"여러분들 덕분에 무사히 돌아왔어요. 아버지한테 안내해줄래요?"

"알겠습니다, 아가씨. 저만 따라오십시오."

정문을 지키던 무사들의 우두머리가 앞장섰다. 단월과 철군패는 묵묵히 그의 뒤를 따랐다.

고월장은 외부에서 보는 것보다 더욱 아늑해 보였다. 전체적인 구조 또한 더욱 촘촘하고, 외부와 철저하게 격리되어 있었다. 때문에 정문만 확실히 지킨다면 누구도 함부로 출입하기 힘들었다.

무영문주 고산도의 거처는 고월장에서도 제일 깊숙한 심처에 자리를 잡고 있었다. 벌써 단월이 왔다는 소식을 전해 들었는지, 대전의 입구에는 고산도가 뛰어나와 있었다.

단월의 얼굴이 보이는 순간, 고산도가 감격에 겨운 표정으로 급히 다가왔다.

"애야. 무사히 돌아왔구나."

"걱정 많이 하셨지요? 아버지 덕분에 이렇게 무사히 돌아올 수 있었어요."

"그동안 얼마나 가슴을 졸였는지 모른단다. 네가 이렇게 무사히 돌아온 모습을 보니 이제야 마음이 놓이는구나."

고산도가 눈물을 훔치며 단월의 손을 잡았다. 단월의 따스한 온기가 느껴지자 고산도는 딸이 돌아왔음을 실감할 수 있었다.

어느 정도 고산도의 마음이 진정된 것 같아서 단월이 철군패를 소개했다.

"아빠도 들으셨죠? 멸제가 저를 구했다는 사실을. 이 사람이 멸제라 불리는 사람이에요. 그의 본명은 철군패라고 해요."

"어이쿠, 이런 결례가. 딸아이 때문에 인사하는 것이 늦었습니다. 제 딸아이를 구해줘서 감사합니다, 멸제시여."

"마땅히 해야 할 일을 했을 뿐이오."

"아닙니다. 덕분에 이렇게 무사한 딸의 모습을 볼 수 있었습니다. 대협의 도움이 아니었으면 저는 딸의 모습을 다시는 볼 수 없었을 겁니다."

고산도가 연신 철군패에게 고맙다는 인사를 했다. 철군패가 낭패한 표정을 짓자 단월이 나서서 고산도를 만류했다.

"아버지, 이제 그만 하고 안으로 들어가세요."

"그러자꾸나. 할 말이 무척이나 많다. 철 대협도 안으로 들어가시지요."

고산도가 철군패를 자신의 거처로 안내했다.

그의 거처는 보기보다 단출했다. 꼭 필요한 가구만 있었고, 그마저도 수수하기 그지없었다. 고산도는 철군패에게 의자를 권하고, 자신도 그의 맞은편에 앉았다.

"이렇게 대협을 뵙게 되어 영광입니다."

"방금 전에도 말했지만, 당연히 해야 할 일이었소. 명희는 내게 죽마고우와도 같은 존재. 명희의 덕분에 이십 년 전 구주천가에서 살아남을 수 있었소."

"이십 년 전에 구주천가에 계셨습니까?"

"그렇소."

"현재 구주천가는 예전의 구주천가가 아닙니다. 십전제도 예전 같지 않고, 무엇보다 문상 온유하의 횡포가 이만저만한 게 아닙니다. 그녀는 구주천가를 위한다는 명목으로 수많은 적들을 양산하고 있습니다. 저희 무영문도 구주천가의 오랜 맹우였지만, 이번 기회에 구주천가에서 등을 돌리게 되었으니까요. 그녀의 핍박 때문에 딸아이를 사지로 보내고 얼마나 노심초사했는지 모릅니다. 어쩌면 두 번 다시 딸아이를 보지 못할지도 모른다고 생각했습니다. 하지만 철 대협 덕분에 이렇게 무사히 딸을 보게 되어 얼마나 다행인지 모릅니다."

고산도가 따스한 눈길로 단월을 바라봤다. 그의 눈빛엔 딸을 향한 부정(父情)이 절절히 담겨 있었다.

"이제 더는 물러설 곳이 없다 생각했는데, 이렇게 대협을 뵙게 되어 다행입니다. 그래서 결심했습니다. 대협을 돕기로."

"무슨 말이오?"

"이제부터 저희 무영문은 대협께서 하시고자하는 일을 최선을 다해 돕겠습니다."

"굳이 그럴 필요 없소."

"아닙니다. 제 딸아이를 구해달라고 청을 넣을 때부터 저는 그렇게 생각했습니다. 더 이상 무영문도 물러설 곳이 없습니다. 저희를 벼랑 끝으로 몰아넣은 이들은 바로 구주천가입니다."

고산도의 얼굴엔 단호한 빛이 떠올라 있었다.

구주천가에 의해 연일 고초를 겪으면서 그의 반감은 최고조에 달해 있는 상태였다. 한때는 구주천가를 위해 목숨도 걸었지만, 이제 그런 마음은 모조리 사라지고 오직 적개심만이 남았을 뿐이다.

"대협이 원하는 정보는 지옥에서라도 가져오겠습니다. 구주천가가 그토록 업신여긴 무영문의 힘이 얼마나 대단한 것인지, 그들에게 보여주겠습니다."

철군패는 아무런 말도 하지 않았다.

문득 그의 시선이 입구 쪽으로 향했다.

그의 입가에 한 줄기 미소가 어렸다.

*　　　*　　　*

서곽은 누군가에게 들킬세라 조용히 걸음을 옮겼다. 그는 고월장의 청소를 담당하는 하인이었다. 사람들이 머무는 방처럼 세심한 배려가 필요한 것은 담당시비가 있지만, 복도나 마당처럼 넓고 힘이 필요한 곳은 서곽 같은 남자 하인이 담당했다. 덕분에 서곽은 고월장 내의 금지 몇 곳을 제외한 어디든 마음대로 드나들 수 있는 권한이 있었다.

자신의 거처로 돌아온 서곽이 잠시 숨을 골랐다.

그는 고산도의 거처에서 돌아오는 길이었다. 정확히는 고산도의 거처 앞마당을 청소하고 돌아오는 길이었다. 누구도 그를 의심하지 않았지만, 그의 심장은 그 어느 때보다 거세게 뛰고 있었다.

"멸제가 무영문으로 들어왔다. 이 사실을 어서 빨리 위에 알려야 하는데."

그의 표정이 심각해졌다.

현재 고월장은 외부와 철저하게 단절이 된 상태였다. 정문을 지키는 무사들이 너무나 철저하게 감시해 고월장을 빠져나가는 것 자체가 불가능했다. 그 때문에 서곽은 고월장이 무영문의 새로운 거점이라는 사실을 구주천가에게 알리지 못했다.

서곽은 구주천가에서 오래전에 침투시킨 간자였다. 그 누구도 마당이나 쓰는 하인인 서곽을 의심하지 않았다. 그 덕분에 서곽은 오랫동안 무영문에서 암약할 수 있었다.

서곽은 무영문에 자신 말고도 구주천가가 침투시킨 자들이 몇 명 더 있는 것을 알고 있었다. 물론 그들은 서로의 신분을 알고 있지만, 평소에는 서로 모른 척하는 것을 불문율로 삼았다.

그들도 서곽처럼 구주천가에 새로운 무영문의 거점이 된 고

월장의 존재를 알리려고 애를 썼지만, 감시가 강화되어 여의치
않았다.

태호의 제이 거점이 드러난 후, 무영문에서는 구주천가가 침
투시킨 간자가 있다는 사실을 인지했고, 그 뒤부터 외부에 출입
하는 자들에 대한 감시를 대폭 강화시켰다. 그 때문에 서곽과
다른 간자들은 숨을 죽이고 근신해야 했다.

만일 철군패가 무영문으로 들어오는 모습을 보지 못했다면
서곽은 언제까지고 자신의 존재를 숨기고 근신했을 것이다. 하
지만 그러기에 철군패는 너무나 큰 유혹이었다.

철군패와 무영문이 고월장으로 이주한 사실을 구주천가에 알
릴 수만 있다면 이후로 자신의 인생은 탄탄대로일 것이다. 그런
생각을 하니 마음이 절로 급해졌다. 아마 지금쯤이면 다른 간자
들도 철군패가 무영문에 들어왔다는 사실을 인지했을 것이다.
그들이 먼저 손을 써 구주천가에 보고를 한다면 공을 빼앗길 수
도 있었다.

"그들보다 먼저 보고를 해야 한다. 이 정보를 구주천가에 넘
길 수만 있다면 지긋지긋한 하인 생활을 더 이상 하지 않아도
될 것이다."

서곽의 얼굴에 단호한 표정이 떠올랐다. 스스로 어떤 결정을
내린 것이다.

결심을 굳힌 서곽은 태연한 얼굴로 거처를 빠져나왔다.

서곽이 향한 곳은 바로 고월장의 입구 쪽이었다. 당연한 말이

지만 철군패가 들어온 이후 고월장의 경계는 더욱 강화됐다.

서곽이 고월장의 경계무사들에게 허리를 굽실거렸다.

"헤헤! 안녕하십니까? 무사님들."

"자네는 서곽이 아닌가? 무슨 일인가?"

"다름이 아니오라 급히 외출할 일이 생겨서 말입니다."

"그게 무슨 말인가? 당분간 외부의 출입을 엄금하라는 상부의 지시를 잊었는가?"

"제가 어찌 그런 사실을 잊겠습니까? 단지 저는 마을에 가서 몇 가지 물건을 사오려는 것뿐입니다."

"무슨 물건을 말하는가? 고월장에서 필요한 물건은 모두 제때에 공급이 될 텐데."

"이번에 빠진 게 몇 가지 있어서 그럽니다. 화단을 정리하는 가위의 날도 무뎌졌고, 빗자루도 수량이 부족하고, 무엇보다 이번에 들어온 물건들의 품질이 좋지 않습니다. 이럴 바에는 차라리 제가 가서 직접 보고 골라오는 것이 나을 듯합니다."

"꼭 자네가 가야겠나?"

"죄송합니다."

서곽은 한껏 몸을 숙이고, 최대한 측은한 표정을 지었다.

이제까지 서곽이 단호하게 말한 적이 없기에 경비무사들이 난처한 표정을 지었다. 그들도 외부의 출입을 봉쇄하면서 내부에 불만이 많이 쌓였다는 사실을 알고 있었다.

잠시 그들끼리 의논을 하던 경비무사들이 서곽에게 말했다.

"알겠네. 그럼 이번 한 번만 외출을 허용하겠네. 대신 빨리 갔다 와야 한다네. 우리가 눈감아줄 수 있는 시간에도 한계가 있으니."

"물론입니다요. 제가 후다닥 갔다 오겠습니다."

"어서 다녀오게."

서곽이 송구하단 표정으로 고개를 숙이며 걸음을 옮겼다. 서곽이 종종 걸음으로 멀어지자 이제까지 난처한 표정을 짓고 있던 경비무사들의 표정이 변했다.

경비무사 중 한 명이 말했다.

"혹시 모르니 내가 그의 뒤를 밟겠네."

"어쩌면 그가 구주천가의 간자일지도 모르니 각별히 조심하도록 하게."

"물론일세. 그도 내가 자신을 추적한단 사실을 모를 걸세."

서곽을 내보내준 것은 결코 기강이 해이해져서거나, 그가 측은해서가 아니었다. 오히려 수상하기 때문에 내보내준 것이다. 모두의 외부출입을 엄금하는 이때 기를 쓰고 밖으로 나가려는 것이 수상해서 직접 뒤를 밟으려 하는 것이었다.

*　　*　　*

무영문을 빠져나온 후 서곽은 급히 인근의 마을로 향했다. 마을을 향해 달리면서도 그는 연신 뒤를 돌아보며 따라오는 사람이 없는지 확인했다. 그렇게 몇 차례나 확인한 뒤에야 목적지에 도착했다.

그는 마을 외곽에 위치한 조그만 오두막으로 들어갔다. 오두막에는 미리 준비해놓은 전서구와 지필묵이 있었다.

그는 급히 지필묵을 이용해 전서를 작성했다. 전서를 봉투에 넣고 다시 전서구의 다리에 매달기까지 걸린 시간은 일각에 불과했다. 전서구는 힘차게 날아올라 곧 사라졌다.

전서구가 어디로 향하는지는 서곽도 알지 못했다. 그가 할 수 있는 일은 이곳에서 초조하게 소식이 오기만을 기다리는 것뿐이었다.

그렇게 얼마나 기다렸을까? 서곽의 초조함이 극에 이르렀을 무렵, 갑자기 문이 벌컥 열리며 누군가 안으로 들어왔다.

온통 검정 일색의 복장을 한 여인이었다. 싸늘한 표정의 여인은 누군가를 끌고 들어왔다.

서곽의 얼굴에 반가운 빛이 떠올랐다.

문을 열고 들어온 여인은 몰랐지만, 그녀의 복장만큼은 눈에 익었다. 서곽은 그녀와 같은 복장을 한 사람이 자신과 구주천가 사이의 연락책이라는 것을 알고 있었다.

서곽이 급히 그녀를 맞이했다.

"오, 오셨습니까? 그자는 누굽니까?"

"오두막 주위에서 너를 감시하던 자다."

"저를 감시했단 말입니까?"

“그렇다. 이자를 아느냐?”

여인의 말에 서곽이 기절한 남자를 자세히 살폈다. 서곽은 남자가 조금 전에 자신과 이야기를 나눴던 무영문의 경비무사라는 사실을 알아차렸다.

“이자는 무영문의 경비무사. 이자가 저를 감시하고 있었단 말입니까?”

“그렇다.”

“으음! 그렇다면 저는 두 번 다시 무영문으로 돌아갈 수 없겠군요.”

“아마도 그럴 것이다. 우리 암혼살화는 이제까지 너의 전서를 기다려왔다. 말하거라. 무영문은 어디에 있느냐?”

“무영문의 위치를 말하면 약속 대로 저를 구주천가의 일원으로 받아주는 겁니까?”

“물론이다. 처음부터 그렇게 약속했지 않느냐.”

“알겠습니다. 그럼 말씀드리겠습니다. 무영문은 동정호변 고월장으로 이주를 했습니다.”

“고월장?”

여인의 눈이 빛났다.

고월장은 그녀도 익히 아는 곳이었다. 분명 주목은 했으되 용의선상에서는 제외시킨 곳이었다. 고월장이 무영문의 거점이었다니 뜻밖이었다.

“설마 고월장이 무영문의 변신이었다니. 수고했다. 너는 지금 이대로 악양의 낙산주루(落山酒樓)로 가도록 하라. 그곳에서 너에게 새로운 신분을 마련해주고, 구주천가로 안내해줄 터이니.”

“감사합니다.”

여인의 말에 서곽이 연신 고개를 조아렸다.

이제야 그는 숨 막히는 무영문에서 빠져나와 구주천가에서 새로운 삶을 살 수 있게 되었다. 그가 그토록 원하던 삶이었다.

여인은 암혼살화였다. 그녀는 문상 온유하의 명을 받고 무영문을 탐문하는 임무를 맡고 있었다. 그동안 무영문이 너무 완벽하게 잠적해 찾아내지 못했는데, 이제야 끈이 연결됐고, 그 결과 무영문의 흔적을 다시 찾아냈다. 이제 두 번 다시 무영문을 놓치는 일 따위는 없을 것이다.

암혼살화가 이를 뿌득 갈았다.

“무영문, 구주천가의 허락도 없이 잠적한 것을 후회하게 될 것이다.”

“구주천가에게는 그럴 기회가 없을 것이다.”

갑자기 들려오는 낯선 목소리에 암혼살화가 퍼뜩 고개를 들었다. 그녀의 눈에 입구를 막아선 잘생긴 남자가 보였다. 허리에 삐딱하게 찬 검이 특히 인상적인 남자가 자신을 바라보고 있었다.

그를 바라보는 암혼살화의 눈이 차갑게 빛났다.

‘어느새?’

　그녀가 기척조차 감지하지 못할 정도의 고수였다. 아무리 서곽에게 신경을 쓰고 있었다고는 하지만 그녀가 느끼지도 못하는 사이에 지척까지 접근했다는 것은 사내가 보통이 아니란 사실을 말해주고 있었다.

　그녀가 날카롭게 외쳤다.

　“누구냐?”

　“나? 검운영이라고 하지.”

　“검운영?”

　“아마 들어보지 못했을 거야. 하지만 이렇게 말하면 알 수도 있겠군. 멸제 철군패가 내 의형이야.”

　“북풍대?”

　“역시 알아보는군.”

　검운영은 빙긋 미소를 지어보였다.

　검운영의 등장에 서곽이 당황스런 표정을 지었다. 도무지 상황이 어떻게 돌아가는지 알 수 없었기 때문이다. 그의 의문을 덜어주기라도 하듯, 검운영이 입을 열었다.

　“궁금한가? 궁금해할 거 없어. 무영문 내부에 배신자가 있는 것은 능히 짐작할 수 있는 일이었고, 멸제라는 존재가 무영문에 모습을 드러내면 배신자가 어떻게 해서든 외부와 연락을 취할 것 또한 뻔한 사실이니까.”

　“겨우 그런 짐작만으로?”

　“후후! 생각보다 쉬운 일이었어.”

검운영의 미소에 암혼살화의 살기가 더욱 짙어졌다.

"흥! 좋아할 거 하나 없다. 여기서 네놈만 죽여 입을 막으면 누구도 그 사실을 알지 못할 테니까."

"이런! 우리를 너무 우습게 보는군. 지금쯤 당신이 떠나온 근거지에 살아남은 사람은 없을 거야. 전서구를 따라간 동료들이 지금쯤 정리를 하고 있을 테니까."

"뭣이?"

뜻밖의 말에 암혼살화의 표정이 크게 흔들렸다.

검운영의 말은 사실이었다. 아마 지금쯤이면 인근에 있는 암혼살화의 근거지는 철저하게 파괴되었을 것이다. 검운영이 동정호변에 도착해서 가장 먼저 한 일이 바로 뒤따라온 북풍대와 합류한 것이었다.

철군패가 고월장에 들어간 후, 북풍대는 주변을 철저히 감시하다가 서곽의 움직임을 포착했다. 고월장의 경비무사가 끼어든 것은 예상 밖의 일이었다. 그가 암혼살화에 의해 제압을 당할 때도 만전을 기하기 위해 뛰어들지 않았다.

검운영의 치밀한 심계에 암혼살화가 이빨을 뿌득 갈았다.

"우리가 구주천가의 일원이라는 사실을 알면서도 감히 이런 짓을 한단 말이냐?"

"그놈의 구주천가는 편리하기도 하군. 아무데고 편하게 갖다 붙이면 만병통치약처럼 쓸 수 있으니."

"놈!"

"아! 그런 눈으로 보지 말라고. 이건 내 생각이 아니고, 내가 만난 대부분 사람들의 생각이니까."

웃으며 말을 하고 있었지만, 검운영의 눈빛은 차갑기 그지없었다.

촤앙!

암혼살화가 품에서 소도를 꺼내들었다.

소도를 바라보는 검운영의 눈에 이채가 떠올랐다.

"너도 암혼살환가 하는 계집이군."

"그걸 어떻게?"

"이제까지 다섯 명인가? 아무튼 그 정도가 대주 근처로 접근했기에 없앤 적이 있었지. 그때 계집들이 그와 같은 복장을 하고, 그와 같은 소도를 썼지. 그래서 기억하고 있지."

"그런?"

암혼살화의 눈동자가 흔들렸다.

검운영의 말이 사실이라면 자신이 그의 상대가 되지 못할 것이 분명했기 때문이다.

'무영문에 침투시킨 간자들이 발각되지만 않으면 본거지는 나중에라도 알 수 있다. 그렇다면……'

생각보다 행동이 빨랐다.

암혼살화의 소도가 서곽의 가슴팍을 찔러갔다. 우선 서곽을 죽여 입막음을 하고 자결하려는 것이었다. 하지만 그녀보다 검운영의 행동이 더욱 빨랐다.

채앵!

암혼살화의 검이 서곽의 가슴부근에서 검운영의 검에 막혔다. 자신의 의도가 실패하자 암혼살화는 그대로 혀를 깨물고 자결했다.

"이런?"

예상치 못한 암혼살화의 반응에, 검운영이 처음으로 당황한 표정을 지었다. 설마 서곽을 죽이는 것이 실패를 하자 자결을 시도할 줄은 생각하지 못했기 때문이다.

검운영이 검을 거뒀을 때는 이미 암혼살화의 숨이 끊어진 후였다.

"어, 어……."

순식간에 일어난 일에 서곽이 얼이 빠져 '어'라는 말만 반복했다. 검운영이 그런 서곽의 마혈을 짚어 제압한 후 중얼거렸다.

"정말 대단하구나, 구주천가. 어떻게 하면 사람들에게 이렇듯 맹목적인 충성을 받을 수 있는 것인지……."

이제까지 만난 구주천가의 무인들 대부분이 이랬다. 그들은 자신보다 구주천가를 우선시하고, 어떤 희생이라도 기꺼이 치렀다.

"아마 구주천가의 무인들 대부분이 이렇다면 천하의 그 어떤 단체도 구주천가를 무너트릴 수는 없을 것이다."

그가 한숨을 내쉬며 서곽을 등에 짊어졌다. 그가 떠난 자리에는 암혼살화의 시신과 기절한 경비무사가 나뒹굴고 있었다.

　　　　　*　　　*　　　*

　그날 밤 고월장 곳곳에서 사람들의 비명소리가 터져 나왔다. 멀쩡히 잠을 자다가 낯선 이들의 방문을 받은 자들은 모두 무영문도들이었다.

　곤히 자다가 날벼락을 맞은 무영문도 세 명이 낯선 방문자들에 의해 제압당해 연무장 앞으로 끌려나왔다.

　서로의 얼굴을 확인한 무영문도들은 어떤 사실을 깨달았는지 모두 체념하는 표정이 되었다. 그들은 모두 서곽의 자백에 의해 밝혀진 구주천가의 간자들이었다.

　고산도가 그들의 얼굴을 확인하며 비통한 표정을 지었다.

　"어떻게 너희들이?"

　그는 차마 말을 잇지 못했다.

　고산도와 눈이 마주친 무영문도들은 고개를 숙인 채 말을 하지 못했다. 구주천가의 간자들로 밝혀진 이들은 대부분 무영문에서 오랫동안 생활을 한 자들이었다. 다른 두 사람은 그렇다 치더라도 오랫동안 무영문도들의 든든한 정신적이 버팀목이 되어왔던 배 장로의 배반은 그야말로 충격적이었다.

　고산도가 허탈한 음성으로 말했다.

　"왜 그러셨소? 배 장로, 우리는 오랫동안 정을 나눠왔는데, 무엇 때문에 본문을 배반하신 것이오?"

　"할 말이 없네."

"그래도 말해보시오. 왜 본문을 배반한 것이오?"

"미안하네."

"말해보시오, 배 장로."

"몇 해 전 문상부에서 찾아왔었다네. 그들은 내 손녀 부부 이야기를 했지. 언제든 손녀 부부를 죽일 수 있단 그들의 말에 선택의 여지가 없었네."

"차라리 나에게 말하지 그러셨소? 그럼 둘이서 방법을 찾아봤을 텐데."

"허허! 후회하면 뭐하겠는가? 다 내가 모자란 탓이거늘."

배 장로가 눈을 감았다. 더 이상 할 말 없다는 그의 태도에 고산도마저도 말을 잃었다. 그의 표정이 더 할 수 없이 참담해졌다.

그가 힘없이 말했다.

"이들을 모두 가두게. 그들에 대한 처벌은 차후 내리겠네."

"예!"

수하들이 대답과 함께 구주천가의 간자들을 끌고 갔다. 그들의 빈자리를 바라보는 고산도의 눈빛은 공허하기 그지없었다.

"허! 저들은 모두 오랫동안 본문에 몸을 담았던 자들인데. 구주천가는 도대체 얼마나 오래전부터 본문에 공작을 했단 말인가? 이 모든 계책을 문상 온유하가 짰을 터. 허! 무섭구나. 사람이 이토록 무서울 수도 있구나."

그는 새삼 온유하의 무서움을 실감했다.

고산도의 곁에 단월이 다가왔다.

“괜찮으세요, 아버지?”

“괜찮다. 단지 너무 뜻밖이라서 그런다. 설마 저들이 본문의 비밀을 구주천가에 누출하고 있었다니.”

“그나마 지금이라도 그들을 색출했으니 다행이에요.”

“그건 그렇지만, 쉽게 마음이 가라앉을 것 같지 않구나.”

“아버지.”

단월이 안쓰러운 표정으로 고산도를 바라봤다. 믿었던 사람들에게 배신당한 고산도는 족히 십 년은 더 늙어 보였다.

단월이 고산도의 팔을 잡아끌었다.

“안으로 들어가요, 아버지. 저분들을 언제까지 밖에 세워놓을 수는 없잖아요.”

“그래! 내가 저분들을 잊고 있었구나. 어서 안으로 모시자꾸나.”

무영문도들을 대신해 간자들을 제압한 사내들은 바로 북풍대였다. 그들의 선두에 검운영이 있었다.

고산도가 그들에게 포권을 취하며 말했다.

“안으로 들어가시지요. 멸제께서는 안에서 기다리고 계십니다. 이곳에 머무시는 동안은 내 집이라고 생각하고 지내십시오.”

“고맙습니다.”

검운영이 모두를 대신해 인사를 했다.

오랜만에 만난 북풍대원들의 얼굴엔 미소가 떠올라 있었다.

북풍대원들 사이에서 단단한 체구의 사내가 나왔다.

"그 싸가지는 어디에 있소?"

"싸가지라면?"

"철군패, 우리의 대주 말이오."

"아! 멸제 철군패 대협이라면 빈객청에서 여러분들을 기다리고 계십니다."

"그럼 빈객청으로 안내해주시오. 인간이 말이야, 사람이 왔으면 맨발로라도 달려 나와야지, 싸가지 없이 자기만 안에서 편하게 있어?"

콧김을 뿜어내며 씩씩거리는 남자는 바로 양천의였다.

그가 고산도에게 말했다.

"썩 그 싸가지 없는 인간에게 안내하시오."

"저만 따라오십시오."

고산도가 양천의와 북풍대를 안내했다.

*   *   *

중원 한가운데서 멸제와 북풍대가 재회했다.

거대한 폭풍의 불씨를 안고서.

제 3 장
친인재회(親人再會)

　북풍대가 고월장에 머무는 동안 고산도의 대접은 너무나 극진했다. 그는 북풍대를 위한 거처를 따로 마련해주고, 사람들에게 일러 부족함이 없도록 최선을 다하라고 했다. 그 덕분에 북풍대는 간만에 한데 모여 편히 쉴 수 있었다.

　단월이 놀란 것처럼, 고산도 역시 북풍대를 보며 놀라워했다.

　'이들의 모습은 마치 예전의 흑영대(黑影隊)를 보는 것 같지 아니한가? 아니, 짜임새와 서로 간의 유대감을 본다면 오히려 흑영대를 더욱 능가하는 것 같구나. 천하에 이런 전투 집단이 존재할 줄이야.'

　새삼 이들을 장악하고 있는 철군패의 존재감이 더욱 크게 느꺼졌다.

북풍대는 철군패를 정점으로 치밀하게 짜인 조직이었다. 그들 간의 강력한 유대감은 감히 타인이 뚫고 들어갈 수 있는 수준의 것이 아니었다.

'도대체 얼마나 오랜 시간을 함께하고, 얼마나 많은 수라장을 뚫고 나와야 이런 유대감을 가질 수 있을 것인가? 내가 이제까지 본 어떤 단일 무력 집단도 이들과 같은 모습을 보여주지 못했다.'

북풍대를 보면서, 고산도는 그들이 철군패와 같은 의식을 공유하고 있을지도 모른다는 생각을 했다. 그 정도로 북풍대는 강력한 규율과 연대감으로 똘똘 뭉쳐 있었다.

'이런 이들과 함께 하게 된 것은 무영문에게 큰 복이다. 이들이 있다면 천하의 그 누구도 두려워할 필요가 없을 것이다.'

이제야 강력한 우군을 얻은 느낌이었다. 그동안 무영문은 구주천가와 반천련이라는 거대 세력에 의해 생사를 오가는 핍박을 받아왔다. 이제야 그 고생에 대한 보답을 받는 느낌이었다.

'이제 그 누구도 우리 무영문을 무시하지 못할 것이다.'

고산도가 미소를 지으며 뒤돌아섰다.

자신의 거처로 걸어가는 그의 발걸음에 절로 힘이 실렸다.

그때 그의 발걸음을 잡는 목소리가 있었다.

"문주님."

"무슨 일인가?"

그를 부른 이는 무영문의 총관이었다.

수염이 희끗희끗한 총관이 송구한 얼굴로 허리를 숙이며 말했다.

"손님들께서 문주님을 찾습니다."

"손님이라면?"

"철 대협께서 문주님을 찾습니다."

"그런가? 그럼 당연히 가봐야지."

고산도가 고개를 끄덕이며 철군패의 거처를 향해 걸음을 옮겼다. 철군패의 거처에 들어서자 검운영과 양천의, 그리고 단월이 함께 있는 모습이 보였다. 그들의 앞에는 거대한 중원전도가 놓여 있었다.

고산도가 들어서자 철군패 등이 그를 맞아주었다.

"어서 오시오."

"부르셨다 들었습니다."

"고 문주의 의견을 듣고 싶어서 모셨소."

"무엇이든 물어보시지요. 제가 알고 있는 것이라면 뭐든지 말씀드리겠습니다."

고산도가 자리에 앉았다. 그러자 단월이 말문을 열었다.

"이곳에 오는 동안 마해가 천문산과 오악을 점거했다는 이야기를 들었어요. 아버지는 그에 대해 아는 것이 있나요?"

"나 역시 무영문도들을 동원해 마해의 의도가 무엇인지 추적하고 있다. 하지만 아직까지 그들의 정확한 의도가 무엇인지 밝혀진 것은 없단다.”

“짐작 가는 것도 없나요?”

“미안하구나. 아직까지는 짐작조차 가는 것이 없단다. 그 때문에 우리뿐 아니라 구주천가에서도 꽤나 당황해하는 것 같더구나.”

“그렇겠죠. 확실히 이번 마해의 움직임은 모든 사람들의 의표를 찔렀어요. 중요한 것은 왜 그들이 천문산과 오악을 점거했느냐는 거죠. 거기에는 분명 이유가 있을 거예요.”

“그렇겠지. 지난 이십 년 동안 철저하게 준비한 그들이 아무런 이유도 없이 천문산과 오악을 점거하지는 않았을 것이다.”

장내의 분위기가 침중해졌다.

이미 마해의 무서움은 이십 년 전에 증명됐다. 지난 이십 년 동안 만반의 준비를 갖춘 마해가 얼마나 무서운 힘을 갖췄는지 짐작조차 가지 않을 정도였다.

철군패는 마해가 점거하고 있는 천문산을 가리키며 말했다.

“저들이 위험과 부담을 무릅쓰고 점거할 만큼 천문산과 오악이 가치가 있다는 것만은 확실하군.”

“맞아. 그들을 움직이게 만든 무언가가 천문산에 있을 거야. 그 사실을 밝혀내야 해.”

단월이 철군패의 생각에 동의했다.

무거운 분위기 속에서, 그들은 한참을 중원전도를 내려다봤다. 하지만 아무리 중원전도를 봐도 뾰족한 수는 나오지 않았다.

결국 철군패가 침묵을 깼다.

"여기에서 이러고 있어봐야 알 수 있는 것은 하나도 없어. 결국은 자신의 눈으로 본 것만이 진실이지."

"그 말은 곧 천문산으로 가겠다는 뜻이야?"

"필요하다면."

"이미 구주천가가 움직였는데, 굳이 네가 움직일 필요가 있을까?"

"그들과 나는 상관없어. 그리고 나는 그가 없는 구주천가를 믿지 않아."

철군패의 음성은 단호했다. 그의 확고한 음성에 단월과 검운영 등이 고개를 끄덕였다. 그들은 철군패를 통해 현재 구주천가를 지배하고 있는 십전제가 진짜가 아니란 사실을 알고 있었다. 천하에서 가장 무서운 비밀을 공유하고 있는 셈이었다.

철군패가 이렇게까지 말하는데 반대할 명분이 없었다.

"일단 천문산으로 가는 것을 조금만 미뤄줘."

"왜?"

"천문산의 정보를 알아봐야지."

"정보?"

"나를 믿고 조금만 기다려줘. 분명 조금이라도 피해를 줄일 수 있을 테니까."

"알았다."

단월의 확신에 찬 얼굴에 철군패가 자신도 모르게 고개를 끄덕이고 말았다.

두 사람의 이야기가 끝나길 기다렸다는 듯이 양천의가 끼어들었다.

"그럼 모두 끝난 거지? 그럼 골치 아픈 일 모두 잊고 술이나 한잔하자고. 중원의 술이 달짝지근한 것이 무척 맛있던데."

"술이라면 제가 얼마든지 내놓겠습니다. 오늘 하루 마음껏 드십시오."

"하하하! 고 문주님은 정말 좋은 사람이구려. 갈수록 내 마음에 꼭 드는 말만 하니. 자, 오늘 우리 코가 삐뚤어지도록 마셔봅시다. 사내라면 응당 술을 함께 마셔야 친해지는 법이지."

"네? 네!"

양천의가 당황하는 고산도의 어깨에 척하니 자신의 팔을 걸쳤다. 이렇게 되자 고산도는 양천의에게 잡혀 옴짝달싹할 수 없게 됐다.

고산도의 어깨에 팔을 걸친 자세 그대로 양천의가 뒤돌아보며 말했다.

"너희들도 더 이상 머리 아프게 신경 쓰지 말고, 밖으로 나오라구. 질펀한 술판을 벌이고 있을 테니까. 그럼 갑시다. 고 문주님. 으하하하!"

"잠깐, 어깨에 걸친 팔은 놓으시고……."

"우하하! 고 문주님께서 부끄러움을 많이 타시는구려. 걱정하지 마시오. 사내들끼리 가까워지려면 살을 부대껴야하는 법이니까.”

“그런?”

“자자, 갑시다. 어서 갑시다.”

고산도가 양천의에 끌려서 금세 사라졌다.

검운영이 한숨을 내쉬었다.

“아무래도 내일 고 문주님께서 무사히 일어나긴 그른 것 같군요. 하필이면 천의 형님에게 붙잡히셨으니.”

“고 문주도 그리 만만한 사람은 아니니까 잘 처신하겠지.”

“천의 형님은 마음에 드는 사람이 있으면 함께 죽을 때까지 술을 마시니 문제지요.”

검운영의 얼굴에 안됐다는 빛이 떠올랐다.

누구보다 양천의의 술버릇을 잘 아는 검운영이었다. 그는 고산도의 명복을 빌었다.

*　　*　　*

검운영의 말처럼, 그날 고산도는 인사불성이 된 뒤에도 술을 계속 마셔야 했다. 그는 정신을 잃고서야 양천의의 마수에서 풀려날 수 있었다.

“휴!”

철군패가 나직이 한숨을 토해내며 자리에서 일어났다. 그의 주위에 온전히 정신을 유지하고 있는 자는 아무도 없었다. 그들은 그야말로 내일이 없는 사람처럼 미친 듯이 술을 퍼마셨다. 덕분에 고가주루 때부터 소중하게 간직해온 여아홍이 모두 동이 나고 말았다. 더 이상 술을 내올 수 없을 때부터 한두 사람씩 쓰러지더니, 결국은 모두가 혼절하고 말았다.

북풍대원들은 이리 엉키고 저리 엉킨 채 바닥에 널브러져 있었다. 그 모습이 마치 전쟁을 치른 직후 같았다.

"지독한 녀석들, 이 지경이 될 때까지 술을 마시다니."

철군패가 고개를 저으며 자리에서 일어났다.

어지간하면 취기를 느끼지 못하는 그가 어지러움을 느낄 정도였다. 내공을 이용하면 금세 취기를 몰아낼 수도 있었지만, 철군패는 그러지 않았다. 기분 좋은 취기를 오래도록 느끼고 싶었기 때문이다.

단월은 중간에 피신해 이 자리에 없었다. 철군패는 잘됐다고 생각했다. 끝까지 같이 있었다면 단월도 바닥에 널브러져 자는 흉한 꼴을 피할 수 없었을 것이기 때문이다.

"휴!"

철군패가 나직이 한숨을 토해내며 걸음을 옮겼다. 내쉬는 숨에서 주향이 느껴졌다.

"정말 지독히도 마셨구나."

철군패가 향하는 곳은 화왕이 있는 마구간이었다.

푸르르!

마구간에 다가가자 말들의 거친 숨소리가 들렸다. 말들이 낮선 인기척을 느끼고 동요하는 기색이 느껴졌다.

철군패가 통로로 걸음을 옮겼다. 화왕은 마구간 제일 안쪽 좋은 자리에 있었다.

문득 철군패의 걸음이 딱 멈췄다.

마구간 안쪽에 낯선 기척이 느껴졌기 때문이다. 자신이 아닌 다른 누군가 안에 있는데도 불구하고 화왕이 무척이나 얌전하다는 것에 철군패의 미간이 찌푸려졌다.

화왕이 있는 마구간에 다가가자 낯선 인형이 화왕의 콧잔등을 쓰다듬고 있는 믿기지 않는 모습이 보였다. 철군패를 제외한 타인에겐 절대 자신의 몸에 손을 대는 것조차 허락하지 않는 포악한 녀석이, 놀랍게도 낯선 이의 손길을 즐기고 있었다.

철군패가 모습을 보이자 화왕을 쓰다듬던 손길이 딱 멈췄다.

어두워서 잘 보이지 않았지만, 무척이나 늘씬한 체형을 갖고 있다는 사실을 알 수 있었다.

"누군가?"

철군패의 묵직한 저음이 어둠 속에 울려 퍼졌다. 흥분하지도, 놀라지도 않은 담담한 음성이었다.

이미 취기는 온데간데없이 사라졌다. 그는 안력을 끌어올려 어둠 속을 바라봤다. 그러자 여인의 형체가 또렷이 보였다.

잠시 후, 여인이 어둠 속에서 걸어 나오자 얼굴이 희미하게 드러났다. 놀랍도록 아름다운 미녀였다. 백설보다 흰 피부에 석류처럼 붉은 입술, 흑요석을 박아 넣은 듯 반짝이는 눈동자가 무척이나 인상적인 여인이었다. 하지만 처음 보는 얼굴이었다.

철군패가 다시 한 번 물었다.

"누군가?"

"오라버니."

"관……설이냐?"

전혀 다른 모습과 음성이었지만, 철군패는 여인이 임관설이라고 확신했다. 왜 그런지는 몰랐지만, '오라버니'라는 말을 듣는 순간 그런 느낌이 들었다.

여인의 입가에 한 줄기 호선이 그려졌다. 분명 미소였다. 미소를 보는 순간 철군패는 그녀가 임관설임을 확신했다.

"맞구나."

"그래요. 오랜만이에요, 오라버니."

"그게 너의 본모습이냐?"

철군패의 질문에 임관설이 고개를 저었다. 그러자 철군패가 안타까운 표정을 지었다.

"그 모습도 가짜란 말이냐?"

"나조차도 어느 게 나의 진짜 모습인지 알 수 없어요. 나는 오랫동안 진실한 모습을 잊고 살았으니까요."

"왜 그런 것이냐?"

"그렇게 키워졌으니까요."

"키워져? 신도제원이 그렇게 만든 것이냐?"

"그것까지 말해줄 수는 없어요, 오라버니."

임관설의 얼굴에 안타깝다는 표정이 떠올랐다.

"이곳엔 어쩐 일로 온 것이냐? 그냥 단순히 내가 보고 싶어서 온 것은 아닐 테고."

"오라버니를 뵈러 왔어요. 할 말이 있어서예요."

"할 말?"

"그래요. 오라버니, 설마 천문산이나 오악으로 갈 것은 아니겠죠?"

"……."

"역시 가려는군요."

"가면 안 되는 이유라도 있느냐?"

철군패의 질문에 임관설이 입술을 지그시 깨물었다. 갈등하는 모습이었다.

"오라버니는 절대 그곳에 가면 안 돼요."

"왜?"

"나도 자세히는 알지 못해요. 하지만 그곳에서 심상치 않은 일이 벌어지고 있다는 것쯤은 알고 있어요."

"그게 무엇이냐?"

"그 이상은 말해줄 수 없어요."

"관설아, 네가 모든 것을 털어놓아야 나 역시 너를 도와줄 수 있다. 무슨 사연이 있는지 말해다오. 최선을 다해 너를 돕겠다. 만일 신도제원이 강제로 너를 금제하고 있는 것이라면 그를 죽여서라도 자유를 주겠다."

임관설이 고개를 저었다.

"오라버니는 아무것도 몰라요. 하지만 오라버니의 마음만은 고맙게 받을게요."

"관설아."

"오라버니는 강해요. 어쩌면 단순한 무력으로는 오라버니가 대사조를 이길 수 있을지도 몰라요. 하지만 대사조의 그 능력이 있는 한, 오라버니는 결코 대사조를 이길 수 없어요."

"능력? 무슨 능력을 말하는 것이냐?"

"그건 말해줄 수 없어요. 하지만 이 한 가지는 말해줄 수 있어요. 그와 만나게 되면 결코 그의 목소리에 주의를 기울이지 마세요. 내 말을 명심하세요."

임관설의 목소리는 간절했다. 그녀는 철군패가 자신의 말을 듣길 원했다. 그녀의 부탁을 거절할 수는 없었다.

철군패가 고개를 끄덕이며 그녀에게 다가갔다. 그러자 임관설이 그만큼 뒤로 물러났다.

푸르르!

임관설이 떨어지자 화왕이 아쉬운 듯 투레질을 했다.

"오라버니를 만나서 좋았던 것은 잠시나마 꿈을 꿀 수 있었다는 거예요."

"관설아."

"그녀는 좋은 사람인 것 같아요."

그 말만을 남기고 임관설의 모습이 사라졌다. 철군패가 급히 마구간에서 나왔을 때는 이미 그녀의 기척조차 사라진 뒤였다.

철군패의 눈이 묵직하게 가라앉았다. 거친 풍랑에도 결코 동요하지 않는 심해처럼 그의 눈빛 또한 무겁고 어둡게 빛나고 있었다.

"신도제원…… 그 아이에게 무슨 짓을 한 것이냐?"

눈빛만큼이나 무겁고 거친 음성이었다.

*　　*　　*

"그를 감시하던 암혼살화에게서 완전히 연락이 끊겼습니다."

"으음!"

한월의 보고에 온유하가 나직한 신음성을 흘렸다.

"그에게 붙인 암혼살화가 다섯 명이었어요. 그런데도 실패했다는 건가요?"

"죄송합니다."

"아니에요. 한월의 잘못은 아니니까요. 그래도 뜻밖이군요. 멸제를 감시하던 암혼살화 다섯 중 단 한 명도 살아서 보고를 하지 못했다는 사실이. 이로써 우리는 그의 행적을 완전히 놓쳤군요."

"정보망을 다시 가동하고 있습니다. 금방 그의 행적을 찾을 수 있을 겁니다."

"그가 무영문의 힘을 얻었다면 쉽지 않을 거예요. 무영문의 정보력은 결코 구주천가에 못지않으니까요. 그들이라면 멸제의 정보를 조작하거나 은폐하는 것이 가능할 거예요.”

그래서 그토록 무영문을 복속시키려 했던 것이다. 현시대는 누가 더 많은 정보를 얻고, 또한 은폐하느냐에 따라 승패가 갈렸다. 온유하는 정보의 중요성을 일찍이 깨닫고 문상부의 정보력을 키우는 데 총력을 기울였다. 만일 무영문을 복속시킬 수만 있었다면 그녀의 정보력은 완전무결해졌을 것이다.

“이로써 호랑이에게 날개를 달아준 격이 되었군요. 무영문은 멸제라는 든든한 보호자를 얻었고, 멸제는 무영문이란 눈과 귀를 얻었으니까요. 실로 두려운 일이에요.”

“그 둘이 힘을 합쳤다고 해도 구주천가를 어찌할 수는 없을 겁니다.”

“한월은 몰라요. 인간의 능력을 초월한 무인이 갖는 절대적인 힘을. 구주천가는 칠백 년의 역사와 수많은 무인들의 희생위에 세워졌지만, 정작 구주천가를 반석 위에 세운 것은 단 한 명의 힘이었어요.”

“문상……”

“나는 알고 있어요. 그런 이들이 얼마나 위험한지, 세상에 어떤 위협이 될 수 있는지. 평범한 사람들이 대다수인 세상에서, 그들은 너무 위험한 존재예요. 평범한 사람들은 그들에게 운명을 휘둘릴 수밖에 없어요. 설령 그 자신에게 그런 뜻이 없다 할지라도 말이에요. 무영문이 그에게 가세함으로써 그는 현시대의 흐름을 읽을 수 있게 되었어요. 어떻게 행동을 해야 자신에게 이득이 될지도 말이에요. 작금의 난세에 그와 같은 패웅이 또다시 나타나다니, 이건 정말 좋지 않은 흐름이에요, 한월."

온유하가 탄식을 토해냈다.

한월은 말이 없었다. 이제까지 이십 년 동안 온유하를 모셔온 그녀였다. 하지만 그런 그녀조차도 간혹 온유하가 필요이상으로 예민해진 것이 아닌가 싶었다. 하지만 온유하에게 그런 말을 할 수는 없었다.

"이렇게 된 이상 멸제를 내가 직접 만나보는 것이 좋을 것 같군요."

"직접 말입니까?"

"그래요. 직접 만나서 그를 우리 편으로 끌어들여 봐야겠어요."

"하지만 그는 이미 우리에게 큰 반감을 가지고 있을 겁니다. 무영문이 우리 때문에 어떤 고초를 당했는지 이미 알고 있을 테니까요."

"그가 정말 세상을 노리는 패웅이라면 그런 사소한 감정 따위에는 연연하지 않을 거예요."

온유하는 확신에 찬 음성으로 말했다.

그녀는 철군패를 난세에 세상의 권력을 노리는 패웅 중 한 명으로 보고 있었다. 어쩌면 그녀의 그런 생각은 매우 당연한 것인지도 몰랐다.

그 자신도 절대적인 무력을 갖고 있으면서, 휘하에 자신의 뜻을 이행해줄 잘 정련된 수하들을 데리고 있다. 거기에 천하에서 가장 잘 구성된 정보 조직까지. 그 정도를 갖췄다면 능히 천하를 노려볼 마음이 생기지 않겠는가?

그렇게 온유하는 자신만의 기준으로 철군패라는 존재를 정의하고 규정했다.

"참! 금황대(金黃隊)는 어떻게 되었나요?"

"이미 출발을 했습니다."

"지원은 확실히 했겠지요?"

"물론입니다. 천문산과 오악 인근의 문파들에게도 확실하게 협조요청을 한 상태입니다. 금황대가 원한다면 얼마든지 인근 문파들의 힘을 끌어다 쓸 수 있을 겁니다."

"아낌없이 지원해주세요."

"물론입니다."

한월의 대답을 들은 온유하가 나직이 한숨을 내쉬었다. 왠지 기력이 빠지는 기분이었다. 그녀의 모습을 잠시 바라보던 한월이 걸음을 돌려 밖으로 나가려고 했다.

그때 온유하의 목소리가 그녀를 붙잡았다.

"참, 위강이에 대해 들어온 소식은 없나요?"

"아직은 없습니다만 한번 알아보겠습니다."

"아니에요. 잘하고 있겠죠. 그 아이 또한 천가의 핏줄. 스스로의 앞길을 헤쳐 나갈 힘을 갖고 있으니까요."

"하지만……."

"그냥 내버려두세요. 그분도 그렇게 하길 원하니까요."

"알겠습니다."

결국 한월은 그렇게 대답하며 생각했다.

'아무리 천가의 고집이 대단하다고 할지라도 당신만 할까요. 당신의 고집은 오히려 천가를 능가합니다.'

그러나 그녀는 자신의 생각을 입 밖으로 내뱉지 않았다. 어쨌거나 온유하는 자신이 모시는 주인이었기 때문이다.

그때였다. 급한 발자국 소리가 들리더니 문이 열렸다. 문을 열고 들어온 이는 문상부의 정보담당자였다.

한월이 무언가 심상치 않은 기색을 느끼고 물었다.

"무슨 일인가요?"

"남쪽에서 급보가 들어왔습니다."

"급보?"

"예! 하주(賀州)인근에 마해의 무리로 보이는 무인들이 대거 목격되었다는 보고입니다."

"하주에서 말인가요?"

"그렇습니다."

"숫자는 얼마나 된다던가요? 그들이 어떻게 우리의 감시망을 뚫고 하주에 모습을 드러낸 건가요? 그들이 하주에 모습을 드러낼 때까지 뭘 하고 있었던 겁니까?"

"저희가 파악한 바로는 그들은 적게는 수십 명, 많게는 수백 명씩 분산해 북상하고 있는 듯합니다. 그 때문에 이제껏 대규모 움직임이 포착되지 않은 것으로 보입니다.”

“음!”

한월의 얼굴이 딱딱하게 굳었다. 그녀가 급히 온유하를 바라봤다. 하지만 온유하의 표정은 예상보다 차분했다.

“올 것이 왔군요.”

이미 그녀는 언제고 이런 순간이 올 거라고 예상해왔었다. 어쩌면 천문산과 오악의 점거는 구주천가의 시선을 돌리기 위해 벌인 일인지도 몰랐다.

“당황할 필요 없어요. 우리는 준비한 대로만 하면 돼요. 각 조직들에게 비상대기 명령을 내리세요. 언제 어느 순간이고, 적들이 우리의 영역을 침범하는 순간 즉각적으로 응징할 겁니다.”

“예!”

“알겠습니다.”

두 사람의 대답이 방안을 울렸다.

*　　*　　*

“그녀는 여전히 바쁜 모양이군.”

혁련청화가 자신의 창을 손질하며 온유하의 거처인 문상부를 바라봤다. 온유하가 분주하게 움직이는 동안에도 혁련청화는 자신의 거처인 무상부에서 두문불출하며 무공수련에만 열중했다.

오랜 경험으로, 그녀는 지금과 같은 난세에 진정으로 필요한 것은 무력이라는 사실을 잘 알고 있었다.

무상부에는 혁련청화 말고도 수백 명의 무인들이 무공을 닦고 있었다. 그들 모두가 혁련청화의 친위대였다.

혁련청화의 영향을 고스란히 받았기에 그들 역시 대부분이 무공광(武功狂)이었다. 혁련청화가 무공을 수련하는 시간 동안 그들 역시 무공을 수련하며 자신의 역량을 키워왔다.

혁련청화의 이십 년 피와 땀이 고스란히 담겨 있는 역작이 바로 무상부의 무인들이었다.

"하!"

"챠핫!"

무인들의 기합소리가 무상부의 연무장을 쩌렁쩌렁하게 울렸다. 그들이 흘리는 굵은 땀방울이 연무장 바닥을 적시고 있었다.

팅!

혁련청화가 손가락을 튕기자 창날이 맑은 소리를 내며 울렸다. 혁련청화는 창의 울림을 기분 좋게 들었다.

이젠 굳이 창이 없어도 되는 경지에 오른 혁련청화였지만, 손에 익은 창을 놓으면 허전했기에 여전히 갖고 다녔다.

혁련청화도 불어오는 광포한 바람을 느끼고 있었다.

"이런 바람을 예전에도 느껴본 적이 있다. 이십 년 전, 바로 그날……."

그녀의 운명을 송두리째 뒤바꿔놓았던 그날 그와의 만남.

그는 없었지만, 아직까지 그녀는 그와의 강렬했던 만남을 기억하고 있었다.

"하긴 그 누구도 그 남자를 잊지 못하겠지. 그런 강렬한 야성의 느낌을 풍기는 남자는 결코 쉽게 잊히지 않는 법이니까."

예전이라면 결코 할 수 없었을 생각이었다. 그러나 이십 년이란 세월은 그녀에게 차분함과 냉철하게 생각할 수 있는 여유를 안겨 주었다. 그런 여유를 바탕으로 그녀는 이십 년 전의 그 남자를 새롭게 생각했다.

혁련청화가 생각하는 그 남자는 천우진이었다. 그를 대신해 천원각에 앉아있는 천우경이 아니라, 진짜 십전제인 천우진이었다.

홀연히 이 세상에서 사라졌지만, 결코 잊히지 않는 남자.

"이십 년 전의 천마가 살아있다면, 어쩌면 그 역시 살아있을지도 모른다."

예전부터 그가 살아있을지도 모른다는 생각을 해왔다. 그리고 천마가 재등장한 시점부터 그녀는 자신의 생각이 사실일지도 모른다는 생각을 했다.

"어디에 있느냐, 천우진. 살아있긴 한 것이냐?"

혁련청화의 시선은 먼 하늘을 향해 있었다.

제 4장

혼돈격세대진(混沌隔世大陣)

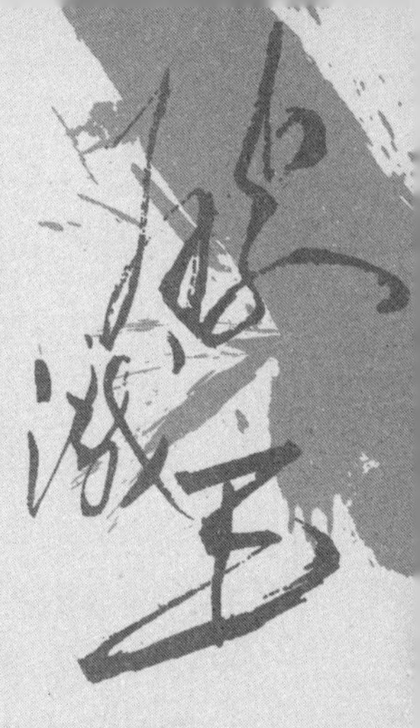

　장문역은 천문산 인근에서 대대로 철방(鐵房)을 운영하고 있었다. 그는 대단한 명장은 아니었지만, 그래도 제법 솜씨가 있는 축에 속해서 철방을 찾아오는 사람들이 끊이지 않았다.

　장문역의 철방에서 만들어내는 물건들은 대부분이 농기구였다. 검이나 도 같은 무인들이 쓰는 병기는 만들지 않았다. 만들고자 하면 못 만들 것도 없었지만, 그의 철방은 조상 대대로 아예 병기를 만들지 않았다. 병기를 만들었다가 패가망신한 사람을 많이 봐온 장문역도 그런 조상들의 유훈을 물려받아 농기구만을 만들어 팔았다.

　농기구만 팔아도 먹고사는 데는 지장이 없었다. 그가 만든 농기구들은 제법 튼튼했기에 찾아오는 사람들도 많았다. 평상시 별다른 근심걱정 없이 살던 장문역이었지만, 오늘 그의 표정은 결코 밝지 못했다.

장문역의 앞에는 낯선 방문자가 있었다.

스스로 천문산에서 내려왔다고 밝힌 사내였다. 챙이 넓은 밀짚모자를 깊게 눌러써서 얼굴을 알아볼 수는 없었지만, 그의 분위기가 심상치 않다는 사실만큼은 충분히 알 수 있었다.

장문역도 최근 천문산의 주인이 바뀌었다는 사실을 알고 있었다. 이제까지 천문산의 주인을 자처해왔던 등천문이 멸문을 당하고, 그 자리를 정체를 알 수 없는 무인들이 차지하고 있다는 사실을 말이다.

자신과는 관계없는 일이라 생각해서 관심을 두지 않았는데, 천문산에서 내려왔다고 하니 왠지 꺼림칙한 마음을 떨쳐버릴 수 없었다.

장문역이 조심스럽게 물었다.

"무, 무슨 일이십니까? 천문산에서 왜 저에게?"

"인근 제일의 대장장이라고 들었다. 사실인가?"

"주위 사람들이 높게 평가해주시지만, 저는 평범한 대장장이일 뿐입니다."

"이미 알아봤다. 인근에서는 네가 가장 실력이 좋은 대장장이라더군."

낯선 방문자는 이미 모든 것을 알아보고 온 듯 했다. 그의 확신에 찬 말에, 장문역은 쉽게 무어라 답을 할 수 없었다.

방문자가 말을 이었다.

"네가 한 가지 물건을 만들어주기를 원한다."

그가 품속에서 둘둘 말은 종이를 꺼내 장문역에게 던졌다. 종이를 받은 장문역이 미간을 찌푸리며 펼쳐보았다. 종이에는 도면이 그려져 있었다.

도면으로 그려진 것은 분명 둥그런 원판이었다. 하지만 원판을 보는 순간 장문역은 무언가 심상치 않은 기분을 느꼈다. 겉보기에는 평범한 원판인 것 같았지만, 톱니가 나있는 모양이나 파여져 있는 홈의 모양이 무언가 다른 물건의 부속품인 것처럼 보였다.

장문역이 조심스럽게 물었다.

"이것이 무엇입니까?"

"그것은 알 필요가 없고, 너는 그저 도면 대로 만들어주기만 하면 된다."

"저는 아직까지 이렇듯 복잡한 물건을 만들어본 적이 없습니다. 죄송하지만 저보다 더 실력이 좋은 대장장이를 찾아보시는 것이 좋을 듯싶습니다."

장문역이 조심스럽게 거절의 뜻을 밝혔다. 하지만 방문자는 꿈쩍도 하지 않고 말을 이었다.

"나는 너에게 부탁을 하기 위해 온 것이 아니다."

"하지만……"

스릉!

방문자가 슬쩍 들고 있던 검의 손잡이를 들어올렸다. 그러자 날카롭게 빛나는 검신이 모습을 보였다.

방문자의 뜻은 명확했다. 장문역이 도면의 물건을 만들지 않는다면 죽이겠다는 뜻이었다.

그 순간 장문역의 머릿속에 오만가지 생각이 다 떠올랐다. 그는 본능적으로 자신에게 최악의 상황이 닥쳤음을 인지했다. 방문자의 말을 들어주지 않는다면 자신은 물론이고, 가족의 목숨까지 위험해질 수 있음을 직감한 것이다.

'하지만 이 남자의 분위기로 봐서는 내가 물건을 만들어준다고 해서 가만 내버려둘지도 의문이구나.'

비록 무림이라는 세상과는 아무런 인연도 없이 살아온 장문역이었지만, 그들이 얼마나 무섭고 잔인해질 수 있는지 잘 알고 있었다.

잠시 머리를 굴리던 장문역이 조심스럽게 말했다.

"알겠습니다. 이 물건을 만들어드리겠습니다."

"기한은 얼마나 걸리겠는가?"

"구조가 워낙 복잡한데다 쇠를 녹이고 형태를 잡는 것까지 한다면 최소 보름의 시간은 필요합니다."

"열흘 주겠다."

"하지만……."

"명심하라. 열흘이다. 열흘 안에 만들어내지 못하면 너는 물론이고, 이 철방 안에 있는 그 어떤 사람도 살아남지 못할 것이다.

방문자가 챙이 넓은 모자를 들어올렸다. 그러자 살기어린 눈빛이 드러났다. 그의 무서운 눈빛에 장문역은 감히 숨도 크게 쉬지 못하고, 마른침만 꿀꺽 삼킬 뿐이었다.

그가 다시 조심스럽게 물었다.

"그럼 물건이 완성되면 천문산으로 보내면 되겠습니까?"

"너는 그런 걱정을 할 필요가 없다. 내가 이곳에 있을 테니까."

"그럼 열흘 내내 이곳에 있겠다는 말씀이십니까?"

"그렇다. 그만 물어보고 바로 작업하도록."

방문자의 의도는 명확했다. 열흘 내내 이곳에서 장문석이 작업하는 것을 감시하겠다는 것이다.

'어쩌면 그는 내가 물건을 완성하는 즉시 죽여서 입을 막으려 할지도 모르겠구나.'

그가 받은 도면은 어떤 거대한 물건의 일부일 뿐이었다. 비밀을 지키기 위해 따로 만들려는 것이 분명했다. 그렇다면 비밀을 지키기 위해서는 물건이 완성되는 즉시 장문역을 죽일 수도 있었다. 그렇게 생각하자 온몸에 소름이 다 돋았다.

그러나 장문역은 최대한 차분한 목소리로 말했다.

"알겠습니다. 하지만 이 물건을 만들려면 질 좋은 쇠가 필요한데, 마침 창고에 양질의 쇠가 있으니 찾아오겠습니다.

"다른 생각은 하지 않는 것이 좋을 것이다. 네가 없어진다면 나는 너의 가족을 제일 먼저 죽일 테니까. 그런 후에 반드시 너를 찾아내서 세상에 존재하는 모든 고통을 다 주고 죽일 것이다."

"제가 감히 그런 생각을 품을 리 있겠습니까?"

"어서 창고에 갔다 오도록."

"예! 금방 다녀오겠습니다."

장문역이 철방을 빠져나와 뒤쪽에 있는 창고로 갔다. 그의 말처럼 창고에는 질 좋은 쇠들이 많이 있었다. 그러나 정작 장문역이 집어든 것은 쇳덩이가 아니었다. 그가 어지럽게 쌓여 있는 물건들을 치우자 지필묵과 활, 화살이 드러났다.

장문역은 급히 종이에 현재의 상황을 휘갈겨 쓴 다음 화살 몸통에 묶었다. 그런 후에 화살을 창고의 창문을 통해서 쏘았다.

쉬익!

화살이 긴 포물선을 그리며 철방 건너편 숲속으로 날아갔다. 화살을 날린 직후 장문역은 지붕 위에 붉은 깃발을 매달았다. 그리고 나서 태연하게 쇳덩이를 들고 철방으로 향했다.

'믿을 것은 오직 무영문밖에 없구나. 그들이 내가 쏜 화살을 발견해야할 텐데.'

장문역은 무영문도였다.

사람들은 흔히 무영문이 도둑들로만 이뤄졌다고 생각하지만, 사실 오래전부터 그들과 연결된 각양각색의 사람들이 많이 포함되어 있었다. 장문역 같은 경우에는 할아버지 때부터 무영문에 대대로 가입했었다.

빨간 깃발을 걸었다는 것은 그의 집에 문제가 생겼다는 뜻이었다. 만일 무영문의 누군가 빨간 깃발을 본다면 약속된 장소에 가서 화살을 발견할 수도 있을 것이다.

장문역은 제발 자신이 쏜 화살이 무영문도에게 발견되길 빌었다. 자신이 한 행동이 얼마나 큰 불씨가 될지도 모르면서 말이다.

그날부터 장문역은 방문자가 건네준 도면 대로 물건을 만들기 시작했다.

*   *   *

금황대는 온유하가 특별히 키운 조직이었다.

구주천가의 조직도에는 올라와 있지 않은 조직. 때문에 그들은 매우 특별한 취급을 받는다. 그들이 투입되는 곳은 한 치 앞을 알 수 없는 위험지역이었다.

위험한 임무를 수행하다가 순직하게 되면 그들의 가족은 구주천가에서 책임지고 보살펴주고, 매달 일정액의 연금이 지급된다.

자신이 아니라 가족을 위해 싸우는 자들이 속해 있는 조직이 바로 금황대인 것이다. 그들은 통상적인 무공을 익히는 대신 임무에 필요한 무공을 선택적으로 익혔다. 그들이 익힌 기술 중에는 침투술, 은폐술, 암살기법 등이 있었다. 한마디로 각 분야의 전문가들이 모두 모인 셈이었다.

금황대주 연이상은 마흔 초반에 무척이나 강인한 인상의 소유자였다. 짙은 눈썹과 움푹 들어간 눈, 불거져 나온 광대뼈와 굳게 다문 입술은 그를 강직한 인상으로 보이게 했다.

연이상 뒤에는 십여 명의 무인들이 말을 타고 뒤따르고 있었다. 그들이 향하고 있는 곳은 바로 천문산이었다. 온유하가 천문산에서 벌어지는 일을 파악하기 위해 그들을 내보낸 것이다.

천문산으로 향하는 연이상의 표정은 비장하기 그지없었다. 그는 천문산에서 벌어지는 일이 무척이나 심각하단 사실을 인지하고 있었다.

등 뒤에서 금황대 중 한 명이 큰 목소리로 말했다.

"대주, 잠깐 쉬어 갑시다. 말들이 더위에 지쳤소."

다른 이들도 모두 그의 말에 동의를 했다. 아닌 게 아니라 지독한 더위에 말들이 지쳐서 걸음이 느려지고 있었다.

"좋다. 저기 나무 그늘 아래서 잠시 쉬었다 간다."

"고맙습니다."

"휴! 이제야 조금 쉴 수 있겠군."

금황대원들의 얼굴에 미소가 떠올랐다.

그들은 지난 며칠 동안 강행군을 했다. 온유하는 최대한 빠른 시간 안에 진상규명을 원했기 때문이다.

금황대원들이 나무 그늘에 모여 앉자 연이상이 말문을 열었다.

"지금 우리가 어느 정도 거리까지 온 것인가?"

"천문산에서 이틀 정도 거리까지 온 것 같습니다. 아마 모레

저녁이면 천문산 초입에 도착할 수 있을 듯싶습니다."

"이제부터는 각별히 조심해야겠군."

"그렇습니다. 천문산은 이미 마해의 영역이라 할 수 있는 곳. 인근에 도착하면 말을 버리고 걸어서 이동하는 것이 좋을 듯싶습니다."

"당연히 그리 해야겠지."

연이상이 고개를 끄덕였다.

천문산 인근에 도착하는 즉시 말을 버리고 일반인으로 위장한다. 그런 직후 탐문을 하고, 바로 천문산으로 올라갈 생각이었다.

금황대가 이제껏 수많은 비공식 임무를 맡았지만, 이번 임무만큼 위험한 느낌을 받은 적이 없었다. 때문에 연이상은 최대한 신중을 기했다.

연이상은 금황대원 한 명, 한 명에게 시선을 던지며 묵직한 음성을 토해냈다.

"아직 도착 이틀 전이지만 다시 한 번 이번 임무를 설명해주겠다. 우리가 가는 곳은 천문산, 마해가 점거했을 거라고 짐작되는 곳이다. 그들의 목적은 알 수 없다. 얼마나 많은 인원이 천문산에 있는지도 알 수 없다. 아무것도 알지 못하기에 그만큼 위험한 임무다. 평상시라면 모든 정보가 갖춰지기 전엔 움직이지 않겠지만, 상대는 마해다. 그들이 어떤 일을 더 크게 벌이기 전에 미리 파악해야 한다."

"저희에게 주어진 권한은 어느 정도입니까?"

"필요하다면 인근 삼백 리 안에 있는 모든 문파를 동원할 수 있다. 그들 역시 마해가 얼마나 두려운 존재인지 잘 알고 있으니 협조해줄 것이다. 마해를 물리치지 못하면 그들의 문파 자체가 더 이상 존속할 수 없을 테니까."

"그나마 든든하군요."

"그래! 하지만 놈들의 목적을 알아낼 때까지는 우리만 움직인다. 놈들의 목적을 알아낸 다음에 인근의 문파들을 동원해도 늦지 않을 것이다."

"이번에도 쉽지 않겠군요."

"후후! 대신 우리가 고생하는 만큼 가족들은 편히 살 수 있지 않느냐."

연이상이 자조적인 미소를 짓자 금황대원들이 모두 그와 비슷한 미소를 지었다.

금황대는 애초부터 공식적으로 존재하는 조직이 아니었다. 그 말은 곧 언제든 쓰고 버릴 수 있는 패란 의미였다. 그 의미를 모를 금황대가 아니었다. 그래도 그들이 충성을 다하는 것은 자신들이 위험한 임무를 맡는 만큼 가족들의 삶이 풍요로워지기 때문이었다.

연이상과 금황대는 천문산을 어떻게 침투하고, 어떻게 정보를 얻을 것인지에 대한 논의를 심도 있게 했다.

한참 동안이나 이야기를 나눈 후에 그들은 다시 출발했다. 그늘을 벗어나자 다시금 타는 듯한 열기가 느껴졌다.

"빌어먹을 해는 지지도 않는 모양이군."

"참아라. 조금만 더 가면 협곡이 나온다. 협곡 안으로 들어가면 그늘져서 괜찮을 거야."

연이상이 투덜거리는 수하를 다독였다.

그의 말대로 조금만 더 가자 협곡이 나타났다. 협곡 사이에 조그만 길이 나있었는데, 햇볕이 들지 않아 서늘한 기운이 느껴졌다.

"휴우!"

"드디어 도착했구나."

협곡으로 들어서자 금황대원들이 환호성을 내질렀다. 그들은 서둘러 말을 몰아 협곡 안으로 들어갔다. 협곡 안에 들어가자마자 타는 듯한 열기가 한결 누그러지고 시원한 기운이 느껴졌다.

연이상을 비롯한 금황대원의 얼굴에 활기와 미소가 감돌았다. 머리를 뜨겁게 달구던 열기가 가시자 혈색도 돌아왔고, 몸에 활력이 흐르기 시작했다.

"휴우! 이제야 좀 살 것 같네."

"그러게 말이야."

금황대원들이 웃으며 말했다.

그들의 행동에는 자연 여유가 담겼고, 더위와 짜증으로 굳었던 근육도 이완되며 풀렸다. 자연 행보는 느긋해졌고, 주위의 풍경을 감상하는 여유까지 생겼다.

비록 말은 안했지만, 연이상도 더위를 느끼고 있었던 것은 마찬가지였다. 그도 그늘진 곳으로 들어오자 마음이 한결 안정되는 것을 느꼈다.

그렇게 모두의 긴장이 풀어졌을 때였다.

퍽!

갑자기 날카로운 파공성과 함께 화살이 날아와 금황대원 중 한 명의 어깨를 맞혔다.

"큭!"

협곡에 울려 퍼지는 금황대원의 비명성.

금황대가 채 사태를 파악하기도 전에 연이어 화살이 날아왔다.

퍼버벅!

"적이다."

"기습이다."

그제야 적의 습격을 인지한 금황대가 소리를 지르며 엄폐물을 찾았다. 하지만 협곡 안에는 그들이 몸을 숨길 만한 곳이 없었다. 결국 금황대는 무기로 화살을 일일이 쳐내며 자신을 보호할 수밖에 없었다.

"누구냐?"

연이상이 화살을 손으로 쳐내며 소리쳤다. 그의 쩌렁쩌렁한 목소리에 화살비가 멈췄다. 그리고 협곡의 양쪽 정상에 모습을 드러내는 일단의 무인들.

손에는 활과 화살을, 허리에는 검을 찬 무인들이었다.

연이상이 그들을 향해 소리쳤다.

"너희들은 누구냐? 스스로 부끄럽지 않다면 썩 정체를 밝히거라."

"구주천가의 개 주제에 말은 번지르르 하는군."

차가운 음성과 함께 협곡위의 무인들 사이에서 모습을 드러내는 남자. 등 뒤로 교차시킨 쌍검이 인상적인 남자였다.

"네놈은 누구냐?"

"본인은 마해 철검당(鐵劍黨)의 당주 철호상이다."

"역시 마해구나."

연이상이 이빨을 뿌득 갈았다.

구주천가의 무인을 습격할 만한 자는 역시 마해밖에 없었다. 문제는 마해가 어떻게 금황대가 이곳을 지나갈 줄 알고 기다리고 있었냐는 것이다. 만일 구주천가에서 정보가 누출된 것이라면 사태는 무척 심각했다.

"어떻게 우리가 이 길을 지나갈 것을 알았느냐?"

"후후! 본해에서는 천문산으로 통하는 모든 길을 감시하고 있다. 너희같이 눈에 띄는 자들을 찾아내는 것은 일도 아니지."

철호상의 대답에 연이상이 일단 안도의 한숨을 내쉬었다.

'일단 본가에서 정보가 누출된 것은 아니구나. 불행 중 다행이다.'

그러나 아직 본질적인 문제가 해결된 것은 아니었다.

연이상이 금황대와 전음을 주고받았다.

『아무래도 길(吉)보다 불길(不吉)이 더 많은 것 같구나. 일단 최선을 다해서 협곡을 벗어난다. 각자 전력을 다하도록. 이곳을 벗어나서 다시 합류한다.』

『대주도 조심하시오.』

『부디 무사히 벗어나길.』

전음이 끝나는 순간 그들이 동시에 움직였다.

파앗!

대지를 박차고 사방으로 퍼져나가는 금황대의 모습에도 철호상은 전혀 놀라지 않았다.

"훗! 역시 그럴 줄 알았다."

그가 손을 들자 철검당의 무인들이 활을 버리고 검을 뽑아들며 금황대의 진로를 막았다.

두 조직이 격돌했다.

카카카캉!

쇳쇠리가 연신 터져 나와 협곡을 울렸다.

"비켜랏!"

"어림없다. 감히 어디를……."

거친 숨소리와 함께 굵은 땀방울이 사방으로 튀었다. 욕설이 뒤섞이고, 그 속에서 피보라가 사방으로 튀었다.

금황대는 고군분투했다. 그들은 수적 열세에도 불구하고 훌륭하게 버텨내며 포위망을 벗어나려 했다. 하지만 수의 차이가 너무 심했다. 앞을 가로막고 있는 한 명을 죽이면 금세 다른 한 명이 그 자리를 메웠다. 더구나 금황대 한 사람에 열 명에 가까운 철검당 무인들이 달려들다 보니 결국 기력이 고갈되어 한 명씩 목숨을 잃었다.

"으악!"

금황대의 처절한 비명성이 울려 퍼졌다.

부하들의 비명소리를 듣는 금황대주 연이상의 눈동자가 흔들렸다.

'이번 임무는 실패다. 그렇다면 저들이 천문산 주위에 포위망을 펼쳐놓았다는 사실이라도 본가에 알려야 한다.'

수하들의 비명성이 계속해서 울려 퍼졌다. 이제 살아남은 자는 세 명에 불과했다. 그나마 살아남은 수하들도 위태해보였다.

결국 연이상은 자신 혼자만이라도 살아남아 이 사실을 구주천가에 알려야 한다고 판단했다. 그래야 소수의 정찰대를 계속 보내다 희생당하는 일이 없을 것이기 때문이다.

저들의 포위망에 정찰대를 무리하게 침투시키는 것은 이제 아무런 의미도 없다. 오직 대규모의 병력으로 일거에 쓸어버리는 것만이 저들을 상대할 수 있는 유일한 수단일 것이다.

"비켜랏!"

스걱!

연이상이 검을 휘두르며 소리쳤다. 그의 검에 베인 철검당의 무인이 외마디 비명과 함께 쓰러졌다. 하지만 무인이 쓰러지기 무섭게 다른 무인이 그 자리를 채웠다.

“크윽! 비켜랏!”

연이상이 입술을 질근 깨물며 다시 한 번 검을 휘둘렀다. 또다시 무인이 쓰러졌다. 하지만 이번에도 그는 한 걸음도 걷지 못하고 다른 무인에게 가로막혔다.

결국 연이상은 수많은 철검당 무인에게 포위됐다. 수많은 무인들에게 포위를 당해서도 연이상은 훌륭하게 자신을 보호했다. 하지만 그도 사람인지라 상처가 하나둘씩 늘어났다.

그때 차가운 목소리가 울려 퍼졌다.

“모두 물러서도록. 그는 내가 처리하겠다.”

철호상이었다.

그가 나서자 연이상을 공격하던 철검당 무인들이 뒤로 물러났다. 무인들이 물러난 자리에는 연이상과 철호상만이 남았다.

연이상이 이마에 흘러내리는 땀을 소매로 닦으며 말했다.

“놈! 후회하게 될 것이다.”

“할 수 있다면 얼마든지. 이번 기회에 구주천가가 자랑하는 무인의 실력을 견식해보지.”

“놈!”

연이상이 외마디 소리와 함께 철호상을 향해 달려들었다. 속전속결로 끝내고 이 자리를 벗어나려는 것이다.

촤앙!

그러나 철호상은 연이상의 공격을 옆으로 흘려냈다. 어느새 철호상의 손에는 철검이 들려 있었다.

철호상의 입꼬리가 말려 올라갔다. 그런 철호상을 향해 연이상이 다시 한 번 검을 찔러왔다. 하지만 이번에도 철호상은 가볍게 검을 휘둘러 연이상의 검을 튕겨냈다.

쉬쉭!

연이상과 철호상의 검이 허공에서 무서운 속도로 교차했다.

연이상은 구주천가에서 전수받은 검공을, 철호상은 마해에서 전수받은 검공을 펼쳤다.

카카카캉!

허공에서 불꽃이 튀고, 그 속에서 두 사람은 혼신의 힘을 다해 움직였다.

스걱!

"큭!"

날카로운 검에 살점이 베어져나가면서 연이상의 억누른 신음성이 터졌다. 철호상은 연이상의 빈틈을 놓치지 않았다.

그가 광마각(狂馬脚)이라는 각법을 펼쳐 연이상의 가슴을 걸어찼다. 연이상이 그 충격으로 균형을 잡지 못하고 뒤로 쿵쿵 물러났다.

"끝이다."

외마디 외침과 함께 철호상이 달려들었다. 연이상은 서둘러 균형을 잡으며 반격하려 했지만, 그때는 이미 철호상의 검이 그의 목에 도달한 후였다.

푸욱!

“컥!”

연이상의 눈이 고통으로 크게 치켜떠졌다. 그가 믿을 수 없다는 눈으로 철호상을 바라보았다.

그 순간 철호상이 서늘한 목소리로 말했다.

“네가 아끼는 구주천가도 곧 이렇게 될 것이다.”

“크륵! 그, 그……”

연이상이 손을 허우적거리며 철호상을 잡으려했다. 하지만 그의 손은 철호상에 닿지 않았다.

이윽고 철호상이 검을 뽑아내자 그의 몸이 모래성처럼 무너져 내렸다.

이미 다른 금황대원들도 자신이 흘린 피 웅덩이 속에 몸을 누인 후의 일이었다.

철호상이 무너진 연이상의 시신을 내려다보며 싸늘하게 말했다.

“이십 년 전과는 다를 것이다, 구주천가.”

그가 몸을 돌려 걸어가자 철검당의 무인들이 뒤를 따랐다. 그들이 사라진 자리에는 금황대원의 시신들만이 굴러다녔다.

*　　*　　*

천하 곳곳에서 그와 같은 전투가 벌어지고 있었다. 구주천가의 무인들은 천문산과 오악으로 접근하려 했고, 마해에서는 그들의 접근을 미리 차단하는 전술을 썼다.

뚫으려는 창과 막으려는 방패의 대결.

현 천하의 흐름은 그렇게 창과 방패의 대결로 흐르는 듯했다.

＊　　　＊　　　＊

스릉!

검운영이 검을 뽑아 들었다.

시퍼렇게 날이 벼려진 검신이 섬뜩한 빛을 뿜어내고 있었다. 잠시 달빛에 검을 비춰보던 그가 이내 다시 숫돌에 검을 갈기 시작했다. 그는 정성을 들여 날을 세우고 손으로 만져보길 반복했다.

마침내 만족할 만큼 날이 섰을 때에야 검운영은 검을 숫돌에 가는 것을 멈췄다.

그때 한 줄기 휘파람 소리가 들려왔다.

"휘유! 날이 시퍼런 게, 닿기만 해도 베이겠는데요."

"하여간 운영이 형님은 못 당하겠어요. 낮에 그렇게 수련하고도 밤에 또다시 검을 갈며 날을 세우니까요."

북풍대원들이었다.

수련을 끝내고 숙소로 돌아가던 몇 명이 걸음을 멈추고 검운영을 바라보고 있었다.

검운영이 미소를 지으며 자리에서 일어섰다.

“후후! 심심한 모양이구나.”

“무공을 수련하는 것 말고는 하는 일이 없으니까요.”

“정 심심하면 밖에 나가서 놀지 그러느냐?”

“일없네요. 이런 시기에 밖에 나가서 어떻게 우리만 놀아요?”

“그럼 몸이나 한번 풀어볼까?”

검운영의 말에 북풍대원들이 서로를 바라보더니 미소를 지었다.

“정말이지요?”

“그래! 오랜만에 몸이나 풀어보자. 그동안 얼마나 발전했는지 보자꾸나.”

“좋아요. 후회하지나 마세요. 저희의 백병도(白兵刀)도 이제 많이 발전했다구요.”

“후후! 내가 언제 후회하는 것을 보았더냐?”

검운영이 웃으며 그렇게 대답했다.

그가 검을 뽑은 채 연무장으로 걸어가자 북풍대원들이 뒤를 따랐다. 연무장 한가운데 선 검운영이 손가락을 까닥거렸다.

“시작해볼까? 먼저 덤비도록.”

“후회하지나 말라구요.”

대답과 함께 북풍대원 세 명이 검운영을 향해 덤벼들었다.

쉬아악!

그들의 도가 허공에 날카로운 궤적을 그리며 검운영을 향해 짓쳐왔다.

캉!

검운영의 검이 도와 격돌했다.

실전이었다.

대막에서도, 중원에서도, 그들은 항상 실전으로 서로의 무공을 비교했다. 목숨을 걸고 싸우기에 그들의 무공은 비약적으로 발전할 수 있었다.

북풍대원들은 그들 나름대로 백병도에 자신감을 가지고 있었고, 검운영은 광도진결을 바탕으로 자신의 심득을 가미해 만든 검공에 자부심을 가지고 있었다.

카카캉!

그들의 검과 도가 격돌하면서 맑은 쇳소리가 허공에 울려 퍼졌다. 세 명의 북풍대원은 유기적으로 움직이며 검운영을 압박해왔다. 그들은 마치 하나의 생각을 공유한 것처럼 서로의 눈빛, 몸짓만 보고 의중을 파악하고 움직였다.

'대단하구나, 백병도.'

백병도를 상대하는 검운영도 내심 감탄사를 터트렸다.

처음엔 그리 강한 무공인 줄 몰랐는데, 시간이 흐르고 북풍대의 무력수위가 높아질수록 백병도의 진가가 드러났다. 만일 예전의 검운영이었다면 낭패를 면치 못했으리라. 하지만 지금의 그도 예전과는 확연히 달라져 있었다.

광도진결을 익히면서 얻은 심득은 그의 검공을 비약적으로 발전시켜놓았다. 가벼워 보이는 그의 일검 일검에는 바위라도 쪼갤 듯한 가공할 역도가 담겨 있었고, 그의 검이 그리는 궤적은 북풍대원들이 전혀 예측하지 못한 방향을 향하고 있었다.

"이봐! 지면 알아서들 하라고."

"부대주의 콧대를 납작하게 눌러버려."

어느새 주위에 몰려든 북풍대원들이 검운영과 싸우는 동료들을 응원했다.

조용하던 연무장이 그들의 비무로 인해 후끈하게 달아올랐다. 북풍대는 밤을 잊고 그들만의 열기에 빠져들었다.

*　　*　　*

고산도가 검운영과 북풍대원들이 비무하는 모습을 보며 감탄 섞인 음성을 내뱉었다.

"저들은 정말 대단하구나."

"평생을 대막에서 자신의 가족들을 지키기 위해 싸운 사람들이에요. 그들은 마치 한 형제와 같죠."

"네 말이 맞구나. 저들의 강력한 유대감은 친형제간이 아니면 거의 불가능한 수준이다."

단월의 대답에 고산도가 수긍했다.

철군패와 북풍대가 무영문에 들어온 지 벌써 며칠이나 흘렀지만, 아직도 그들을 볼 때면 깜짝 놀란 것이 한두 번이 아니었다. 보면 볼수록 그들은 정말 놀라운 존재였다.

"이십 년 전에 십전제의 수하들이었던 흑영대가 그랬다. 당시 그들은 애송이에 불과했지만, 십전제를 중심으로 똘똘 뭉쳐 있었지. 십전제에 의해 수많은 실전을 겪으면서, 그들은 구주천가 최강의 조직으로 변모했다. 그런데 저들을 보니 이미 예전 흑영대의 수준을 뛰어넘은 것 같구나."

"저들은 이미 수많은 실전을 경험했어요. 더구나 그들은 군패를 중심으로 단단한 바위처럼 뭉쳐있어요. 어쩌면 저들이야 말로 최강의 전투 조직일지도 몰라요."

"확실히 네 말도 일리가 있구나. 허나, 아직까지 나는 믿어지지 않는구나. 현 구주천가의 가주인 천우경 대협이 이십 년 전의 그 십전제가 아니란 사실이."

"아버지, 이 말이 밖에 나가는 순간 무영문은 멸문당할 거예요. 절대로 발설하면 안 돼요."

"알고 있다."

단월은 진짜 십전제인 천우진의 존재에 대해 이미 고산도에게 말한 상태였다.

이십 년 전, 고산도는 진짜 십전제인 천우진을 만난 경험이 있었다. 당시 경험했던 천우진의 광포함과 포악함은 이루 말로 표현할 수 없는 종류의 것이었다. 자유를 찾은 이후로는 한 번도 십전제와 직접 만난 적이 없었기에, 들려오는 소문으로만 그가 변했다는 이야기를 들었다.

그 때문에 그는 천우경과 천우진이 바뀌었다는 사실을 전혀 알지 못했었다. 단지 이상하다고만 생각했을 뿐이다.

천우경이 온화해졌다고 하지만, 그가 아는 천우경은 결코 온화해질 수 없는 사람이었기 때문이다. 그러다가 단월의 말을 듣자 모든 전후사정이 이해가 되었다.

"결국 그는 끝까지 그 어떤 사람에게도 자신의 마음을 열지 않는구나. 그에게는 구주천가라는 거대한 절대세조차도 그저 거추장스러운 걸림돌에 불과했던 것이다."

"아버지도 그가 그립나요?"

"그게 무슨 말이냐?"

"이제껏 그를 아는 모든 사람들은 그를 두려워하면서도 그리워했어요. 그 대표적인 사람이 바로 종 백부님이에요."

"어쩌면 그럴 수도 있겠구나. 그를 한 번이라도 직접 본 사람은 결코 잊을 수 없을 만큼 강렬한 존재감을 가지고 있으니까."

고산도가 고개를 끄덕였다.

"그는 어디에 있을까요? 종 백부님은 그를 찾았을까요?"

"글쎄! 그건 나도 모르겠구나. 하지만 한 가지 확실한 것은, 사형은 그를 찾을 때까지 결코 포기하지 않을 사람이란 것이다. 사형은 분명 언젠가 그를 만날 수 있을 것이다."

"저도 그렇게 믿어요."

"그보다 멸제께서는 언제 천문산으로 간다고 하더냐?"

"조만간 출발할 모양이에요."

"음!"

　고산도가 고개를 끄덕였다.

　단월은 철군패를 편하게 대하라고 했지만, 그는 결코 그럴 수 없었다. 단월이야 어린 시절 철군패와의 인연이 있다고 하지만, 그는 그런 인연도 없을뿐더러 철군패라는 존재가 무척이나 부담스러웠다.

　멸제라는 어마어마한 별호는 둘째 치고, 그의 묵직한 눈빛은 고산도에게서 누군가를 떠올리게 만들기 충분했다.

　생애 처음으로 그에게 공포와 두려움이란 감정을 느끼게 해주었던 남자. 비록 종류는 다르지만, 철군패에게서 천우진과 같은 존재감을 언뜻 느꼈다.

　한 번 죽음의 공포를 경험한 자는 두 번 다시 그런 느낌에서 자유로울 수 없듯이, 천우진이라는 공포의 존재를 경험한 고산도에게는 비슷한 존재에게 선뜻 다가가기조차 두려운 것이 사실이었다.

　그나마 철군패와 단월이 서로에게 호감을 갖고 있는 눈치이기에 어느 정도 안심이 되는 것 같아 다행이었다.

　언젠가 고산도는 넌지시 단월에게 철군패를 어떻게 생각하느냐고 물었다. 하지만 단월은 의미 모를 웃음만 지을 뿐 대답하지 않았었다. 그러나 고산도는 확신할 수 있었다. 단월이 철군패에게 호감 이상의 감정을 갖고 있다는 사실을. 다른 사람은 모르지만, 단월의 혈육지친인 그는 알 수 있었다.

　"그는 지금 무엇을 하고 있느냐?"

"무공을 수련하고 있어요."

"그와 같은 고수가 무에 부족한 게 있어서 무공을 수련한단 말이냐?"

"근래에 새롭게 깨달은 게 있나 봐요. 그래서 자신이 얻은 깨달음을 정리하려는 모양이에요. 깨달음을 정리하는 대로 곧 천문산으로 출발할 거예요."

"휴! 도대체 천문산에서 무슨 일이 벌어지는지 알 수가 없으니 답답하구나."

"천문산에도 본문의 제자들이 있으니 곧 좋은 소식이 있을 거예요. 너무 걱정하지 마세요. 아버지."

단월이 고산도를 위로했다.

*　　*　　*

"휴!"

철군패가 나직이 한숨을 내쉬며 일어났다. 그의 얼굴에는 아쉬운 표정이 떠올라 있었다.

"결국 심득을 얻지 못한 것인가?"

원개세와의 싸움은 그에게 깨달음의 단초를 주었다. 분명 그 순간 철군패는 한 단계 도약할 발판을 마련했다. 지난 며칠 동안, 그는 자신의 경지를 상승시키려고 수련을 했다.

하지만 새로운 깨달음은 손에 잡힐 듯하면서도 잡히지 않았다. 한 번 걸었던 길이라고 생각해서 쉽게 생각했는데, 쉽지 않았다. 지난 며칠 동안 철군패는 더 이상 진보하지 못하고 꽉 막혀 있었다. 결국 그는 백척간두의 경지에서 멈춰 섰다.

"아무래도 이 이상 억지로 수련을 하기보단 차라리 바람을 쐬는 것이 낫겠구나."

철군패는 밖으로 나갔다. 어느새 어둠이 내려와 주위를 검게 물들이고 있었다. 북풍대가 있는 곳으로 갈까 하던 철군패는 생각을 바꿔서 장원 밖으로 나왔다. 지난 며칠 동안 폐관수련을 했더니 시원한 바람을 좀 쐬고 싶었다.

그는 고월장을 빠져나와 동정호변을 거닐었다. 밤이 늦었건만 동정호변에는 불야성처럼 환한 불이 밝혀져 있었고, 수많은 사람들이 휘청거리며 걸음을 옮기고 있었다. 대부분이 동정호를 보고자 온 시인묵객들이었고, 무인들도 다수 있었다.

철군패는 어떤 위협적인 행동도 하지 않았건만, 그를 본 사람들이 흠칫 놀라는 표정을 지으며 알아서 길을 비켜줬다. 그들 눈에 비친 철군패는 덩치만 무식하게 큰 거인일지도 몰랐다.

철군패는 주위의 시선에도 아랑곳하지 않고 동정호변을 거닐었다. 모르는 사람이 보았다면 바다라고 착각했을 만큼 광활한 동정호였다. 내려앉은 어둠이 경계선을 모호하게 만들어, 동정호는 더욱 넓어보였다.

철군패는 동정호변에 있는 커다란 바위에 올라 불어오는 바람을 온몸으로 느꼈다. 바람이 부드럽게 온몸을 쓸어주자 청량

감이 느껴졌다.

이미 한서가 불침하는 경지에 이른 철군패였지만 자연이 주는 청량한 기분만은 놓치고 싶지 않았다. 그렇게 얼마나 바람을 쐬었을까? 머릿속이 맑아지고 생각이 정리되는 것 같았다.

'구주천가와 마해가 정면으로 격돌을 시작했다. 지금 당장은 국지전에 불과할 뿐이지만, 곧 있으면 전면전으로 확대될 것이다.'

철군패는 불어오는 바람에서 전장의 기운을 느꼈다. 지금은 청량하지만, 곧 이 바람 속에 피비린내가 배어들 것이다. 그때가 되면 지금처럼 동정호변에서 흥청망청 술을 마시는 사람들의 자취도 사라질 것이다.

'어쩌면 그래서 사람들이 오히려 이런 유흥가를 찾는 것일지도 모르지. 그들은 불안감에 떨고 있다.'

이미 천하는 마해의 영향을 받고 있었다. 천문산과 오악이 마해의 손에 떨어졌고, 천하 곳곳에서 마해와 구주천가의 전력이 부딪치고 있었다. 이십 년 전의 모습이 그대로 현실에 재현되고 있는 것이다.

도저히 끝이 나지 않을 것 같은 윤회의 수레바퀴가 돌아가고 있었다. 역사는 되풀이되고, 사람들은 도탄에 빠져 아우성을 지를 것이다. 누군가는 반복되는 역사의 수레바퀴를 멈춰야 한다.

반복되는 윤회의 수레바퀴를 멈추는 것.

철군패는 그것이 자신의 사명이라고 생각했다.

철군패는 그 후로도 한참이나 동정호를 바라보았다. 그가 그렇게 동정호를 바라보고 있을 때 갑자기 주위에 안개가 자욱이 끼기 시작했다.

스멀스멀 피어오른 물안개는 곧 주위를 완전히 뒤덮어 버렸다. 회색빛의 물안개 때문에 한 치 앞이 보이지 않을 정도였다.

철군패의 미간이 찌푸려졌다. 새벽이 아닌 밤늦은 시간에 이렇게 물안개가 끼는 경우는 극히 드물었다. 철군패는 이런 현상이 결코 자연적인 것이 아니란 사실을 알고 있었다.

"진법인가?"

인위적으로 이러한 현상을 일으킬 수 있는 것은 진법밖에 없었다. 자신도 모르는 사이 진법에 갇힌 것이다.

철군패는 바위를 내려왔다. 그러자 주위의 풍경이 바뀌었다. 풀도 나무도 없는 황량한 사막으로 형상이 바뀐 것이다. 철군패는 눈앞에 펼쳐진 광경이 무척이나 낯익은 것임을 느꼈다.

그의 입술이 뒤틀렸다.

"대막인가?"

그랬다. 그가 보는 풍경은 어렸을 적 보았던 대막의 황량한 풍경이었다. 뜨거운 태양이 내리쬐는 열사의 사막, 어디를 둘러봐도 길이 보이지 않는 황량한 사막 한가운데에, 그는 존재했다.

발바닥에 부서지는 모래의 느낌이 고스란히 전해졌다. 진이라는 사실을 미리 인지하지 못했으면 정말 이곳이 대막이라고 착각할 정도였다.

푸스스!

철군패가 발걸음을 옮길 때마다 모래가 부서지는 소리가 울려 퍼졌다. 얼마나 걸었을까? 갑자기 열사의 대지가 사라지고 눈보라가 몰아치는 혹한의 대지가 모습을 드러냈다.

"이번엔 북해인가?"

북해 역시 그가 다녀온 곳 중의 하나였다.

한여름에도 얼음이 녹지 않는 혹한의 대지. 보이는 것이라곤 끝없이 펼쳐진 순백의 대지뿐이었다. 얼마나 기온이 차가운지 숨을 쉴 때마다 폐까지 얼어붙는 것 같았다.

파스스!

발밑에서 느껴지는 눈의 촉감마저 진짜 같았다. 걸음을 내딛을 때마다 무릎까지 푹푹 빠졌다.

"재밌군!"

철군패의 입꼬리가 말려 올라갔다.

동시에 열사의 대지와 혹한의 설원을 보고 느꼈다. 다음엔 무얼까? 도대체 누가 무엇을 노리고 이런 진법을 펼친 것일까?

이번엔 열대우림이었다. 이 역시 언젠가 철군패가 간 적이 있는 곳이었다. 그제야 철군패는 확실히 깨달았다. 자신이 갇힌 진법이 자신의 경험을 보여주는 거울과도 같다는 사실을.

"나의 사념을 읽어 거울처럼 보여주는 것인가? 천하에 이런 진법이 있었던가?"

누가 무슨 목적으로 진법을 펼친 것인지는 모르지만, 진법의 위력은 너무나 놀라웠다. 사막에서는 지독한 열기가, 북해에서는 극한의 추위가 그대로 느껴졌다. 만일 철군패가 보통의 사람이었다면 벌써 탈수되어 죽었거나, 얼어 죽었을지도 몰랐다.

감각에 개입해 환상을 보여주는 진법. 자신이 보고 느끼는 환경을 진짜라고 생각하는 그 순간 모든 감각은 실제가 된다.

그러나 철군패는 환상에 속을 사람도 아니었고, 이정도의 변화에 당황할 사람은 아니었다.

'감각에 개입하는 진법이라면 감각을 차단하면 그뿐.'

철군패는 눈을 감고 귀를 통해 전해지는 소리까지 차단했다. 그가 믿는 것은 오로지 자신의 육감뿐이었다. 촉각을 포함하여 뇌로 전달되는 모든 감각을 차단한 채 그는 자신의 본능을 믿고 걸음을 옮겼다.

그렇게 얼마나 걸었을까? 진의 영향권에서 거의 벗어났다고 느껴질 때쯤 갑자기 인기척이 느껴졌다.

진의 영향으로 인한 환상인지도 몰랐지만, 철군패는 눈을 떴다. 그러자 눈앞에 환상처럼 서있는 아름다운 여인이 보였다. 시리도록 차가운 기운을 사방으로 뿌리며 서있는 여인의 모습은 마치 환상처럼 신비로웠다.

여인을 바라보는 철군패의 눈가가 가늘어졌다.

"당신은 실제로군."

"대단하구나. 한눈에 내가 환상이 아닌 진짜라는 사실을 알아내다니."

"왜 진법을 펼친 거지?"

"너의 질문은 잘못됐다."

"뭐가 잘못됐다는 건가?"

"내가 왜 진법을 펼쳤는지가 중요한 게 아니라, 내가 누구냐가 중요하니까."

"그럼 다시 묻지. 당신은 누군가?"

"함운월, 그것이 나의 이름이다."

"함운월?"

"이렇게 말하면 모르겠군. 다시 한 번 말해주지. 나의 이름은 함운월, 십이사조 중 사사조가 바로 이 몸이다."

"역시 십이사조였군."

철군패가 고개를 끄덕였다.

자신에게 이런 짓을 저지를 단체는 몇 군데 되지 않았다. 그중 마해와 구주천가는 서로에게 전력을 기울이고 있기 때문에 여력이 부족할 터이니 남는 곳은 오직 한 군데, 십이사조 뿐이었다.

"내가 이곳에 있다는 것은 어떻게 알아냈지?"

"혹시나 해서 관설, 그 아이를 따라와 봤다. 그랬더니 이곳 고월장이 나타나더군."

"그 아이를 감시하는 것인가?"

"감시? 천만에! 나는 그 아이를 보호하는 것이다. 그 아이는 나에게 딸과 같은 존재니까."

함운월의 눈이 섬뜩한 광망을 토해냈다.

"딸?"

"그렇다. 때문에 나는 그 아이가 잘못되는 것을 도저히 지켜볼 수 없다."

"무엇이 잘못된다는 것인가?"

"너를 만난 것 자체가 그 아이에겐 큰 악재다."

"신도제원 때문인가?"

"꼭 그분 때문이 아니더라도, 너와 만난 것만으로도 그 아이에겐 큰 부담이 될 수 있다."

"자세히 말해보도록."

"너에게 굳이 그런 사실을 말해줄 필요는 느끼지 못한다."

"그렇다면 나를 이길 자신은 있는가?"

철군패의 도발적인 말에 함운월의 미간이 꿈틀거렸다. 하지만 그녀는 쉽게 대답하지 못했다.

철군패는 이미 여덟 명의 사조를 말살한 자였다. 그의 강대한 무력은 쉽게 무시할 수 있는 성질의 것이 아니었다. 단순히 무력만으로 말하자면 천하에서 그를 당할 수 있는 사람은 몇 되지 않을 것이다.

"듣던 대로 무척 광오한 아이로구나."

"그런 소리를 많이 듣지."

"어쨌거나, 나는 더 이상 네가 그 아이를 위험하게 하는 것을 두고 볼 수 없다."

"내가 언제 그녀를 위험하게 만들었단 말인가?"

"말했잖느냐. 네가 그 아이의 곁에 있는 것만으로도 그 아이는 위험해질 수 있다고."

"말도 안 되는 소리."

"말이 되고 안 되고는 내가 판단한다."

"제멋대로군. 멋대로 판단하고, 멋대로 남을 재단하다니. 사춘기 계집아이도 당신처럼 변덕이 죽 끓듯 하진 않을 것이다."

"놈!"

함운월의 턱 근육이 씰룩였다.

겉보기로는 삼십대로 보이지만, 함운월은 그보다 훨씬 오랜 세월을 살아온 여인이었다. 그 긴 세월 동안 남에게 이런 무례한 말을 들어본 적이 몇 번이나 될까?

대사조 신도제원조차 그녀에게는 함부로 말하지 않았다. 그런데 새파란 애송이에 불과한 철군패가 그녀를 무시하는 듯한 발언을 하고 있었다. 그녀의 자존심이 용납할 수 없는 일이었다.

함운월의 눈에서 살기가 폭사되어 나왔다. 그녀의 살기에 주위의 공기가 다 일렁였다. 지독한 살기에 피부가 칼로 저며지듯이 아플 정도였다.

철군패의 눈빛이 침중해졌다. 그녀의 강함이 피부로 느껴졌다. 그렇다고 그녀가 두렵지는 않았지만, 임관설과 어떤 식으로든 연관이 있다는 사실이 마음에 걸렸다.

그때, 함운월의 시리도록 차가운 음성이 철군패의 귓전을 파고들었다.

"너를 죽이지는 않을 것이다. 하지만 네가 천문산에 가지 못하도록 이곳에 가둬놓겠다."

"가능할 것 같은가?"

"내가 마음을 먹는다면 그 누구라도 벗어날 수 없다. 설령 대사조라 할지라도 말이다."

우웅!

그녀의 기파에 공간이 다 일그러지는 것 같았다. 아니, 실제로 공간이 일그러지고 있었다.

"진법?"

함운월의 무력 문제가 아니었다. 이런 현상은 진법으로밖에 설명할 수 없었다.

'그녀 자신이 진법의 주체인가?'

그렇게밖에 생각할 수가 없었다.

어떻게 그게 가능한 것인지는 모르지만, 분명 그녀는 자신의 의지로 진을 변화시키거나 펼쳐내고 있었다. 어쩌면 그것이 함운월의 숨은 능력인지도 몰랐다.

함운월이 걸음을 밟을 때마다 진이 변화하고 있었다. 이제까지와는 전혀 다르게 한 점의 빛도 없이 암흑으로 바뀌어가는 철군패 주위의 공간.

사사조 함운월의 특별한 능력은 바로 진법(陣法)이었다. 함운월이 진의 주체였고, 그녀의 의지에 따라 진이 변화했다. 바꿔 말하면, 그녀가 마음만 먹는다면 얼마든지 순식간에 진을 펼치고 거둘 수 있다는 것이다.

미리 이곳의 지형지세를 읽고, 기운의 흐름을 느꼈다. 이미 진법을 펼칠 만반의 준비를 끝내놓았기 때문에 의지만으로도 진법을 펼치는 데에 아무런 문제도 없었다.

함운월이 펼치는 진은 매우 특별했다. 단순히 인간의 감각을 혼란시켜 왜곡된 정보를 받아들이게 만드는 것이 아니라 인간을 공간과 시간이 격리된 공간에 일정시간 가둬둘 수도 있는 것이다.

이름하야 혼돈격세대진(混沌隔世大陣)이 바로 그것이었다.

시간과 공간을 초월하여 인간을 외부와 완전히 단절된 공간에 가둬놓는 수법이 철군패를 향해 펼쳐지고 있었다.

함운월은 철군패를 살상하려는 게 아니라 단지 그를 진법 안에 가둬 세상과 격리시키려는 수법을 쓰고 있었다. 그 사실을 깨달은 순간, 철군패의 눈빛이 묵직하게 가라앉았다.

"나의 발을 묶어놓겠다는 것인가?"

함운월이 임관설을 보호하려는 마음은 알겠지만, 그렇다고 해서 완전히 이해한 것은 아니었다. 더구나 자신을 허락 없이 진법 안에 가둬놓으려는 것은 용납할 수 없었다.

철군패의 몸 안에서 기가 가속하기 시작했다. 미세하게 쪼개져 서로 부딪치는 기의 입자들이 서서히 파멸력을 형성해내기 시작했다.

우웅!

그의 몸에서 일어난 변화에 진법이 일렁거렸다. 그러자 한 치 앞도 보이지 않는 어둠 속에서 함운월의 목소리가 들려왔다.

"소용없다. 내가 펼치는 진법은 감히 인간의 힘으로 깨트릴 수 있는 것이 아니다. 너는 이곳에서 얌전히 진법이 스스로 해제되길 기다리는 것이 좋을 것이다. 딱 사흘이다. 사흘만 기다리면 진법은 스스로 해제될 것이다. 그때까지 얌전히 앉아 있거라. 사흘이 지나면 관설, 그 아이도 안전해질 테니까."

쾅!

철군패가 목소리가 들려온 방향으로 일권을 날렸다. 그러자 공간자체가 들썩였다가 곧 원상복구됐다. 철군패는 다시 지독한 어둠 속에 홀로 남았다.

보이는 모든 것이 어둠인 공간.

어디가 시작이고 어디가 끝인지 알 수 없는 무한의 공간에 철군패는 홀로 남겨졌다.

*   *   *

울컥!

함운월이 선혈을 토해냈다. 그녀의 가슴팍이 붉게 물들었다.

"이런 괴물 같은…… 공간을 넘어서 충격을 주다니, 대체 저 아이는?"

그녀의 얼굴에 어이없다는 빛이 떠올랐다.

공간이 단절되면 충격 또한 단절되는 것이 정상이다. 하지만 철군패의 공격은 그런 상리를 깨고, 공간을 넘어서 함운월에게 심각한 충격을 주었다. 절대로 있을 수 없는 일이 일어난 것이다.

함운월이 비틀거렸다. 하마터면 치명상을 입을 뻔했다.

그녀가 불안한 눈으로 자신이 펼친 혼돈격세대진을 바라보았다.

"아니겠지. 그가 아무리 대단하다 할지라도 혼돈격세대진에서 빠져나올 수는 없을 것이다."

혼돈격세대진은 그녀가 펼칠 수 있는 가장 극상승의 진법 중 하나였다. 특히 이 진법은 시간의 흐름을 더디게 해 상대를 감금하는 데 최고의 위력을 발휘했다.

"딱 사흘이다. 사흘만 늦추면 된다. 그때가 되면 모든 것이 끝나 있을 것이다."

함운월이 비틀거리며 동정호변에서 멀어져갔다.

*   *   *

철군패는 지독한 어둠 속에 홀로 남겨졌다.

보이는 것은 오직 칠흑 같은 어둠뿐. 그 외의 어떤 것도 느껴지지 않았다. 심지어는 시간의 흐름조차도 말이다.

"천하에서 가장 단단하고 완벽한 감옥이 있다면 바로 이곳이겠구나.”

어지간한 사람이라면 단 며칠 동안 이곳에 갇혀있는 것만으로
도 미쳐버리고 말 것이다. 그도 아니면 자살을 하든지 말이다.

철군패는 온몸의 감각을 끌어올렸다. 하지만 그 어디서도 외
부의 기척은 느껴지지 않았다.

“사흘, 사흘이란 말이지?”

함운월의 말이 사실이라면 사흘 뒤에는 이곳을 나갈 수도 있
을 것이다. 어쩌면 그 편이 편할지도 모른다. 하지만 철군패의
선택은 달랐다.

“아무리 대자연의 힘을 이용한다지만 어차피 진법 또한 인간
이 펼치는 것. 인간이 펼칠 수 있다면 인간이 부술 수도 있을 것
이다.”

철군패는 기를 가속시켜 파멸력을 발생시켰다.

우웅!

진안에 갇혀서 그런지 기가 가속하는 소리가 평상시보다 크
게 들렸다.

철군패는 아무것도 없는 어둠의 공간을 향해 일권을 내질렀다.
그러나 그 어떤 굉음이나 충격이 느껴지지 않았다. 무언가에 부
딪혔다면 분명 손에 어떤 느낌이 전해져야할 텐데 말이다.

“아무것도 없는 무(無)의 공간이란 말인가? 아니다. 그럴 리
없다. 제아무리 진법이 대자연의 조화를 인위적인 힘을 섞어 펼
치는 것이라지만, 공간 자체까지 없애버리지는 못할 것이다.”

만일 공간 자체를 외부와 완벽하게 격리시켜 홀로 존재하게 할 수 있다면 그것은 이미 신의 영역이라 볼 수 있을 것이다.

철군패는 함운월이 그 정도의 경지에 도달했다고는 믿지 않았다. 그 정도의 경지에 도달했다면 함운월이 월륜을 넘어서 초륜의 경지에 도달했다고 볼 수 있을 것이다.

"그렇다면 지금 보이는 모든 것은 허상이라는 뜻. 고도의 환영이 중첩되고 또 중첩되어 나의 감각을 왜곡시키고 있다고 보는 것이 옳을 것이다. 문제는 나의 감각이 너무나 심각하게 왜곡되어 어느 것이 진실이고, 어느 것이 허상인지 구별할 수 없다는 것이다."

철군패는 차분하게 자신이 처한 상황을 반추했다.

그가 무서운 것은 단순히 무력이 강하기 때문만이 아니었다. 그는 무엇보다 파형권의 가장 기본적인 가르침인 파멸육경(破滅六境)에 충실했다.

지아(知我) ─ 자신을 안다.

지적(知敵) ─ 적을 안다.

지경(知境) ─ 자신이 처한 상황을 안다.

지운(知運) ─ 운을 읽을 줄 안다.

지투(知鬪) ─ 싸울 줄 안다.

지승(知勝) ─ 이길 줄 안다.

지금 철군패는 파멸육경 중 지경(知境)에 충실하고 있었다.

행동하기에 앞서, 우선 자신이 처한 상황을 냉철하게 파악한다.

철군패는 최대한 냉정하면서도 논리적으로 자신이 처한 상황을 파악했다. 그리고 내린 결론은 아무리 진법이 완벽하더라도 공간 자체를 외부와 완벽하게 단절할 수는 없다는 것이다.

"한 번의 충격으로 소용이 없다면, 두 번, 세 번, 그도 아니면 그 열 배라도 충격을 주겠다. 그래도 이 진법이 흔들리지 않을지 두고 보겠다."

철군패는 자신에게 잠재했던 힘을 남김없이 모두 끌어올렸다.

위잉!

또다시 기가 미세한 단위로 부서졌다가 가속하며 파멸력을 형성하기 시작했다. 철군패는 방금 전 자신이 일권을 날렸던 곳을 향해 또다시 일권을 날렸다.

"……"

또다시 정적이 감돌았다. 하지만 철군패는 포기하거나 실망하지 않았다. 이미 예상했던 바이기 때문이다. 그는 연이어 아무것도 없는 어둠 속을 향해서 파멸권을 펼쳤다.

일격포(一擊砲).

천중벽(天重壁).

멸옥쇄(滅獄碎).

지옥인(地獄印).

혈산화(血散花).

파형권의 근간을 이루는 초식이 연이어 펼쳐졌다.

어떻게 보면 광인(狂人)의 춤사위와도 같았다. 부질없는 몸부

림 같았지만, 철군패의 모든 동작에는 엄격한 법칙과 절도가 담겨져 있었다.

왜곡된 감각과 공간 속에서 펼치는 무공.

온몸의 신경이란 신경이 모조리 일어나 최고조로 예리해졌다. 그의 신경은 오히려 원개세와 싸울 때보다 더욱 날카롭게 일어나, 자신의 호흡은 물론이고 손끝에 느껴지는 감각과 바람까지 선명하게 관조할 수 있었다.

근육 한 올 한 올이 폭발적으로 확장되고, 파멸력이 운용되는 경로가 눈에 훤히 들어왔다. 이제까지 파형권을 익히면서 이렇게까지 자신의 몸이 선명하게 보이는 것은 처음이었다.

함운월이 철군패를 가둬두기 위해 펼친 혼돈격세대진이 오히려 철군패 자신을 돌아보게 만든 것이다.

철군패는 자신의 앞을 가로막아선 깨달음의 벽을 깨부수며 전진했다. 전진하고, 또 전진하자 그의 전신에 변화가 일어나기 시작했다.

쿠쿠쿠!

파멸력이 주먹뿐 아니라 그의 모공 전체로 발출되기 시작했다.

제 5 장

검인출관(劍人出關)

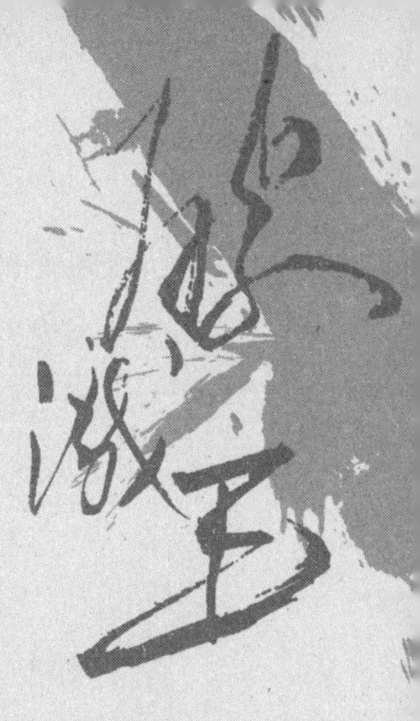

　단월과 양천의는 동정호변을 수색하고 있었다.

　그들은 철군패를 찾고 있었다. 철군패가 말없이 고월장을 나간 것이 하루하고도 반나절 전이었다. 처음에는 그저 산책을 나간 것으로 생각하고 신경을 쓰지 않았다. 하지만 하루가 지나도록 아무런 연락도 없고 행방도 파악되지 않자 단월과 북풍대는 동정호변의 수색에 나섰다.

　철군패가 타인에게 당할 사람은 아니었지만, 그래도 걱정이 되는 것은 사실이었다. 그러나 동정호변 어디에서도 철군패의 흔적은 발견되지 않았다.

　수소문해본 결과, 철군패가 동정호변에 온 것은 분명했다. 그의 거대한 덩치는 누구에게나 강렬한 기억을 남겼고, 그로 인해 그를 본 사람들 대부분은 기억하고 있었다.

그 때문에 그의 행적을 찾는 것은 그리 어렵지 않았다. 문제는 그의 행적이 어느 순간 뚝 끊겼다는 것이다. 마치 하늘로 사라지거나, 땅으로 꺼지기라도 한 것처럼 종적 자체가 사라져버렸다. 더 이상 그를 봤다는 어떤 사람도 나타나지 않았다.

'도대체 어디에 있는 거니? 군패야.'

단월의 얼굴에 근심의 빛이 그대로 드러났다.

철군패가 갑자기 사라지고 난 후에야 그녀는 자신이 얼마나 철군패에게 의지했는지 알 수 있었다. 그의 빈자리가 너무 허전하게 느껴졌다.

단월이 계속해서 근심스러운 표정을 짓자 양천의가 툴툴대는 목소리로 말했다.

"너무 걱정하지 마시구려."

"하지만……."

"일곱 살 어린 나이에 홀로 세상천지를 떠돌던 놈이오. 험한 일을 좀 겪은 줄 아시오? 죽을 고비를 넘긴 일이 수두룩한 놈이오. 명줄이 짧은 놈이었으면 뒈져도 벌써 몇 번을 뒈졌을 것이오."

"양 부대주님은 군패를 많이 믿나 봐요?"

"믿긴 쥐뿔이나. 그냥 그놈이 명줄이 짧지 않은 것을 알기에 하는 말이오. 놈은 내가 아는 것만 최소 다섯 번 이상 목숨을 잃을 뻔했소. 내가 처음 봤을 때 놈은 커다란 덩치 외에는 별 볼일 없는 녀석이었소. 그런데도 눈빛 하나만큼은 살아 있었지.”

양천의가 기억을 더듬었다. 단월은 그의 말을 유심히 들었다. 자신이 알지 못하는 철군패의 이야기였다. 그녀는 조그만 것 하나까지도 놓치고 싶지 않았다.

“언젠가 한 번 그런 일이 있었소. 화응족(火鷹族) 족장에게 아들이 하나 있었는데, 이 녀석이 아주 제대로 된 망나니였다오. 제 아비의 위세만 믿고 어찌나 날뛰었는지, 인근의 어른들도 이 녀석을 어찌하지 못했다오. 문제는 이 녀석이 도를 넘으면서 벌어졌지. 이 녀석이 술에 취해 인근을 지나던 상단을 습격해 여자들을 납치한 적이 있었소. 그 녀석은 패거리와 함께 여자들에게 음약을 먹이고 겁탈할 생각이었지. 그때 마침 군패 그 녀석이 부상으로 신음하는 상단 사람들을 발견하게 되었소. 그 후로 어떻게 되었을 것 같소?”

“혼자 추적했나요?”

“맞소! 그 빌어먹을 녀석이 혼자 추적했단 말이지. 우리를 기다릴 수도 있었는데 혼자 추적했지. 혹시 늦어지면 여인들이 겁탈당할 수도 있다는 생각 때문이었지.”

“그답군요.”

“뭐가 그 녀석다운 건지는 모르겠지만, 이 미친놈은 기어코 혼자서 화응족 족장의 아들내미와 일당을 찾아냈소. 마침 여인들이 겁탈당하기 직전이었지.”

단월은 마치 자신이 그 일을 겪기라도 하듯이 손에 땀을 쥐고 양천의의 말을 들었다.

"놈들의 수는 십여 명, 더군다나 무기를 들고 무장을 하고 있었지. 그런데 군패, 그 미친놈이 그들 사이에 맨몸으로 뛰어들었소. 우리를 기다렸다가는 여자들이 겁간을 당할 것 같았거든."

"그래서 어떻게 되었나요?"

"뭐, 결과만 말해주겠소. 등에 두 번, 가슴에 세 번."

"그게 무슨 말인가요?"

"놈이 찔린 횟수요. 도합 다섯 번이나 칼침을 맞았지. 우리가 현장에 도착했을 때는 화웅족 족장의 빌어먹을 개새끼는 흔적도 없이 뭉개져 있었고, 다른 놈들도 초주검이 되어 있었소. 특히 놈들의 양물은 두 번 다시 회복하지 못할 정도로 철저히 으깨져 있었지. 차라리 살아있는 것을 후회하게 만든 것이오."

당시 현장은 피바다를 연상케 할 정도로 참혹했다. 도저히 소년들끼리의 싸움이 있었던 곳이라고 볼 수 없을 만큼 처참한 현장에 나중에서야 도착한 사람들이 헛구역질을 했을 정도였다.

"어쨌거나, 그런 일을 겪고도 놈은 살아났소. 그때 녀석은 성대에도 상처를 입었소. 그 때문에 지금처럼 목이 갈라지고 묵직한 저음을 갖게 되었지."

"그런 일이 있었군요. 그래서 그 후로 어떻게 되었나요?"

"뭐, 화웅족 족장이 아들의 복수를 하겠다고 길길이 날뛰었지만, 오히려 부족회의에서 아들을 잘못 가르쳤다는 책임을 지고 사퇴를 했지. 그 일로 물러난 족장이 한참을 군패를 노렸더

랬소. 결국은 뜻을 이루지 못하고 길가에서 객사했지만.”

양천의는 화응족 족장이 어떻게 죽었는가 하는 말은 쏙 빼놨다. 굳이 단월에게 이야기해줄 필요가 없다고 판단했기 때문이다.

“그때도 녀석은 무공을 익히지 않았소. 그런데도 결국 살아남았지. 피투성이가 되어 돌아온 녀석을 극진히도 보살펴주었던 모 아주머니가 없었다면 결코 그렇게 쉽게 살아남지 못했을 것이오.”

“모 아주머니?”

“원래 중원분인데 본명이 모일려인가 했을 것이오. 그냥 우리들은 모 아주머니라고 부르지.”

“모일려?”

단월의 눈이 빛났다.

분명 어디선가 들어본 이름이었다. 전에 철군패에게도 한 번 들었던 이름이었다. 그때는 그런가하고 넘어갔지만, 다시 한 번 그 이름을 들으니 마치 목에 걸린 가시처럼 자꾸만 마음에 걸렸다.

‘모일려, 분명 어디선가 들어본 이름이다. 어딘가? 어디에서 이 이름을 들었던가?’

단월은 차분히 자신의 기억을 더듬었다.

‘모씨는 그리 흔한 성이 아니다. 무림에서 모씨 성을 쓰는 사람은 더더욱 많지 않다. 더구나 대붕모가(大鵬茅家)가 멸문한 이

후로는…… 잠깐! 대붕모가? 모일려? 설마 그 모일려?'

단월의 눈이 크게 떠졌다.

오랫동안 잊어버리고 있었던 이름이 하나 생각났다.

대붕모가의 장녀이자 구주천가의 전대가주인 천북패의 부인이었던 여인이 있었다. 그녀는 무슨 이유에선지 오래전 구주천가를 떠났다. 구주천가의 모든 사람이 존경했던 현숙한 여인, 그녀의 이름이 모일려였다.

"설마 그 모일려란 말인가? 구주천가의 안주인이었던 그 여인이 대막에 있단 말인가? 아냐, 아닐 거야. 그녀가 대체 왜 대막에 있단 말인가?"

단월의 표정이 복잡하게 변했다.

양천의가 그런 단월을 의구심 어린 표정으로 바라보았다.

"도대체 무슨 말을 하는 것이오? 아까부터 계속 혼잣말을 하지 않나? 혹시 모 아주머니를 알고 있는 것이오?"

"아, 아니에요. 내가 알고 있는 어떤 사람과 이름이 비슷해서 그래요. 아닐 거예요. 그녀가 대막에 있을 이유가 없으니까요."

"사람 참 싱겁기는……."

양천의가 피식 웃었다.

그는 단월의 표정변화를 크게 생각하지 않았다. 그냥 단월이 이름이 비슷한 사람이 있어서 그런가 보다 하고 생각했다.

단월은 입에서 계속 모일려의 이름을 되뇌었다. 그 이름을 절대 잊어버리지 않겠단 듯이 말이다.

양천의는 단월에게 더 이상 시선도 주지 않고 투덜거렸다.

"도대체 이 녀석은 어디에 있는 거야? 어디 온다간단 말도 없이 사라져가지고. 하여간 싸가지 없기는 예나 지금이나 똑같아. 설마 이번에도 아무런 말도 없이 사라지는 것은 아니겠지? 하여간 그러기만 해봐. 이 도끼로 가만 놔두지 않을 테니까."

그렇게 얼마나 투덜거렸을까? 갑자기 양천의의 걸음이 딱 멈췄다.

"잠깐만."

"왜 그러나요?"

"잠깐만 있어 보시오."

양천의가 단월의 말을 제지하고 신경을 바싹 곤두세웠다. 그 모습이 심상치 않기에 단월이 긴장한 시선으로 양천의를 바라보았다. 그 순간 양천의는 전면을 노려보고 있었다.

"저기?"

분명 전방엔 아무것도 없었다. 하지만 왠지 그의 신경을 긁어대는 듯 불길한 기운이 느껴졌다. 그는 마치 생사대적이 눈앞에 있기라도 한 듯이 전면을 노려봤다.

대부를 잡은 그의 손에 잔뜩 힘이 들어갔다. 굵은 힘줄이 마치 지렁이처럼 투둑 튀어나왔다.

단월이 양천의가 바라보는 곳으로 시선을 던졌다.

분명 그곳엔 아무것도 존재하지 않았다. 보이는 것이 있다면 커다란 바위뿐. 그 외엔 어떤 것도 보이지 않았다. 그런데도 양

천의가 죽일 듯이 아무것도 존재하지 않는 공간을 노려보자 단
월도 덩달아 노려보게 됐다.

우웅!

그 순간, 미세하게 느껴지는 진동에 단월이 흠칫 놀랐다. 그
러자 양천의가 말했다.

"단월 소저도 느꼈나보군. 눈에 보이지 않지만, 분명 무언가
존재하오."

양천의는 여차하면 언제라도 출수할 수 있도록 대부를 전면
으로 내세웠다. 그 모습이 신호만 떨어지면 언제든 앞으로 튀어
나갈 수 있는 전투 직전의 전마와도 같았다.

'저 정도의 남자가 바싹 긴장하고 있다. 도대체 무슨 일이 벌
어지고 있는가?'

분명 보이지 않는 무언가가 있어 단월의 신경을 긁고 있었다.
하지만 그녀는 자신이 느끼는 미묘한 기운의 정체가 무엇인지
알 수가 없었다.

"온다."

갑자기 양천의의 목소리가 커졌다. 그와 함께 대부를 잡은 손
에 더욱 강한 힘이 들어갔다. 그에 단월도 덩달아 긴장을 했다.

그 순간 두 사람 앞의 공간이 크게 일렁였다.

후웅!

무형의 공간이 크게 확장되었다가 수축되기를 반복하는 것
같더니, 곧 유리 깨지는 듯한 소리와 함께 엄청난 충격파가 사

방으로 퍼져나갔다.

쩌어엉!

"크윽!"

"흐읍!"

온몸을 강타하는 엄청난 충격파에 양천의와 단월 두 사람이 귀를 막고 비틀거렸다.

"도대체?"

충격파가 한바탕 휩쓸고 지나간 다음에야 두 사람이 겨우 고개를 들어 전면을 바라보았다.

그들의 시선이 닿는 그곳에 철군패가 서있었다.

"빌어먹을 자식."

"군패야."

두 사람의 목소리가 동시에 울려 퍼졌다. 그러자 철군패가 의아한 시선으로 그들을 바라보았다.

"너희들이 왜 이곳에?"

"그걸 몰라서 물어. 하루하고도 반나절이 지났는데 네놈이 보이지 않으니까 찾으러 나온 거잖아."

"하루하고도 반나절…… 벌써 그렇게 지났단 말이야? 나는 이제 겨우 서너 시진 정도 지났을 거라고 생각했는데."

"미친놈! 말도 없이 갑자기 사라져서 단월 소저가 얼마나 걱정했는지 알아?"

"미안! 일이 조금 있어서."

"도대체 무슨 일이 있었던 거야? 너는 갑자기 어디서 나타난 것이고?"

"그동안 진에 갇혀 있었어."

"진?"

"조금 특별한 진에 갇혀 있어서 빠져나오느라 시간이 걸렸어."

"젠장할! 갑자기 진이라니. 무슨 일이 일어나는 거야."

"자세한 이야기는 가면서 설명해줄 테니까 고월장으로 돌아가자. 밖에 나온 아이들 있으면 다 불러 모아."

"알았다. 하여간 하나부터 열까지 다 마음에 들지 않아요."

양천의의 투덜거리는 목소리가 그 후로도 오랫동안 들려왔다. 하지만 그의 목소리를 들으면서도 단월은 안도의 한숨을 내쉬고 있었다.

'이제야 내 마음을 확실히 알겠구나.'

　　　　　*　　　*　　　*

철군패는 자신의 팔을 이리저리 움직여봤다. 팔을 움직일 때마다 강인한 근육이 불끈불끈 튀어나왔다.

"왜 그래?"

"아무것도 아니야."

철군패가 고개를 저었다.

“도대체 무슨 일이 있었던 거야? 왜 갑자기 그곳에서 네가 나타난 거야?”

양천의의 말에 철군패는 간단히 함운월과의 일을 이야기했다. 철군패의 이야기를 모두 들은 양천의가 질렸다는 표정을 지었다.

“그러니까, 자신의 의지로 진을 마음대로 펼치고 거둔단 말이지?”

“바로 발현하기 위해선 미리 준비를 해놔야 하겠지만, 큰 차이는 없을 거야.”

“뭐, 그런?”

철군패는 양천의의 심정을 이해했다. 직접 당한 자신조차 쉽게 믿어지지 않는데, 양천의야 오죽할까?

단월도 심각한 표정을 지었다.

“군패의 말이 사실이라면 십이사조는 정말 대단한 능력을 가진 게 틀림없어. 그런데 그녀는 왜 굳이 사흘이란 시간을 얻으려고 했을까?”

“그건 모르겠지만, 심상치 않은 일이 벌어지는 것만은 분명해.”

“관설이란 그 아이도 십이사조야?”

“십이사조는 아니지만 그들과 밀접한 관련이 있는 것은 분명해.”

“어쩌면 이 모든 일의 열쇠는 그 아이가 가지고 있는 건지도 몰라. 그만큼 중요하지 않았다면 그 함운월이라는 여인이 굳이 위험을 무릅쓰면서까지 너를 진 안에 가둬두려고 하지 않았을 테니까."

단월은 냉철하게 핵심을 꿰뚫어보고 있었다.

그녀의 말에 철군패가 고개를 끄덕였다. 자신 역시 그녀와 비슷한 생각을 했기 때문이다.

단월의 근심스러운 표정은 좀처럼 펴지지 않았다.

"어쩌면 십이사조와 마해가 연수를 한 것인지도 모르지. 그렇다면 정말 큰일이야. 마해 하나만으로도 벅찬데 십이사조라는 정체불명의 집단이 그들에게 동조했다면 구주천가뿐 아니라 천하가 최대의 위기에 처한 것이나 다름없어."

"그들이 연수를?"

"불가능한 일도 아니야. 관설과 함운월이라는 여인이 천문산과 오악을 언급한 것만으로도 그들이 어떤 연관을 가지고 있다는 사실을 짐작할 수 있어."

"그럴 수도 있겠군."

철군패가 고개를 끄덕였다.

확실히 단월은 보통의 여인과는 여러모로 달랐다. 그녀는 철군패가 말한 몇 가지 내용만 가지고도 상당히 많은 내용을 진실에 가깝게 유출해냈다. 실로 재녀라는 말이 아깝지 않은 여인이었다.

"이제 어떻게 할 거야?"

"최대한 빨리 천문산으로 가야지."

"무작정?"

"정보는 가면서 수집해야겠지. 우선은 천문산으로 가는 것이 급해. 왠지 그곳에서 불길한 일이 벌어지고 있는 것 같은 예감이 들거든. 그렇지 않고선 그들이 이렇듯 필사적으로 나를 막을 리가 없으니까."

"알았어. 나도 무영문의 전 정보력을 동원해 네게 알려줄게."

"너는 어떻게 할 건데?"

"나는 구주천가로 들어갈 거야."

"구주천가?"

단월의 대답에 철군패의 미간이 찌푸려졌다. 예상치 못한 대답이었기 때문이다.

"그곳엔 왜?"

"담판을 지을 거야."

"불과 얼마 전까지도 너는 구주천가에 의해 쫓겼어. 그런데도 다시 구주천가에 들어간다는 거야?"

"이제는 그때와 상황이 다르니까."

"뭐가?"

"이젠 너, 그리고 북풍대가 있으니까."

단월이 눈웃음을 지었다. 반달처럼 곱게 휘어진 눈에 자신감이 넘쳐흘렀다.

"그때는 네가 없었어. 바꿔 말하면, 구주천가에서 나를 공개

리에 제거해도 이의를 제기하거나 억울함을 풀어줄 사람이 없었지. 그런 이유 때문에 구주천가는 그토록 나를 궁지로 밀어붙일 수 있었어. 하지만 이젠 사정이 달라졌어. 멸제라는 너의 명성은 이미 천하를 울리고 있어. 구주천가로서도 부담스러울 수밖에 없는 상대지. 내 뒤엔 네가 있어. 과연 이번에도 구주천가가 나를 예전처럼 대할 수 있을까?"

단월의 입꼬리가 말려 올라갔다.

그녀의 미소에는 자신감이 담겨 있었다. 그녀의 미소를 보는 순간 철군패는 자신이 그녀의 의견을 들어줄 수밖에 없다는 사실을 직감했다.

"운영이와 북풍대 백 명을 붙여줄 테니까 그들과 함께 구주천가로 가."

"그러지 않아도 돼."

"내가 걱정이 돼서 그래. 운영이가 함께 한다면 나도 안심이야."

"알았어. 고마워, 그렇게 할게."

"별말을."

그때였다. 양천의의 투덜거리는 목소리가 그들 대화사이에 끼어들었다.

"야! 연애질은 그만해야겠다. 애들 다 모였다."

양천의의 노골적인 말에 단월의 얼굴이 새빨개졌고, 철군패가 미소를 지었다.

양천의의 말처럼 연무장에는 삼백 명 북풍대가 모두 모여 있었다. 철군패가 그들을 향해 말했다.

"북풍대, 출진한다. 양천의와 일대, 삼대는 나를 따라 천문산으로 가고, 검운영과 이대는 단월을 호위해 구주천가로 간다. 자세한 내용은 가면서 이야기해주겠다. 운영은 책임지고 단월을 호위하도록."

"예! 맡겨만 주십시오."

검운영은 왜 자신만 따로 가느냐고 묻지 않았다. 그저 철군패의 명령을 들을 뿐이었다.

그날 철군패와 삼백 명의 북풍대, 그리고 단월은 고월장을 나섰다.

*　　*　　*

뜨겁게 내리쬐는 햇살아래 시원하게 폭포수가 흘러내리고 있었다. 폭포수 앞에는 그림 같은 전각군이 늘어서 있었다. 가히 천하의 절경이라 할 수 있는 풍경이었다.

서장의 전설이라 불리지만 실제로도 존재하는 이곳의 명칭은 서천환희궁(西天歡喜宮)이었다.

불과 몇 달 전, 서천환희궁은 커다란 홍역을 치렀었다. 궁주가 감금당하고 제자들이 외부의 억압에 휘둘렸던 충격적인 사건 이후, 서천환희궁은 외부의 출입을 엄금하고 내부의 흐트러진 분위기를 추스르는 데 주력했다.

처음엔 어수선했지만 차츰 시간이 흐르면서 서천환희궁의 분위기도 예전으로 돌아왔다. 제자들은 다시 무공과 의술에 몰두하기 시작했고, 궁주를 비롯한 수뇌부들도 겨우 한숨을 돌리게 되었다. 하지만 그들에겐 아직 끝내지 못한 숙제가 하나 남아있었다.

서천환희궁의 접견당주 소천해는 초조한 시선으로 전방을 바라보았다. 그의 시선이 닿은 곳에 서천환희궁주 아도문이 있었다. 아도문은 지금 한 남자의 맥을 짚고 있었다.

아도문의 등에 가려 모습은 보이지 않았지만, 남자는 소천해도 익히 아는 자였다. 어찌 그를 모를 수 있겠는가? 그 때문에 서천환희궁 전체가 커다란 폭풍에 휩쓸렸었는데.

남자의 맥을 짚는 아도문의 표정은 신중하기 그지없었다. 그는 눈을 감고 온 신경을 남자의 맥을 잡은 손에 집중했다. 소천해가 그 광경을 숨을 죽이고 바라보았다.

마침내 아도문의 입에서 기다리던 한마디가 흘러나왔다.

"됐네."

그 한마디에 남자의 몸에 가느다란 떨림이 일었다.

"정말입니까?"

"물론이네. 자네의 몸은 완벽하게 치유됐네."

"고맙습니다."

"나에게 고마워할 필요 없네. 자네가 치유된 것은 온전히 자

네의 노력 덕분이니까. 나와 서천환희궁은 약간의 도움을 준 것
에 불과하네.”

“아닙니다. 덕분에 몸이 완전히 나을 수 있었습니다.”

남자가 몸을 일으켰다. 그러자 그의 모습이 드러났다.

약간은 왜소해 보이는 체구의 평범한 남자였다. 체구는 물론
이고, 얼굴 또한 평범하기 그지없었다. 하지만 그의 눈빛만큼은
달랐다. 너무나 깊어 그윽하기까지 한 검은 눈동자는 신비롭게
보일 정도였다.

남자는 자신의 배를 내려다보았다. 항상 비어있는 듯한 느낌
이 들던 아랫배가 지금은 묵직하게 느껴졌다.

남자의 이름은 설유원이었다.

담천월과 혈뢰사원의 마승들에 의해 무공이 금제당하고 노예
처럼 비참한 삶을 살아야 했던 그가 지금 온전한 모습으로 서있
었다.

설유원을 바라보는 아도문의 눈에는 오직 놀람만이 가득했다.

처음엔 불가능할 거라고 생각했다. 그만큼 설유원의 상태는
최악이었다. 단전이 철저하게 파괴된 것은 물론이고, 오랜 노예
생활로 인해 몸 전체의 상태가 더 이상 악화될 수 없을 만큼 망
가져 있었다. 그러나 지금 설유원의 몸 어디에서도 과거의 흔적
은 찾아볼 수 없을 만큼 회복되어 있었다.

비록 자잘한 흔적들이 남아있었지만, 세월이 흐르면 그마저
도 사라질 것이다. 무엇보다 중요한 것은 그의 육신이 온전히

회복됐다는 것이다.

설유원이 자신의 손가락을 꼼지락거렸다. 걸리는 느낌 하나 없이 온몸의 기분이 상쾌했다.

"그간 고생했네. 치료하는 과정이 정말 고통스러웠을 텐데 정말 잘 참아줬네. 그래, 이제부터 어떻게 할 텐가?"

"중원으로 갈 겁니다."

"중원으로?"

"군패를 찾아갈 겁니다."

"굳이 지금 자네가 가야 할 필요가 있겠는가? 그냥 조금 더 있으면서 수련을 끝마친 뒤 나가도 되지 않겠는가?"

"나에게 필요한 것은 실전이지 수련이 아닙니다. 수련은 이것으로 되었습니다."

서천환희궁에서 치료를 받는 중에도 설유원은 단 한 순간도 수련을 쉰 적이 없었다. 그는 철군패가 자신을 위해 내어준 칠백 년 전의 초인인 한청의 한천어검류(寒天馭劍流)를 수련했다.

담천월에 의해 무공을 잃어버리기 전까지 그는 검을 익혔었다. 그 때문에 한천어검류를 익히는 것은 그렇게 어려운 일이 아니었다. 새로운 길을 가는 것이 어려운 것이지, 예전에 한 번 갔던 길을 다시 한 번 걷는 것은 그리 어려운 일이 아니었기 때문이다.

다행히 그는 과거 꽤나 높은 수준까지 무공을 익혔었다. 과거의 수준까지 회복하는 것은 그리 오래 걸리지 않았다. 문제는 그보다 높은 수준의 검공을 익힐 때였다.

한천어검류는 칠백 년 전 초인, 파검(破劍) 한청의 심득이 달린 어마어마한 검공이었다. 당연히 과거 설유원이 익혔던 수준을 까마득하게 상회했다.

포기할 수도 있었지만, 설유원은 이를 악물고 한천어검류를 파고들었다. 자신에게 한 맹세 때문이었다. 그는 철군패를 위해 살겠다고 스스로에게 맹세했다. 그리고 철군패를 돕기 위해선 강력한 무력이 필요했다. 한천어검류는 그에게 강력한 힘을 줄 수 있는 유일한 도구였다. 그가 집착하는 것이 당연했다.

한천어검류를 익히면서 설유원은 신비한 경험을 했다. 바로 자신의 자가 치유력이 월등히 높아져 부서진 단전이 저절로 복구된 것이다.

설유원은 알지 못했지만, 칠백 년 전의 초인 파검 한청은 불의의 부상으로 오른팔을 마음대로 쓰지 못했다. 그 때문에 왼손으로 검을 익혀야 했던 한청은 자신의 심득에 선천지기를 북돋을 수 있는 비결을 가미했다. 그런 영향으로 인해 설유원의 자가 치유력이 높아지고, 그 결과 단전이 빠른 속도로 복구된 것이다. 거기에 서천환희궁의 의술까지 더해지면서 불과 몇 달 만에 그는 망가진 단전을 완벽하게 복원했다.

서천환희궁은 설유원을 위해 각종 영약을 아낌없이 내놓았다. 그 결과, 설유원은 내공의 비약적인 발전을 이루었다.

설유원은 서천환희궁주에게 작별인사를 하고 밖으로 나왔다.

몸이 완전히 나았다는 것을 확인한 이상, 이곳에 더 이상 머물 이유가 없었다.

"제가 안내해드리겠습니다."

접견당주 소천해가 자발적으로 앞장섰다. 그의 태도는 예전과 달리 매우 고분고분해져 있었다. 과거 꼬장꼬장하기 이를 데 없던 그의 모습을 떠올려본다면 과연 같은 사람이 맞나 싶을 정도였다.

설유원은 그 이유가 철군패 때문이란 사실을 잘 알고 있었다. 철군패에 대한 두려움이 소천해라는 꼬장꼬장한 인간을 고분고분하게 만든 것이다.

설유원이 고개를 끄덕이며 답했다.

"고맙소."

"저를 따라오십시오."

"시타는 어찌 되었소?"

"시타 공자께서는 무사히 마을로 돌아가셨습니다. 같이 가신 아유라 소공녀께서 소식을 전해오셨으니 믿어도 좋을 겁니다."

이제 아유라가 남자가 아닌 여인이라는 사실은 비밀이 아니었다. 철군패에 의해 담천월이 죽고 서천환희궁이 자유를 되찾았을 때, 그녀는 스스로 여인임을 만천하에 밝혔다. 덕분에 한바탕 홍역을 치렀지만, 그래도 그녀는 운신의 자유를 찾았다.

시타를 버린 것이 못내 마음에 걸렸던 아유라는 그를 도와 고산족의 마을을 재건하러 떠났다. 아마 지금쯤이면 그녀 역시 고산족 마을의 재건에 참여하고 있을 것이다.

"잘되었으면 좋겠군."

"저도 그렇게 생각합니다. 헌데, 이대로 인사도 없이 떠나실 생각입니까? 서천환희궁의 제자들 중 설 대협을 따르는 아이들이 꽤 많습니다. 원하신다면 이곳 서천환희궁에 남으셔도 좋습니다. 이것은 궁주님께서도 허락하신 사안입니다."

"궁주님께 고맙다고 전해주시오. 하지만 이미 나의 길은 정해져 있소."

"멸제를 따라가시렵니까? 하지만 그 길은 너무 고되고 힘이 드는 가시밭길일지도 모릅니다."

"알고 있소."

"두 번 다시 지금의 평화를 누리지 못할지도 모릅니다. 그래도 괜찮겠습니까?"

"그 역시 알고 있소. 그리고 나의 결심은 변함이 없소."

"설 대협의 결심, 잘 알겠습니다. 허나, 마음이 변하시거나 세상에 지치시면 언제든 서천환희궁을 찾아오십시오. 서천환희궁의 문은 언제나 열려있을 겁니다."

"고맙소."

"제가 안내해드릴 수 있는 곳은 이곳까지입니다. 장도에 무운을 빌겠습니다."

외부로 통하는 동굴을 지나자 소천해가 걸음을 멈춰 섰다. 그의 말처럼, 서천환희궁의 제자들이 나갈 수 있는 곳은 여기까지였다. 이제부터는 설유원 홀로 가야 했다.

"그동안 고마웠소."

설유원이 소천해에게 포권을 취하고는 산 아래로 걸음을 옮겼다. 소천해는 그가 멀어지는 모습을 물끄러미 바라보았다.

철군패의 등에 업혀서 올라왔던 그 길을 자신의 두 다리로 내려가고 있었다. 설유원의 두 눈에는 오만가지 감정이 교차하고 있었다.

"군패야, 조금만 기다리거라. 이젠 내가 너를 도울 차례다."

산을 내려가는 걸음이 가벼웠다. 무공을 완벽히 회복한 설유원의 몸놀림은 가볍기 그지없었다.

목자탑격산을 내려와 도착한 곳은 서천환희궁에 오를 때 들렀던 마을이었다. 마을에 들어서자 몇몇 사람들이 설유원을 알아보았다. 처음 마을에 들어왔을 때 충돌을 일으켰던 젊은이들이었다. 그들은 설유원을 보자마자 알아서 물러났다. 그들 역시 설유원이 서천환희궁의 귀빈이라는 사실을 알고 있기 때문이었다.

설유원이 그들에겐 시선도 주지 않고 향한 곳은 마을의 대장간이었다. 후끈한 열기가 뿜어져 나오는 대장간에는 망치소리만이 가득했다.

설유원이 사람을 부르며 들어갔다.

"계십니까?"

잠시 후 나이가 지긋한 노인이 나왔다. 노인은 설유원의 모습을 아래위로 훑어보았다.

“누구신가?”

“제 동생이 맡겨놓은 물건이 있다고 해서 찾으러 왔습니다.”

“동생이?”

“네! 어르신께서도 기억하실 겁니다. 덩치가 산악처럼 크던 남자를. 그는 이 척 칠촌에 일반 검보다 한 치가 더 얇은 검을 주문했을 겁니다.”

검을 주문한 이는 철군패였다. 그는 설유원을 위해 이곳에 검을 주문했다. 그동안 잃어버렸던 무공을 회복하느라 이곳에 올 여유가 없었다.

설유원의 설명에 노인이 기억을 금세 떠올렸다.

“이제야 기억이 나는군. 확실히 그런 주문을 받은 적이 있네. 분명 그가 자신의 형에게 주기 위한 검을 만들어달라고 했지. 검을 만들고 며칠을 기다렸지만, 다시 나타나지 않기에 잊어버리고 있었는데.”

“검을 아직 보관하고 있습니까?”

“물론일세. 검의 주인이 찾아오길 이제까지 기다리고 있었다네. 잠시만 기다리게. 곧 가지고 나올 테니.”

노인이 대장간 깊숙한 곳으로 들어갔다. 잠시 후 다시 모습을 보인 그의 손에는 검 한 자루가 들려 있었다.

“한번 살펴보게.”

“예!”

설유원이 노인에게 검을 받아 살폈다.

스릉!

사슴의 가죽으로 만든 검집에서 검을 뽑자 시리도록 차가운 빛이 눈을 아프게 자극했다.

쉬익!

놀라울 정도로 균형이 잡힌 검이었다. 검을 뽑아 휘둘러보는데도 한 치의 흐트러짐이나 치우침이 없었다. 들소의 가죽으로 만든 손잡이가 손바닥에 착 감기는 것이, 느낌이 아주 좋았다.

설유원은 마치 오래전 잃어버렸던 지기를 다시 만난 기분이었다. 검도 설유원을 주인으로 인정하는지 나지막한 검명(劍鳴)을 터트리고 있었다.

"좋군요."

"자네가 마음에 든다니 다행이군. 검도 자네가 마음에 든 모양일세. 내 평생 수없이 많은 쇳덩이를 다뤄왔지만, 이제껏 검이 울음을 터트리는 모습은 처음 보았네. 이 검이 천하에 다시 없는 명검도 아닐진대 말일세."

"저에겐 그 어떤 검보다 훌륭한 명검입니다. 감사합니다. 저를 위해 이런 훌륭한 검을 만들어주셔서."

"나야 돈을 받고 만든 것밖에는 한 일이 없다네. 그나저나 자네와 검이 궁합이 맞는 것 같으니 내 기분이 다 좋네그려. 검을 주문한 자네의 동생도 좋아할 것이네. 그래, 검에 이름은 무어라 붙일 텐가?"

"흑우(黑雨)라 짓겠습니다."

"왠지 섬뜩한 이름이군. 알겠네. 이제 흑우는 자네 검일세.
부디 좋은 일에 쓰길 빌겠네."

"감사합니다, 어르신."

설유원은 흑우를 만들어준 노인에게 인사를 한 후 밖으로 나
왔다.

그가 흑우를 허리 옆에 차며 중얼거렸다.

"잠시만 기다리거라, 군패. 내가 갈 테니까. 이 검은 오직 너
를 위해 뽑힐 것이다."

또 한 명의 검인(劍人)이 세상으로 나와 중원으로 향하고 있었
다.

제 6장

풍운천문산(風雲天門山)

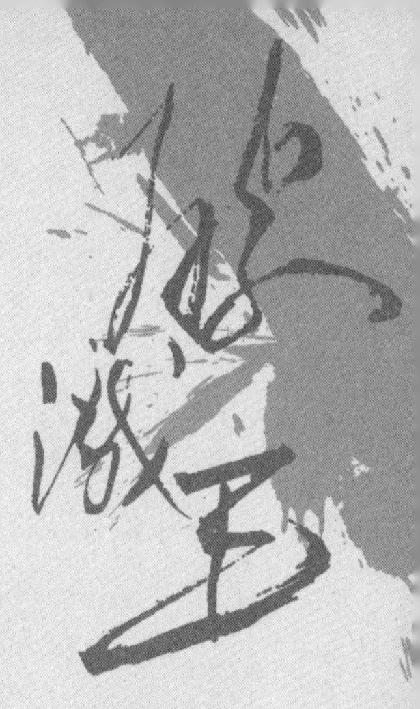

캉캉!

장문역은 힘껏 망치질을 하고 있었다. 그는 잠시도 허투루 일할 수 없었다. 곁에서 낯선 방문자가 그를 감시하고 있었기 때문이다. 장문역이 일을 시작한 시점부터 낯선 방문자는 한시도 시선을 떼지 않고 그를 감시했다.

방문자가 주문한 물건은 이제 형상을 잡아가고 있었다. 둥그런 원반형에 정교한 톱니가 형태를 잡아가면서 왠지 모를 비범함이 느껴졌다.

'도대체 무엇의 일부일까?'

물건의 정체가 궁금했다. 자신이 만들고 있었지만, 이 물건이 어디에 필요한 것인지 알 수 없었다. 하지만 감히 자신을 감시하고 있는 방문자에게 물건의 용도를 물을 수는 없었다.

물건이 서서히 형태를 잡아감에 따라 장문역의 걱정은 더욱 커져만 갔다. 물건이 완성되면 방문자가 자신과 가족을 가만 놔두지 않을 것 같았기 때문이다.

'무영문에서는 내가 남긴 표식을 보지 못했는가? 왜 이렇게 소식이 없단 말인가?'

시간이 갈수록 장문역의 마음은 초조해졌다.

하루 이틀 시간이 흘러, 마침내 열흘째 되는 날에 방문자가 주문한 원반이 완성됐다. 원반이 완성됐다고 말하기가 무섭게 방문자가 장문역의 손에서 그것을 빼앗아 들었다.

그가 햇볕에 원반을 비춰보며 감탄사를 터트렸다.

"오! 드디어⋯⋯. 이제야 마지막 한 조각이 완성되었구나."

방문자의 눈이 환희로 빛났다. 하지만 그를 바라보는 장문역의 눈빛은 더욱 불안해졌다. 이제 원반이 완성된 이상, 그가 자신을 살려둘 이유가 없다고 생각했기 때문이다.

장문역이 주춤 뒤로 물러났다. 그러자 방문자가 장문역에게 시선을 던졌다.

"너도 스스로의 운명을 알고 있는 모양이구나. 하긴 하잘것없는 짐승조차 자신의 죽음은 직감한다고 하는데, 인간이라면 더욱 그렇겠지."

"설마 나를 죽이려는 것은 아니지요? 약속이 틀리지 않습니까?”

“그 점은 미안하게 생각한다. 하지만 나로서도 어쩔 수 없구
나. 비밀은 완벽하게 지켜져야 하는 법이니까.”

“그런……”

장문역이 뒤로 물러났다. 하지만 그만큼 방문자가 다가왔다.
그의 몸에서는 은은한 살기가 폭사되고 있었다.

“죽기 전에 이유나 알고 죽읍시다. 그 원반이 뭐기에 나까지
죽여 입막음을 하려는 것이오?”

“이것은 천원반(天元盤)이라고 하는 물건의 일부다. 말하자면
핵심부품이라고 할 수 있지. 이 물건이 완성됨으로써 천원반은
작동하게 될 것이다.”

“도대체 천원반이 무슨 물건이오?”

“어차피 죽을 놈이 궁금증이 많구나. 어차피 죽으면 다 알게
될 터이니 너무 궁금해 하지 않는 게 좋을 것이다.”

방문자가 원반을 든 채 장문역을 향해 다가왔다.

그의 살기에 장문역이 이빨을 덜덜 떨었다. 방문자가 검을 뽑
아 들었다.

쿠르릉!

그 순간, 갑자기 장문역이 서있던 바닥이 무너져 내리더니 그
의 모습이 사라졌다. 갑작스레 일어난 일에 방문자가 어리둥절
한 표정을 지었다. 그러나 그는 이내 사태를 파악하고 급히 장
문역이 사라진 구덩이를 향해 다가갔다.

“감히!”

장문역이 서있던 자리에 한 사람이 겨우 들어갈 만한 동혈이 뚫려 있었다. 동혈은 외부로 연결되어 있었는데, 방문자가 들어가려고 하자 중간에서부터 무너지고 말았다.

결국 방문자는 동혈을 통해 장문역을 추적하는 것을 포기했다. 대신 장문역의 가족들이 머무는 방으로 들어갔다. 하지만 그곳에도 역시 동혈이 뚫려있고, 장문역의 가족은 어디에도 보이지 않았다.

“이런!”

방문자의 얼굴에 어이없다는 표정이 떠올랐다.

지난 열흘 동안 이곳에 있었는데, 바닥 밑으로 누군가 동굴을 파고 있다는 사실을 까마득하게 몰랐다.

“방조자가 있었단 뜻인가?”

뿌득!

방문자가 이를 뿌득 갈았다. 장문역을 놓쳤다는 사실보다 자신의 발밑으로 누군가 동굴을 파는 것도 몰랐다는 사실이 그를 더욱 화나게 만들었다.

“감히 코앞에서 나를 기만했단 말이지?”

그의 얼굴에 어린 살기가 더욱 짙어졌다.

방문자가 대장간을 나왔다. 그의 발걸음이 동혈이 뚫린 방향으로 향했다.

*   *   *

"헉헉!"

비좁은 동혈을 빠져나온 장문역이 거친 숨을 토해냈다. 동혈 밖에는 그의 가족과 낯익은 사내들 두 명이 보였다. 장문역이 그들을 와락 껴안았다.

"오 형, 이 형."

"그동안 고생하셨소, 장 형."

장문역을 마주 끌어안는 두 사람의 이름은 오칠과 이문이었다. 오칠과 이문은 무영문도였다.

"고맙소. 반드시 와줄 줄 알았소."

"장 형이 긴급신호를 보냈는데 어찌 오지 않을 수 있단 말이오? 단지 장 형과 같이 있던 남자가 범상치 않아 보여, 어떻게 하면 장 형을 무사히 탈출시킬 수 있을까 하는 고민을 하느라 시일이 걸렸다오."

"그랬었구려."

"천만다행으로 여기 이 형이 이곳 토질이 부드러우니 동굴을 파자고 해서 그렇게 했다오. 늦지 않아 정말 다행이오."

"고맙소. 덕분에 무사할 수 있었소."

"여기서 이러고 있을게 아니라 어서 빠져나갑시다. 그가 추적해올지도 모르니."

"알겠소."

고개를 끄덕인 장문역이 가족들에게 다가갔다.

"그동안 고생 많았네. 다 내가 부덕한 탓이네."

"아니에요. 당신이 더 고생하셨지요."

"다행일세. 이렇게 무사해서."

장문역이 아내의 손을 잡았다. 아내의 떨림이 손을 통해 느껴졌다. 하긴 어찌 두렵지 않을 것인가? 이제까지 살아온 터전을 버리고 산 아래로 도주해야 하는데. 더구나 낯선 방문자의 손에서 무사히 벗어날 수 있을지도 미지수였다. 하지만 결과가 어찌되든, 지금은 도주해야 할 때였다. 그냥 앉아서 허무하게 죽임을 당할 수는 없었다.

장문역 일행은 서둘러 산을 내려가기 시작했다.

천문산은 그들의 삶의 터전이었다. 산 아래로 내려가는 길은 눈감고도 찾을 수 있었다. 그들은 산을 내려가는 지름길을 탔다.

산 아래로 내려가면서 이문이 물었다.

"그런데 장 형 일가를 감금하고 있던 그자는 누구요? 기도가 범상치 않은 것 같던데."

"그건 나도 모르겠소. 아마 천문산을 점거한 이들 중 한 명인 듯싶은데, 자세한 신상은 밝히지 않았소."

"그럼 그자가 왜 장 형 일가를 가둔 것이오?"

"그자는 나에게 한 가지 물건을 만들어달라고 했소. 물건을 다 만든 후 살인멸구를 하려고 한 것으로 봐서, 대단히 중요한 물건임이 틀림없소."

"장 형이 만든 물건이 구체적으로 어떤 것이오?"

"그것은 둥근 원반 같은데 어떤 물건의 일부 같았소. 그는 그 물건을 천원반이라고 불렀소."

"천원반? 그것이 무엇인지는 모르겠지만, 굉장히 중요한 물건 같구려. 한시라도 빨리 본문에 알리는 것이 좋을 것 같소."

"내 생각도 그렇소. 우리 일가를 살인멸구 하면서까지 비밀을 지키려 한 것을 보니, 결코 평범한 물건이 아닐 것이오."

"그가 추적해오기 전에 빨리 산을 내려갑시다."

그들은 산을 내려가는 발걸음을 빨리했다.

그때였다.

쐐액!

갑자기 허공을 가르는 날카로운 파공성이 울려 퍼지더니, 앞서가던 오칠의 머리가 '퍽' 하고 터져나갔다.

"꺄아악!"

눈앞에서 일어난 끔찍한 참사에 장문역의 부인의 날카로운 비명소리가 천문산을 울렸다.

뒤이어 스산한 음성이 울려 퍼졌다.

"감히 본인을 기만하다니, 배짱도 좋구나. 허나, 그 대가는 오직 죽음뿐이다."

바로 장문역을 찾아왔던 낯선 방문자였다. 그가 멀리서 암기를 던져 오칠을 격살한 것이다.

그가 스산한 살기를 흩뿌리며 장문역 등에게 다가오고 있었다.

“빌어먹을!”

이문이 욕설을 내뱉었다.

무영문에 속해 있었지만, 그의 무공은 그다지 높은 수준이 아니었다. 그의 본래 직업은 도둑이지 무인이 아니었다. 그런 그가 살기를 흘리는 정통 무인을 상대할 수 있을 리 만무했다.

이문이 장문역을 향해 말했다.

“장 형은 어서 가족을 데리고 피하시오.”

“하지만…….”

“나도 틈을 봐서 피할 테니, 걱정하지 말고 먼저 피하시오. 장 형은 먼저 산을 내려가 본문에 천원반에 대한 이야기를 전해주시오. 내가 최대한 시간을 끌겠소.”

“알겠소. 빨리 따라오시오.”

결국 장문역이 가족과 함께 먼저 떠났다. 그 모습을 보면서도 방문자는 어떤 행동도 취하지 않았다. 대신 그의 얼굴엔 비릿한 미소가 떠올라 있었다.

“후후! 어디 마음껏 도주해보려무나. 가능하다면 말이야.”

“놈! 절대로 그를 따라가게 내버려두지 않을 것이다.

이문이 방문자의 앞을 막아섰다. 그의 얼굴에는 어떤 수를 써서라도 방문자의 발목을 잡겠다는 의지가 떠올라 있었다. 하지만 방문자는 그의 의지마저도 비웃었다.

“후후! 친구를 돕겠다는 의지는 가상하지만…….”

쉬익!

그가 이문을 향해 검을 휘둘렀다. 그러자 날카로운 검기가 일어나 이문을 덮쳐왔다. 이문은 이를 악물며 검기를 왼쪽으로 피했다. 그러나 그가 겨우 피한 자리에는 어느새 방문자가 서 있었다.

푸욱!

그의 검이 이문의 복부를 파고들었다. 이문의 입이 고통으로 떡 벌어졌다.

방문자가 무너지는 이문의 몸을 뒤로하고 도주하는 장문역을 향해 경공을 펼쳤다. 이문이 자신의 목숨까지 버리며 막아섰지만, 결국 그는 방문자의 발걸음을 조금도 지체시키지 못했다.

"크윽! 이 형."

장문역이 눈물을 흩뿌리며 도주했다.

'도대체 천원반이 뭐기에 무고한 사람들을 아무렇지 않게 죽인단 말인가?'

장문역이 아내와 자식의 손을 잡은 채 힘껏 달렸다. 하지만 얼마 지나지 않아 숨이 턱 끝까지 차올랐고, 발걸음이 점점 느려지다 결국 폭포 근처에 이르러서는 완전히 멈추고 말았다. 급한 마음에 그만 길을 잘못 든 것이다.

완전히 막다른 곳에 이르자 세 사람의 얼굴이 사색이 되었다. 그런 그들을 향해 방문자가 느긋하게 다가왔다.

"정말 귀찮게 하는 족속들이구나. 그냥 얌전하게 죽어줬으면 차라리 고통은 없었을 텐데."

“제발 살려주시오. 나는 어찌 되어도 좋으니, 제발 내 자식만
은…….”

“그럴 수 없다는 것은 잘 알 텐데.”

“크윽!”

장문역이 애원했지만 소용없었다. 방문자의 살기는 이미 최
고조에 달해 있었다.

그는 이미 장문역과 그의 일가를 남김없이 죽여 버리기로 결
심한 상태였다. 그가 우선 장문역의 처를 향해 검을 날렸다. 장
문역이 막으려 했지만, 그때는 이미 장문역의 처의 숨이 끊어진
뒤였다. 검이 정확히 처의 목을 가른 것이다. 이어서 장문역의
자식이었다. 장문역이 아이를 감싸 안으려 했지만, 방문자의 검
이 더욱 빨랐다. 졸지에 처와 자식을 잃은 장문역이 처절한 비
명을 질렀다.

“으아아! 안 돼.”

“이젠 네 차례다.”

차가운 음성과 함께 방문자의 검이 장문역의 가슴에 꽂혔다.

“크으의! 아, 악마 같은 놈.”

검이 꽂힌 채로 장문역이 비칠비칠 뒤로 물러났다. 그런 그의
가슴에선 선혈이 철철 흘러내리고 있었다.

“미안하단 말은 하지 않겠다. 차라리 고통 없이 죽는 것을 감
사하게 여기도록. 천문산의 탑이 완성되면 너 이외에 다른 사람
들은 차라리 죽음을 부러워하고, 살아있는 것을 저주하게 될 테

니까. 천원반은 이 세상에 지옥을 펼치는 기폭제가 되리라.”

“크으으! 죽어서라도 이 복수는 반드시 하고 마리라.”

장문역이 비틀거리며 뒤로 물러났다. 그런 그의 뒤에는 커다
란 폭포가 입을 벌리고 있었다. 결국 중심을 잃은 장문역이 처
절한 비명과 함께 폭포로 떨어졌다.

“으아악!”

그의 모습은 곧 자욱한 물안개 사이로 사라졌다.

그 모습을 물끄러미 바라보며 방문자가 중얼거렸다.

“내세에는 더욱 좋은 인연으로 만나길 빌겠다. 물론 내세에
도 이 세상이 남아있다면 말이지.”

그는 곧 자리를 떠났다. 그가 떠난 자리에는 눈을 감지 못한
시신들만이 남아 있었다.

*   *   *

“돌아왔습니다.”

장문역 일가를 참살한 방문자가 사도광천에게 조심스럽게 원
반을 바쳤다. 방문자의 이름은 남일형, 사도광천이 이끄는 낙일
사에 소속된 무인이었다.

“계획대로 진행되었겠지?”

“물론입니다. 다른 이들에게 말할 수 있을 정도의 숨은 붙여
놓았으니, 사주님의 계획대로 될 겁니다.”

"눈앞에서 가족을 잃은 원한을 가진 사람처럼 끈질긴 사람은 드문 법이지."

사도광천이 고개를 끄덕이며 만족스러운 미소를 지었다.

"너는 가서 전하거라. 모든 준비가 끝났다고."

"명을 받들겠습니다."

남일형이 물러가고, 사도광천만이 홀로 남았다.

사도광천은 한참동안이나 천원반을 바라보다 걸음을 옮겼다. 그가 향한 곳은 옛 등천문의 연무장이었다. 청석이 깔려있던 바닥은 파헤쳐져 있었고, 대신 커다란 탑이 세워지고 있었다.

인부들이 동원되어 도면대로 탑을 세우고 있었다. 사도광천이 다가오자 인부들의 우두머리가 급히 고개를 조아리며 맞이했다.

"사주님, 오셨습니까?"

"공사는 어느 정도 진척이 되었는가?"

"저희들이 맡은 부분은 이제 거의 끝나갑니다요."

"음!"

사도광천이 고개를 끄덕였다.

거대한 탑을 바라보는 사도광천의 눈빛은 복잡하기 이를 데 없었다. 그가 천원반을 우두머리에게 내주며 말했다.

"이것을 정해진 자리에 끼워 넣게."

"알겠습니다."

우두머리가 천원반을 매우 조심스럽게 받았다.

"그만 가서 일하게."

"예!"

인부들 우두머리가 물러갔다.

사도광천은 한참이나 그 자리에 서서 탑을 지켜보았다.

그때 마해의 십대장로 중 한 명인 검치산이 그에게 다가왔다.

"자네도 고민이 많겠군."

"검 장로님."

"잠이 쉽게 오지 않는군. 아마도 얼마 후면 일어날 커다란 참극 때문이겠지."

검치산의 말에 사도광천은 쉽게 대답하지 못했다.

마해의 십대장로라는 지고한 위치에 있는 남자가 눈앞에 있었다. 그런 그의 얼굴에 평소에 볼 수 없던 짙은 고뇌가 떠올라 있었다. 사도광천은 검치산의 고뇌를 이해할 수 있을 것 같았다.

"앞으로도 당분간 편히 잠을 자기는 그른 것 같습니다."

"그렇겠지. 이런 일을 벌이고도 어떻게 편히 잠을 잘 수 있겠는가?"

"그래도 해야지요."

"그래야지. 그분의 뜻이 그러한데 그분의 종속인 우리가 어찌 거부할 수 있겠는가? 나는 단지 그분의 분노가 조금이라도 가라앉길 기대하고 있을 뿐이라네."

"그건 힘들 겁니다. 아시잖습니까? 세상이 그분에게 어떤 실망만을 안겨주었는지. 그분은 더 이상 세상에 대한 자비를 갖고 계시지 않습니다.”

“그렇지. 어쩌겠는가? 칠백 년 동안 그분이 품어온 분노와 실망은 이루 말로 표현할 수 없는 것을. 그분의 분노는 감히 우리가 감당할 수 없는 종류의 것이지.”

“이제는 전 중원이 감당해야 할 일이지요.”

사도광천이 쓸쓸한 미소를 지었다.

“언제 시작할 텐가? 구주천가에서 보낸 금황대를 몰살시켜 그들의 눈과 귀를 가렸으니, 준비가 상당히 진척됐을 텐데.”

“그렇습니다. 덕분에 시간을 벌었지요.”

“그럼 이제 시작해야지.”

“사실은 벌써 시작됐습니다. 아직 천하가 인지를 하지 못하고 있을 뿐입니다. 이제는 결과를 기다릴 뿐입니다.”

“그렇군.”

검치산이 고개를 끄덕였다.

그의 얼굴에 드리워진 그늘이 더욱 짙어졌다.

“그럼 나도 이제 준비를 하겠네. 이젠 정말 쉴 틈이 없을 테니까.”

“검 장로님께 큰 부담을 드리는 것 같아 죄송합니다.”

“아닐세. 나야 한평생 그분만 기다려온 사람, 그분이 가시는 길이 어디든 따라 가야지. 설령 그곳이 지옥일지라도 말일세.”

검치산이 자신의 숙소로 휘적휘적 걸어갔다. 사도광천은 멀어지는 그의 뒷모습을 물끄러미 지켜보다 고개를 돌렸다.

짙은 어둠에 잠긴 천문산의 모습이 보였다. 그 모습이 상처를 입고 신음하는 거인처럼 보였다.

"이제 시작이다, 천하여. 오라, 천문산으로."

그가 양팔을 펼쳐 보였다.

*　　*　　*

장문역은 천문산에서 삼십여 리 떨어진 개울가에서 발견되었다. 발견될 당시 시신과 다름이 없었지만, 그래도 한 가닥 숨이 겨우 남아 있었다. 만일 가슴에 꽂혀 있던 검이 뽑혔다면 과다 출혈로 죽었겠지만, 다행히 검이 뽑히지 않아 잠시나마 목숨을 부지할 수 있었다.

장문역을 구한 사람은 평소 안면이 있던 천문산 인근의 조그만 무관의 제자였다. 장문역은 혼신의 힘을 다해 서찰을 작성했다. 무영문에 보낼 사찰이었다.

그는 특히 천원반과 천문산에 지어지고 있다는 탑에 대해서 강조를 했다. 탑이 완성되면 이 땅이 지옥으로 변할 거라는 당부와 함께 말이다. 그리고 자신이 겪은 일에 대해서도 자세히 적어 보냈다.

사람을 통해 무영문에 서찰을 보낸 후, 장문역은 급속히 몸이 약해져 결국은 쓰러져 숨졌다. 하지만 숨지기 전에 장문역은 자신을 구해준 무인에게 천문산에서 벌어지는 일 중 일부를 전했다.

장문역이 자신의 목숨을 걸고 전한 말이었다. 그의 말을 들은 무관의 제자는 급히 무관주에게 전했고, 그가 전한 소식은 인근의 문파에 급속도로 퍼져나갔다.

소문은 입에서 입으로 옮겨갈수록 급속도로 불어났다.

천문산에 거대한 탑이 지어지고 있다. 탑이 완성되면 이 세상은 지옥으로 변할 것이다.

천문산에서 오백 리 이내에 있는 문파의 주인들이 이 소식에 급히 모임을 가졌다. 구주천가에서는 금황대가 몰살을 당했기 때문에 이 소문의 진위를 가릴 수가 없었고, 또한 너무 멀리 떨어져 있어 단기간 안에 전력을 파견하기도 힘들었다.

결국 문파의 주인들은 자신들이 소문의 진위 여부를 가리기로 결정하고, 천문산에 파견할 수 있는 무인들을 끌어 모았다. 천문산을 점거한 단체가 마해라는 점을 감안해, 그들은 끌어 모을 수 있는 모든 무인들을 끌어 모았다.

그렇게 한데 모인 무인의 수가 무려 천 명이 넘었다. 각 문파 수장들의 인솔 아래 무인들은 천문산으로 떠났다. 또한 소문을 들은 상당수의 무인들이 또다시 그들의 뒤를 따랐다.

소문이 사람을 부르고, 사람이 다시 소문을 부르면서 천문산에 대한 이야기는 점차 거대하게 몸집을 부풀려갔다.

풍운의 천문산.

전 무림을 거대한 폭풍 속으로 몰아넣을 도화선이 그렇게 불
타오르고 있었다.

제 **7**장

여걸담판(女傑談判)

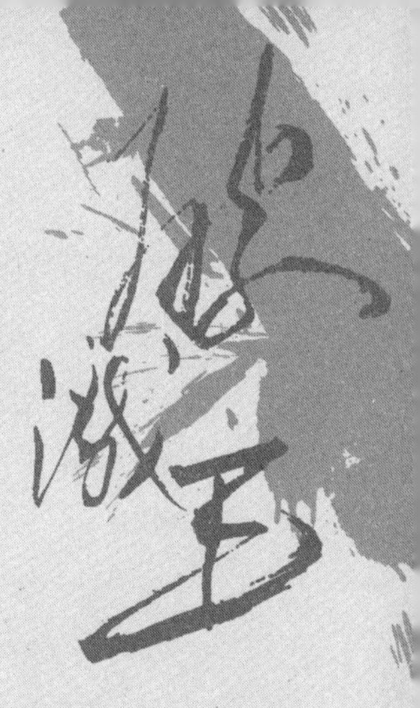

천우경은 무심한 표정으로 전면에 놓인 중원모형도를 바라보았다. 이름난 장인이 심혈을 기울여 제작한 모형도는 중원전도를 입체적으로 표현한 것이었다.

커다란 산과 강은 물론이고, 세세한 지형과 그 위에 자리한 문파들까지 구현해낸 명품이었다. 하지만 천우경이 집중하고 있는 것은 모형도 그 자체가 아니라 모형도 위에 자리한 붉은 깃발이었다.

붉은 깃발은 마해를 상징했다. 현재 마해는 남쪽에서 북쪽으로 밀고 올라오고 있었다. 동시에 천문산과 오악을 점거한 채 중원의 숨통을 조여오고 있었다.

"장기로 치자면 외통수에 걸린 셈인가?"

천문산과 오악에서 벌이는 행사의 진정한 의도는 아직 파악하지 못했지만, 그들이 오악을 점거했다는 사실 하나만으로도 구주천가와 중원의 무인들이 느끼는 압박감은 실로 엄청난 것이었다.

"돌파구가 필요하다. 이대로 휘말린다면 저들의 의도대로 되는 것이다. 형이라면 어떻게 했을까? 형이라면 어떤 식으로 돌파구를 찾았을 것인가?"

천우경은 천우진의 입장이 되어 생각해보았다.

이십 년 전, 천우진은 모두가 불가능하다고 여기던 일을 오직 자신의 힘만으로 해냈다. 누구보다 형을 존경하고 사랑하는 천우경이었지만, 때론 그가 이룬 업적이 너무 힘에 겨울 때가 있었다. 더구나 천우진의 별호를 그대로 물려받은 순간부터 그가 받는 압박감은 그야말로 상상을 초월했다.

십전제(十全帝).

이름 그대로 십전의 제왕을 이름이었다.

때때로 천우경은 자신이 십전제라는 별호를 사용할 자격이 있을까 하는 생각에 잠겼다. 몇 번이고 십전제라는 허울을 벗어버리고 자신의 이름으로 살아가고 싶었지만, 그는 자신의 생각이 실현 불가능한 일이라는 사실을 잘 알고 있었다.

십전제라는 별호는 그가 짊어지고 살아가야 할 형구나 다름없었다. 그가 십전제라는 별호를 벗어던지는 순간, 구주천가의 결집력은 그야말로 모래성처럼 약해지고 말 것이다. 오직 십전 제라는 이름만이 구주천가를 하나로 모을 수 있었다.

그 때문에 천우경은 항상 천우진의 입장이 되어 생각을 했다.

지금 이 순간에도, 그는 천우진이 되어 돌파구를 찾고 있었다.

"분명 그들이 노리는 것은 구주천가. 결국 모든 결전은 또다시 구주천가에서 벌어질 것이다. 하지만 그들도 이십 년 전의 실패를 경험삼아 신중을 기하겠지. 결국 그들의 허를 찌를 묘수가 필요하다."

이십 년 전에는 천우진이 그런 존재였다. 그의 존재 자체가 적의 허를 찌른 것이다. 하지만 이젠 예전만큼의 효과를 기대해볼 수 없었다. 마해는 물론이고, 천하 자체가 천우경의 움직임을 예의주시하고 있기 때문이다. 물론 천우경은 천우진이 아니었지만, 천하인들은 그렇게 알고 있었다. 때문에 천우경이 취할 수 있는 운신의 폭은 매우 좁았다. 그리고 예전만큼의 파괴력도 기대할 수 없었다.

"적들의 숨통을 단숨에 끊고 치명타를 입힐 비장의 무기가 필요하다. 적들이 전혀 예상치 못한, 그런 비장의 무기가."

천우경의 얼굴에 드리워진 그늘이 더욱 짙어졌다.

그는 스스로 예전 천우진의 경지에 근접했다고 생각했다. 때문에 천마를 상대로 일대일의 대결은 전혀 두렵지가 않았다. 그가 두려워하는 것은 자신 이외에 마해의 전력을 확실히 막아줄 고수가 없다는 것이다.

그러나 아무리 중원 모형도를 바라봐도 뾰족한 수가 생각나지 않았다.

"휴! 형이 새삼 대단하게 생각되는구나. 전력이 완성된 구주천가의 힘으로도 마해가 버겁게 느껴지는데, 형은 그렇게 모래알처럼 흩어졌던 구주천가를 이끌고 그들을 물리쳤으니."

천우경이 입술을 질근 깨물었다.

그는 항상 천우진을 의식하지 않으려 노력했지만, 결국 최후에는 어떻게든 천우진을 떠올리게 되고 만다. 그 점이 못내 아쉬운 천우경이었다.

그렇게 천우경이 생각에 잠겨 있을 때 밖에서 조심스러운 인기척이 났다.

"가주님."

천원각 호위무장이었다. 천우경의 허락이 있고서야 그가 조심스럽게 안으로 들어왔다.

천우경이 물었다.

"무슨 일인가?"

"밖이 소란스럽습니다."

"무엇 때문에?"

"뜻밖의 방문자가 온 것 같습니다. 그 때문에 문상께서 당황하신 것 같습니다."

"방문자?"

"그게…… 무영문의 단월 소저가 찾아왔습니다."

"그녀가?"

천우경의 얼굴에 뜻밖이라는 표정이 떠올랐다.

불과 얼마 전까지만 해도 구주천가에게 비참하게 쫓겼던 이가 바로 단월이었다. 비록 멸제에 의해 구함을 받았다지만, 아직 앙금이 가라앉지 않았을 텐데 스스로 찾아왔다는 사실이 쉬이 믿기지 않았다.

"그녀가 스스로 찾아왔단 말인가?"

"그렇습니다. 분명 그녀 스스로 찾아와 문상께 면담을 요청했답니다."

"문상은 어찌하고 있는가?"

"조금 당황하신 것 같습니다."

"대담하군. 구주천가의 척살령이 아직 풀어지지 않았는데 스스로 사지로 들어오다니. 혼자였던가?"

"그……렇지는 않았습니다."

"그럼?"

"그녀를 호위하는 백 명의 무인들이 있었습니다. 하나같이 범상치 않은 예기를 뿌리는 이들이었습니다. 멸제의 군대라 불리는 북풍대로 추정되고 있습니다."

"멸제…… 역시 그를 믿고 도박을 하는 것인가? 구주천가에게서도 지켜줄 수 있을 거란 믿음을 가질 정도로 멸제를 대단하게 생각하는가? 그 담대한 여인이……."

천우경의 눈이 빛났다.

*　　*　　*

같은 시각, 단월은 온유하의 거처인 문상각 앞에 서있었다.

몇 달 전과 다를 바가 없는 만남이었다. 온유하는 여전히 거대한 구주천가의 문상이었고, 무소불위의 권력을 가지고 있었다. 단월 역시 그때와 상황이 별반 달라진 것이 없었다.

아니, 단 한 가지 달라진 것이 있다면 그녀의 곁에 칼날 같은 예기를 흩뿌리는 백 명의 무인들이 있다는 것이다. 바로 철군패가 그녀를 위해 붙여준 북풍대였다.

북풍대는 마치 가시를 잔뜩 곧추세운 고슴도치 같았다. 그들의 허락 없이 감히 단월의 곁에 접근하는 것은 불가능했다.

구주천가에 들어와서도 그들의 기세는 죽지 않았다. 천하의 그 어떤 무인들도 감히 그들의 기를 꺾을 수는 없을 듯싶었다. 그런 그들조차도 거대하다고밖에 할 수 없는 구주천가의 위용에는 감탄사를 금치 못했다.

"우와! 이게 정말 일개 가문이야?"

"말도 안 돼. 이정도 성이면 사막의 다섯 부족들이 통째로 들어와 살아도 남겠다."

그들이 살던 대막에는 이렇게 커다란 구조물이 존재하지 않았다. 웅장한 모습이 사뭇 경이롭기까지 했다.

"이곳에 십전제가 있단 말이지?"

"정말 대단하군."

　감탄사를 터트리는 북풍대원들, 하지만 그들의 눈빛은 전혀 흔들리지 않았다. 비록 감탄할지언정 이곳이 적지라는 사실을 확실히 인지하고 있는 것이다.

　북풍대가 들어오는 순간부터 곳곳에서 느껴지는 예리하면서도 날카로운 시선들. 구주천가의 무인들이 그들을 주시하고 있었다.

　검운영이 북풍대에게 전음을 날렸다.

　『모두 각별히 주의하도록. 이곳은 적지다.』

　그의 전음에 북풍대원들이 고개를 끄덕였다.

　한 치의 약점도 보여서는 안 됐다. 그들이 허점을 보이는 그 순간부터 구주천가의 무인들에게 얕보이게 될 것이다.

　북풍대는 단월을 보호하는 최적의 대형을 취하고 있었다. 그들에게 내려진 임무는 단월을 무사히 보호하는 것이었다. 그를 위해 북풍대는 어떤 경우에도 단월의 안전을 최우선으로 했다.

　단월은 든든함을 느꼈다.

　예전에 그녀가 이곳에 왔을 때는 벼랑 끝에 몰린 신세였지만, 지금은 달랐다. 그녀를 무사히 지켜줄 무인들이 백 명이나 있었고, 또한 그녀의 뒤에는 멸제라는 거대한 이름이 있었다. 구주천가가 그녀를 함부로 하지 못하는 이유였다.

　단월은 문상부 앞에 서있었다. 예전에는 그토록 위압적으로 느껴졌던 곳이었는데, 지금은 전혀 그렇게 느껴지지 않았다. 어쩌면 단월이 조금 더 성장했는지도 몰랐다.

잠시 후 문상부에서 사람이 나왔다.

"문상께서 들어와도 좋다 하셨습니다. 단, 혼자서만 들어오라 하셨습니다."

"그럴 수는 없습니다."

대답을 한 이는 검운영이었다.

검운영이 나서자 온유하의 전언을 전하러 온 무인의 미간이 찌푸려졌다.

"이곳은 구주천가의 문상부입니다. 문상의 뜻을 따르지 않을 거라면 이곳에 계실 이유가 없습니다. 문상부에 위협이 되는 집단을 들일 수 없습니다."

"실망이군요. 겨우 구주천가의 그릇이 이것밖에 안 되나요?"

이번에 말한 이는 단월이었다. 단월의 개입에 무인의 표정이 더욱 험악해졌다.

"무슨 말씀입니까?"

"천하의 구주천가가 무엇이 두려운 건가요? 이들이 두려운 건가요? 겨우 백 명이 두려워서 저 혼자 들어오라고 하는 건가요? 호호! 정말 우습군요. 천하를 아우르는 구주천가 문상의 배포가 겨우 이 정도라니."

"무례하오. 감히 구주천가의 안마당에서 그런 소리를 하다니."

"무례한건 당신들이에요. 나는 당신들에 의해 아무런 죄도 없이 쫓겨야 했던 사람이에요. 그럼에도 불구하고 나는 당신들을 위해서 이곳에 찾아왔어요. 그런데 예를 따지며 나의 수족을 자르려 하다니, 무례도 그런 무례는 없는 것 같군요."

단월은 신랄하게 구주천가와 문상 온유하를 비판했다. 문상부의 무사들이 당장이라도 그녀에게 덤벼들 기세였다. 하지만 단월은 아랑곳하지 않고 말을 이었다.

"나는 더 이상 당신들에게 쫓기던 힘없는 도망자가 아니에요. 나는 당신들과 대등한 위치에서 협상하기 위해 온 사람이에요. 그렇다면 그에 걸맞은 대접을 하세요. 이따위 도발로 나를 흔들어놓을 생각을 하지 말고요. 거인이면 거인다운 풍모를 보여 달란 말이에요."

"……."

그녀의 신랄한 말에 전언을 전하러 온 무인이 할 말을 잃었다.

단월은 당당했다. 그녀는 천하의 구주천가를 상대로 할 말을 다 했다.

그때 낯익은 음성이 들려왔다.

"그동안 단월 소저는 말이 많이 는 것 같군요."

유난히 차분한 온유한 음성이었다. 그 음성을 듣는 순간 단월의 눈이 빛났다.

'드디어…….'

절대로 잊을 수 없는 음성이었다. 이 음성의 주인 때문에 그녀가 겪어야 했던 고행은 이루 말로 표현할 수 없는 것이었다. 하지만 단월은 최대한 침착한 표정을 지었다.

"오랜만에 뵈어요, 문상."

"오랜만이에요, 단월 소저. 설마 단월 소저가 이렇게 구주천가를 찾아올 줄은 생각하지 못했는데. 멸제를 그만큼 믿고 있는 건가요? 그렇다면 실망이에요."

"나는 멸제를 믿고, 이들을 믿어요. 그리고 나 자신을 믿고 있어요."

"단월 소저가 무얼 믿고 그리 당당한지 궁금하군요."

"결코 실망하지 않을 거예요."

"나를 납득시켜야 할 거예요. 그러지 못했다간 허락 없이 구주천가로 돌아온 것을 후회하게 될 거예요."

두 여인의 눈이 허공에서 불꽃을 튀며 부딪쳤다. 그녀들은 서로를 상대로 한 치도 물러서지 않았다.

단월을 대하는 온유하는 내심 놀라고 있었다.

'불과 몇 달 전과는 또 다르구나. 그만큼 성장했단 뜻인가? 무엇이 그녀를 성장하게 만든 것인가? 멸제가? 아니면 그동안의 고난이? 곧 알게 되겠지.'

그러나 온유하는 절대 자신의 생각을 내색하지 않았다.

그녀에게는 구주천가의 문상으로 지켜야할 위엄과 자존심이 있었다. 단월과 같은 애송이를 상대로 속내를 드러낸다는 것은 자존심에 금이 가는 일이었다.

"좋아요. 단월 소저 비장의 패가 무엇인지 궁금하군요. 저들을 문상부에 들이겠어요. 대신 본녀의 방에는 당신과 심복 몇 명만이 들어올 수 있어요."

"그 정도면 충분하겠네요, 문상."

단월이 단정한 미소를 지었다. 하지만 그녀의 미소에 온유하는 왠지 꺼림칙한 기분이 들었다.

'도대체 저 자신감의 근원은 뭐지?'

하지만 온유하는 애써 냉정한 표정을 지으며 앞장섰다. 그녀의 뒤를 단월과 북풍대가 따랐다.

온유하의 말 대로, 북풍대는 문상의 거처 바로 앞에 대기했다. 자신의 안마당을 내주고도 온유하는 태연했다.

단월은 남정옥만 대동하고 온유하의 거처로 들어갔다. 검은 영은 여차하면 뛰어들 수 있도록 만반의 준비를 갖춘 후였다.

"앉아요."

온유하가 단월에게 자리를 권했다. 단월은 순순히 그녀가 권하는 자리에 앉았다.

몇 달 전의 단월에게는 없었지만, 지금의 단월에겐 여유가 있었다.

단월이 자리에 앉자 시비가 차를 내왔다.

"들어요."

"고마워요. 차가 아주 맛있군요."

단월이 차를 음미했다.

온유하가 그 모습을 담담히 지켜보았다.

"역시 구주천가군요. 최상급의 차, 잘 마셨어요."

"입맛에 맞다니 다행이군요. 본래 구주천가에 서 노인이라는 분이 계셔서 다도의 진수를 맛볼 수 있었는데, 그분이 오래전에 홀연히 사라지고 난 후부터 제대로 된 차를 맛볼 수 있게 되기까지 많은 시간이 걸렸어요.”

“그런 사연이 있었군요. 어쨌거나 근래 들어 처음 맛보는 훌륭한 차 맛이었어요.”

“다행이네요. 이젠 궁금하군요. 단월 소저가 그렇게 당당할 수 있는 이유가. 만일 밖에 대기하고 있는 북풍대와 멸제 때문이라는 대답이 나온다면 나는 아주 실망할 거예요.”

“천하의 온 여협이 그런 생각을 하시다니 뜻밖이군요. 천하에서 가장 사람을 잘 읽고 파악할 줄 안다고 들었는데요.”

“그런가요?”

온유하가 미소를 지었다. 단월도 미소를 지었다.

지금 두 사람 사이에는 불꽃 튀는 신경전이 벌어지고 있었다. 그녀들이 내뱉는 한마디 한마디는 잘 벼려진 검보다 날카로우면서도 독랄하기까지 했다. 자칫 한 마디라도 밀렸다가는 몸이 아닌 마음이 만신창이가 되고 마는 것이다.

그녀들의 설전은 무인들의 대결보다 더 치명적이고 위험했다. 몸이 아닌 마음에 상처를 내는 그녀들의 설전은 지금 이 순간에도 계속되고 있었다.

“멸제는 잘 계시나요? 언제 한번 보고 싶군요.”

“곧 그렇게 될 거예요. 그분께서도 꼭 한번 구주천가에 오고 싶어 하시니까요.”

"두 분이 각별한 사인가 보네요. 그런 이야기까지 하는 것을 보니."

"어릴 적 인연이 있던 사이에요. 그 역시 어린 시절 구주천가에 잠깐 머문 적이 있었거든요."

"그랬나요? 아쉽군요."

온유하는 진정으로 아쉽다는 표정을 지었다. 멸제라는 명성을 얻을 정도의 인물이라면 분명 어려서부터 두각을 나타냈을 터. 그런 인재를 찾아내지 못한 자신을 탓하는 것이다.

그러나 온유하는 이내 평소의 표정을 되찾았다.

"내가 보기에 단월 소저가 이리 당당하게 본가를 찾아올 수 있는 이유는 한 가지밖에 없을 것 같군요."

"말씀해보시지요."

"반천련. 분명 반천련에 관한 것이겠지요. 내말이 틀렸나요?"

"정확히 보셨네요. 분명 나는 반천련 때문에 구주천가를 다시 찾았어요."

"역시 그렇군요."

처음 단월이 당당히 구주천가를 찾아왔다고 했을 때 온유하는 당황했다. 구주천가를 피해 숨어도 모자랄 판에, 오히려 이곳으로 찾아왔다는 사실이 잘 이해가 가질 않았기 때문이다. 하지만 잠시 생각해보자 어느 정도 답이 나왔다.

구주천가가 가장 필요로 하는 정보. 결코 단월을 건드릴 수 없는 그런 정보는 오직 한 가지뿐이었다.

이제껏 사사건건 구주천가의 행사에 방해를 반천련. 그들은 심복지환(心腹之患)이었다.

만일 단월이 반천련에 대한 정보를 가져왔다면 온유하는 당장 그녀를 어떻게 할 수 없었다. 마해와 같은 거대한 적과 싸우는 지금, 반천련과 같은 심복지환을 그대로 방치해둘 수는 없었다. 더군다나 단월의 배경이 되는 멸제라는 남자 또한 무척이나 부담이 되는 존재였다.

단월이 말했다.

"나는 분명 반천련에 대한 정보를 갖고 있어요. 그것도 매우 구체적으로."

"구미가 당기는군요. 그 대가로 단월 소저가 원하는 것은 무엇이지요? 구주천가에서 내린 척살령을 풀어달라는 건가요?"

"구주천가의 척살령은 이미 무용지물이라는 것은 모두가 아는 사실인데, 그런 패를 꺼내실 필요는 없을 것 같네요."

"구주천가의 척살령이 무용지물이라? 호호호! 단월 소저도 참으로 광오하군요. 무슨 근거로 그런 생각을 하는 건가요?"

"마해가 앞에서 덤벼들고, 뒤에서 반천련이 호시탐탐 기회를 노리고 있어요. 두 세력만으로도 벅찬데 멸제까지 적으로 돌리겠다는 생각은 아니겠지요? 저를 떠보려 한다면 이 정도에서 그쳤으면 좋겠군요."

단월의 말은 정확히 핵심을 짚고 있었다. 이제 온유하는 눈앞의 여인이 애송이가 아니란 사실을 인정해야 했다. 단월은 자신과 대등한 두뇌를 가지고 있는 책사였다.

온유하의 표정이 변했다.

"좋아요. 단월 소저의 말이 맞다고 하죠. 하지만 그렇다고 해서 멸제를 두려워하는 것은 아니에요. 단지 더 이상 귀찮아지는 것을 경계할 뿐이죠."

"내 말이 그 말이에요. 구주천가 입장에서도 더 이상 적을 만드는 것은 달가운 일이 아닐 거예요. 차라리 적이 될 소지가 있는 자를 한 명이라도 줄이는 것이 좋을 테죠."

"흥미롭군요."

"반천련에 대한 정보를 구주천가에 주겠어요."

"어지간한 정보로는 만족시킬 수 없다는 것을 잘 알 텐데요, 단월 소저."

"연판장은 어떨까요?"

단월의 제안에 온유하의 얼굴이 잠깐 굳었다. 그러나 곧 본래의 표정을 되찾고 단월을 마주보았다.

"연판장? 지금 반천련의 연판장을 말하는 건가요?"

"그래요."

"불가능한 일이에요. 이미 반천련의 연판장이 가루가 되어 사라졌다는 것은 천하가 다 아는 사실이에요."

"물론 연판장은 사라졌어요. 하지만 연판장 속에 적힌 내용은 고스란히 제 머릿속에 있죠."

"그럼 연판장 안의 내용을 모두 기억하고 있다는 말인가요?"

"믿기지 않나요?"

단월이 생글생글 웃었다.

그 순간 온유하는 단월이 진실을 말하고 있음을 깨달았다.

'그녀의 머리라면 도주하면서 연판장 속의 내용을 충분히 외울 수 있었을 것이다. 훗날 자신이 살려면 반드시 연판장 속의 내용이 필요하다는 사실을 알고 있었을 테니까.'

구주천가로 돌아온 화진천이 그것을 언급한 적이 있다. 어쩌면 단월이 연판장의 내용을 모조리 외웠을지도 모른다고. 온유하 또한 단월이라면 충분히 그럴 수 있다는 데 동의했다. 단월의 자신 있는 태도를 보니 자신과 화진천의 추측이 틀리지 않은 것 같았다.

단월이 패를 내놨다. 그렇다면 온유하도 그에 걸맞은 패를 내놔야 했다. 하지만 그 전에 한 가지를 확인해야 했다.

"아무리 좋게 생각하려 해도, 단월 소저가 품고 있을 본가를 향한 원한을 감안하지 않을 수 없군요. 그런데도 굳이 본가에 반천련 연판장을 주겠다는 것은 그에 상응하는 대가를 받겠다는 뜻이 아닌가요?"

"맞아요. 나는 분명 공짜로 연판장을 넘겨주겠다고 말한 것이 아니에요. 그에 상응하는 대가를 받아야겠어요."

"단월 소저가 넘겨주는 정보가 진짜라면 구주천가는 그에 상응하는 대가를 치를 준비가 되어 있어요. 그래, 원하는 것이 뭔가요?"

"본문의 완벽한 자유에요. 문상과 가주의 친필서명이 적혀있는 문서를 원해요. 앞으로 어떤 경우에도 무영문을 복속시키려는 시도를 하지 않겠다는."

"역시 그렇군요. 무영문의 자유가 그렇게 중요한건가요? 차라리 본가의 휘하에 있는 것이 더 안전할 텐데요."

"안전을 위해서 자유를 포기할 수는 없어요."

단월은 단호했다. 온유하는 단월의 눈을 보는 순간 결코 그녀의 마음을 돌릴 수 없을 거라는 사실을 직감했다.

"뜻밖이군요. 천하의 모든 문파들이 구주천가의 든든한 우산 아래 있길 바라는데 오직 무영문만 그리도 본가의 우산을 거부하다니."

"배부른 돼지가 되기 싫을 뿐이라면 설명이 되나요?"

"좋아요. 만일 단월 소저가 진짜 연판장을 내놓겠다면 나는 기꺼이 무영문의 자유를 보장하겠어요."

"문서로 남겨주세요."

"물론이에요."

온유하가 흔쾌히 고개를 끄덕였다.

이로써 일차 협상이 이뤄졌다.

지금 이 순간을 위해 그녀는 위험을 무릅쓰고 연판장을 확보했었다. 이제야 그간의 고생에 대한 보답을 받는 것 같았다. 하지만 그녀는 한시도 마음을 놓지 않았다. 아니, 온유하를 완전히 믿지 않는다는 표현이 옳을 것이다.

온유하가 물었다.

"그런데 연판장이 진짜라는 것은 어떻게 증명할건가요?"

"우선 몇 사람의 이름을 적어드리죠. 반천련의 연판장에 적혀있는 이름이에요. 금방 찾을 수 있을 거예요. 왜냐하면 그들은 모두 구주천가에 적을 두고 있는 인사니까요."

단월이 몇 명의 이름을 적어 온유하에게 건네줬다. 명단을 바라보는 온유하의 표정이 딱딱하게 굳었다. 온유하는 다시 명단을 한월에게 건넸다. 명단을 건네받은 한월이 조용히 밖으로 나갔다.

이제 곧 피의 바람이 불 것이다.

단월이 건넨 명단이 진짜라면 말이다.

온유하의 얼굴에 차가운 미소가 떠올랐다.

"아무래도 우리는 할 이야기가 많을 것 같군요."

"나도 그렇게 생각해요."

단월 역시 온유하와 비슷한 미소를 지어보였다.

이쪽에서 내민 패를 저쪽에서 받아들였다. 이제 싫어도 온유하는 단월의 의도대로 끌려올 수밖에 없었다. 더구나 단월에겐 한 가지 패만 있는 것이 아니었다.

그녀는 가장 크고 훌륭한 패를 아직 내놓지 않았다.

바로 멸제라는 패를 말이다.

*   *   *

검운영은 문상부를 올려다보았다. 곳곳에서 날카로운 시선이 느껴졌다. 시선의 주인이 문상부를 지키는 무인들이란 사실을 검운영은 잘 알고 있었다. 하지만 검운영은 그들의 시선을 가뿐히 무시했다.

검운영의 신경은 온통 단월에게 집중되어 있었다. 철군패가 그에게 내린 명령은 단월을 무사히 지키라는 것이었다. 비록 천문산으로 향한 철군패와 동료들이 걱정이 됐지만, 그는 오직 단월을 안전하게 지키는 데에만 온 신경을 집중했다.

문상부의 무인들은 북풍대를 호기심어린 시선으로 바라보고 있었다. 그들은 전마를 타고 창과 방패, 도, 심지어 활까지 갖춘 무력 집단을 처음 봤다. 이정도의 무장이라면 무인이 아니라 군인이라고 봐도 무방할 정도였다. 더구나 북풍대에게서 느껴지는 기도는 결코 구주천가의 무인들에 뒤지는 것이 아니었다.

'저들이 북풍대, 바로 멸제의 군대란 말인가?'

'멸제, 쉽게 볼 자가 아니구나. 저런 군대를 조련해놨다니.'

호랑이는 호랑이를 알아보는 법이다. 마찬가지로, 강한 무인일수록 상대의 강함을 쉽게 알아차린다. 평소 강하게 단련된 구주천가의 무인들이기에 북풍대의 강함을 피부로 느끼는 것이다.

그렇게 검운영의 온 신경이 단월에게 집중되어 있을 때, 누군가가 문상부의 연무장으로 걸어 들어왔다.

저벅 저벅!

단순한 발자국 소리에 불과했지만, 그 속에는 엄청난 거력이 담겨 있어 검운영의 신경을 자극했다.

"음!"

검운영이 자신도 모르게 발자국 소리가 들려오는 방향으로 고개를 돌렸다.

연무장의 입구로 한 남자가 걸어 들어오고 있었다. 찌는 듯한 폭염에도 온통 검은 옷을 입고 있는 중년의 남자였다. 장포는 물론이고, 허리띠와 신발까지 검정 일색이었다.

남자의 등장에, 북풍대 전원이 경계의 빛을 드러냈다. 비록 남자가 자신의 정체조차 밝히지 않았지만, 북풍대가 먼저 남자의 강함을 피부로 느낀 것이다.

북풍대의 반응에, 남자의 얼굴에 뜻밖이라는 표정이 떠올랐다. 설마 북풍대 전원이 자신의 강함을 느끼고 경계할 줄은 몰랐기 때문이다.

남자가 북풍대를 보며 중얼거렸다.

"소문대로 정말 잘 조련된 군대군. 구주천가의 어떤 조직보다도 유대감이나 파괴력이 강하다고 느껴질 정도야."

"대협은 누구십니까?"

검운영이 물었다. 그에 남자의 얼굴에 한 줄기 미소가 어렸다.

"나의 이름은 지영정이네. 혹시 자네는 나의 이름을 들은 적이 있는가?”

“어찌 천하에 이름이 드높은 흑영대주(黑影隊主) 지영정 대협을 모를 수 있겠습니까?”

“허! 젊은 친구가 알아주니 기쁘군.”

남자가 만족스러운 듯 고개를 끄덕였다.

그는 흑영대주 지영정이었다.

흑영대(黑影隊).

십전제 천우경의 친위대이자 구주천가 제일의 무력을 소유한 단일 집단. 인원은 겨우 스물여덟 명에 불과하지만, 그들의 무력은 자타가 공인하는 구주천가 제일이었다.

지영정은 그런 흑영대를 이십 년째 이끌고 있는 극강의 무인이었다. 오직 천우경의 명만을 듣고 행하는 남자. 평상시에는 거의 모습을 보이지 않지만, 구주천가가 누란의 위기에 처할 때에는 반드시 모습을 드러낸다.

“지 대협이 어쩐 일이십니까?”

“나는 본래 가주님의 전언을 문상께 전하러 왔다네. 하지만 돌아가는 모습을 보니 굳이 내가 나설 필요는 없을 것 같군.”

“그렇습니까?”

“그래! 그보다는 자네와 자네의 군대에 더 흥미가 생기는군. 자네의 군대가 북풍대라고 했는가?”

“저의 군대가 아닙니다. 저 역시 멸제의 수하에 불과할 뿐입니다.”

"그런가? 뭐, 그런 것은 상관없다네. 지금 이 순간, 내가 관심 있는 것은 자네뿐이니까."

"관심을 가져주셔서 감사합니다."

검운영이 신중히 대답했다. 아직 지영정의 의도를 알 수 없기 때문이었다.

"자네는 강하군. 나의 젊은 시절보다 낫군."

"제가 어찌 감히 흑영대주께 비할 수 있겠습니까?"

"아닐세! 겸양도 지나치면 오만보다 못한 법일세. 자네는 충분히 자격이 있네."

"감사합니다."

강하다.

검운영과 북풍대를 본 그의 감상은 딱 한마디로 그렇게 요약될 수 있었다. 단순히 강한 것뿐만이 아니었다. 그 나이 대에 그렇게 강한 힘을 소유했으면 왕성한 혈기에 들뜬 눈을 가지고 있어야 하는데, 이들은 그렇지 않았다.

강한 데다 진중하고, 기다릴 줄 아는 여유까지 가지고 있었다. 숱한 전장을 전전한 역전의 용사들이 아니면 가질 수 없는 관록이 느껴졌다.

북풍대 대부분의 나이가 이십대 초반에서 후반이라는 것을 생각해보면 믿기 힘든 일이었다.

'멸제, 어떤 자인가? 정말 소문만큼 대단한 자인가? 이렇게 수하들을 훌륭하게 키워 내다니. 언젠가 한번 만나고 싶군.'

멸제는 나이와 지위를 떠나 만나보고 싶은 사내였다. 하지만 우선은 그보다 눈앞의 사내에게 더욱 호기심이 동했다.

잠시 고민을 하던 지영정이 검운영에게 조심스럽게 말했다.

"자네를 보니 피가 끓어 견딜 수가 없군. 자네는 나의 비무 신청을 받아주겠는가?"

"제가 어떻게 감히 지 대협과 비무를 할 수 있겠습니까?"

"나는 순수한 무인으로서 자네에게 요청을 하는 것이네. 나는 자네를 통해 멸제의 무력을 가늠하려 하네."

철군패에 대한 이야기가 나왔다. 이렇게 된 이상 검운영도 물러설 수 없게 됐다. 그가 물러서는 순간 철군패의 체면이 깎일 것이기 때문이다.

"좋습니다."

검운영은 결국 승낙하고 말았다. 그에 지영정이 빙긋 미소를 지었다.

"여기는 보는 눈이 너무 많군. 마침 내가 아는 조용한 곳이 있는데, 그리로 가세."

"그리하시지요."

검운영이 고개를 끄덕였다.

그가 북풍대를 바라보았다. 흑영대주인 지영정과 비무를 하겠다는데 말리는 사람 한 명 없었다. 그들은 걱정 대신 격려의 눈빛을 보내줬다. 검운영은 그들을 믿고 자리를 비웠다.

지영정과 검운영의 모습이 곧 담장 뒤로 사라졌다.

*　　　*　　　*

단월은 차분한 걸음으로 온유하의 거처를 나왔다.

그녀의 뒤를 따르는 남정옥은 내심 감탄을 금할 수 없었다. 그는 자신의 눈으로 직접 단월과 온유하의 불꽃 튀는 지략 대결을 확인했다.

구주천가의 문상 온유하라는 거목을 상대로, 단월은 단 한 치도 밀리지 않았다. 두 사람 사이의 치열한 심리전과 머리싸움은 평소 남정옥이 감히 상상도 할 수 없는 종류의 것이었다.

온유하는 구주천가를 내세워 단월을 압박했지만, 단월 역시 철군패라는 훌륭한 방패를 내세워 온유하의 압박을 막아냈다.

단월이 온유하에게 비해 단 하나 모자랐던 것은 바로 철군패와 같이 의지가 될 수 있는 무인이었다. 철군패라는 마지막 조각이 맞춰지자, 단월은 물 만난 물고기처럼 자신이 가진 모든 것을 발휘했다.

온유하는 단월이 내준 명단의 일부를 통해 구주천가에도 반천련의 무인들이 암약한다는 사실을 확인했다. 결국 온유하는 단월이 내건 대부분의 조건을 수용했다.

마지막으로, 온유하는 이십 년 동안 감춰왔던 속내를 드러냈다.

"이십 년 전, 단월 소저를 처음 본 순간 문상부로 끌어들이고 싶었어요. 하지만 기회를 놓쳐 그럴 수가 없었죠. 이렇게 되니 그때 어떻게 해서든 단월 소저를 구추천가의 일원으로 만들었어야 했다는 생각이 드네요.”

온유하가 할 수 있는 최고의 찬사였다. 그녀는 그렇게 이십 년 전 단월을 놓친 아쉬움을 털어났다. 하지만 이미 때늦은 아쉬움이었다.

밖으로 나오는 단월의 발걸음은 무척이나 가벼웠다. 이제야 가슴에 안고 있던 돌덩이를 내려놓은 기분이었다.

‘이제 내가 할 일은 거의 다 했다. 남은 것은 군패의 몫이다. 그가 늦지 않게 천문산에 도착해야 할 텐데.’

대화를 나눠본 결과, 온유하는 아직 천문산에서 무슨 일이 벌어지고 있는지 알지 못했다. 그녀 역시 천문산에서 금황대의 연락이 끊겼다는 소문을 무영문을 통해 들은 뒤에야 금황대가 몰살을 당했다는 사실을 안 것이다. 금황대의 연락을 기다리는 구주천가는 소식이 늦을 수밖에 없으리라.

현재 온유하나 구주천가는 천문산에서 벌어지는 일에는 무방비나 다름없었다. 결국 믿을 수 있는 것은 철군패밖에 없었다.

“단월 소저.”

“나오셨습니까?”

밖으로 나오니 북풍대가 그녀를 맞이했다.

단월의 얼굴에 의혹의 빛이 떠올랐다.

“검 공자님은 어디에 갔나요?”

“그것이…….”

　　북풍대원 중 한 명이 나와서 사정을 설명했다. 그의 말을 모두 들은 단월의 얼굴에 놀람의 빛이 떠올랐다.

"흑영대주가 검 공자님께 비무를 청했다고요?"

　　사실이라면 전 무림이 놀랄 일이었다. 지영정은 구주천가 최고의 무력 조직이라는 흑영대의 대주로, 이십 년 전부터 혁혁한 위명을 날리고 있었고, 검운영은 아직 무림에 이름이 알려지지 않은 무명소졸이었기 때문이다. 그런 무명소졸을 상대로 지영정이 먼저 비무를 청했다는 사실 자체가 전 무림이 놀랄 만한 사건이었다.

"그럼 검 공자님이 흑영대주의 비무를 받아들였구요?"

"그렇습니다. 나가신 지 이제 이 각 정도 되었으니, 어떤 식으로든 결론이 났을 겁니다."

"으음!"

　　단월이 나직한 신음성을 흘렸다.

　　'흑영대주는 현재 검 공자가 넘기 힘든 크나큰 벽이다. 큰 좌절을 겪으면 안 될 텐데.'

　　어떤 사람들은 한 번의 좌절로 인해 평생을 일어나지 못하고 주저앉는 경우가 있다. 단월은 그런 사람들을 이제껏 꽤 많이 만나봤다.

　　벽에 부딪혔을 때 오히려 오기를 갖고 다시 부딪치는 사람은 그리 많지 않은 반면, 포기하고 주저앉는 사람은 훨씬 많았다. 단월은 검운영이 그런 사람이 아니길 빌었다.

단월은 북풍대와 함께 검운영이 오길 기다렸다.

그렇게 얼마의 시간이 흘렀을까? 검운영이 문을 열고 모습을 나타냈다.

"부대주."

"검 공자님."

북풍대원과 단월이 동시에 검운영에게 다가갔다.

북풍대원들이 물었다.

"괜찮습니까?"

"어라? 멀쩡해 보이는데, 혹시 이긴 겁니까?"

"그럴…… 리가 있냐? 깨졌다. 그것도 처참하게."

검운영이 고개를 저었다. 그러자 북풍대가 못 믿겠다는 표정을 지었다. 사실이라고 믿기엔 검운영의 모습이 너무나 깔끔했기 때문이다. 그러나 검운영의 말은 사실이었다. 그는 분명 지영정에게 졌다. 그것도 무척이나 처참하게.

그동안 검운영은 무섭게 성장했지만, 무림의 최고 고수 중 한 명이라 할 수 있는 지영정과는 많은 격차가 있었다.

검운영은 지영정을 상대로 훌륭하게 자신의 무공을 펼쳐보였지만, 결국 패하고 말았다. 그나마 지영정이 손속에 사정을 봐줬기에 무사할 수 있었지만, 그의 자존심은 사정없이 뭉개지고 난 다음이었다.

그래도 검운영은 좌절하지 않았다. 그에게는 수없이 패배한 경험이 있었다. 그 많은 패배를 딛고 올라온 경험은 그가 성장할 수 있는 강력한 토대였다.

지영정과의 비무가 단지 그에게 패배만 남긴 것은 아니었다. 지영정과 대결하면서, 검운영은 광도진결에서 얻은 심득을 정리할 수 있는 값진 기회를 얻었다. 비록 패배하긴 했지만 얻은 것도 그만큼 큰 것이다.

'다음에 다시 겨루게 된다면 지금처럼 허무하게 지지는 않을 것입니다. 이제부터 나 검운영은 당신을 뛰어넘기 위해 전력을 다할 것입니다, 지 대협.'

그러나 그는 절대로 자신의 감정을 밖으로 드러내지 않았다.

그가 웃으며 말했다.

"자, 일이 다 끝났으면 그만 돌아갑시다. 이곳은 너무 갑갑하군요."

북방을 자유롭게 질주하던 북풍대에게 구주천가의 거대한 성벽은 너무나 갑갑하게 느껴졌다.

북풍대가 일제히 환호성을 내질렀다.

그들의 모습을 보면서 단월은 생각했다.

'누가 있어 이들을 억압할 수 있을 것인가? 이들에게 구주천가의 높은 성벽은 어울리지 않는다.'

*　　*　　*

임관설은 차분한 눈으로 산 아래를 내려다보았다. 그녀가 있

는 산등성이에서는 산으로 올라오는 모든 길목이 한눈에 보였
다. 그녀의 눈에 산을 올라오는 수많은 무인들이 보였다.

그들은 천문산에서 벌어지는 일의 진상을 규명하려 인근의
문파에서 보낸 전력들이었다. 근 천여 명에 이르는 무인들이 산
을 오르는 모습은 일대 장관이었다. 하지만 그들을 바라보는 임
관설의 눈엔 무심함만이 감돌았다.

"결국 죽을 자리를 찾아서 사지로 들어오는구나. 어리석은."

그녀가 고개를 내저었다.

고개를 돌리자 한쪽에 조용히 서있는 백련귀의 모습이 보였
다. 백련귀의 모습은 예전과는 조금은 차이가 있었다. 불과 얼
마 전의 백련귀가 철군패에게 무공을 잃어 무기력한 모습이었
다면, 지금의 그에게서는 예전 못지않은 음습한 기운이 느껴지
고 있었다.

"무공을 되찾은 것인가?"

"반천련주께서 소인을 불쌍히 여겨 방도를 찾아주셨습니다.
참으로 고마운 분이지요."

백련귀의 대답에 임관설의 눈이 빛났다.

"반천련주가? 대사조께서도 어찌하지 못한 당신의 몸을 그가
정상으로 돌려놨단 말인가?"

"그건 아닙니다. 그분께서도 제 몸을 정상으로 돌려놓는 것
은 무리라고 하더군요. 그 때문에 편법이 동원됐지요."

"편법?"

“그 이상은 말씀드릴 수 없음을 용서해주십시오. 그분과 굳게 약속한 부분이라서.”

“으음!”

임관설의 눈빛이 차갑게 가라앉았다.

'반천련주, 속내를 알 수 없는 자. 그와 마주할 때면 마치 거대한 뱀을 마주하는 듯하다. 대사조께서는 어찌해 그와 같은 자와 연수를 한 것인지.'

반천련주를 본 그 순간부터 임관설은 그에게 경각심을 가졌다. 그의 몸에서 느껴지는 불길한 느낌 때문이었다. 마치 온몸에 뱀이 기어가듯 스멀스멀 피어오르는 불길한 느낌에 소름이 끼쳤던 적이 한두 번이 아니었다.

반천련주의 금빛 가면 속에 숨겨진 눈빛을 볼 때면 마치 자신이 아무것도 없는 설원에 홀로 내팽개쳐진 듯한 기분이 들었다. 그 때문에 임관설은 반천련주를 의도적으로 멀리하려 했다. 하지만 그녀의 의도와는 정반대로, 대사조는 반천련주의 일에 임관설을 투입했다.

반천련주가 언제 백련귀를 만나서 어떤 식으로 그의 몸을 고쳐줬는지는 임관설조차 알지 못했다. 비록 편법을 썼다지만, 대사조조차 어쩌지 못한 백련귀의 몸을 고쳐줬다는 사실만으로도 그의 능력이 얼마나 대단한지 짐작할 수 있었다..

'반천련주의 정체는 무엇일까? 그가 누구기에 구주천가에 그토록 커다란 증오심을 가지고 있는 것인가?'

아무리 생각해도 답이 나오지 않았다.

잠시 한숨을 내쉬던 임관설은 이내 머릿속에서 반천련주에 대한 생각을 접었다. 어차피 주어진 정보에 한계가 있는 이상 그녀가 추론해낼 수 있는 사실에는 한계가 있었다.

그녀는 주어진 상황에 집중하기로 했다.

산을 올라오는 수많은 무인들을 보면서, 임관설은 생각했다.

'다행이다. 그가 오지 않아서…….'

그녀가 입술을 지그시 깨물었다.

                    *   *   *

백련마도(百鍊魔刀) 한종휘는 휘하의 문인들을 이끌고 천문산을 올라갔다. 백련마도라는 무시무시한 별호 때문에 간혹 마도의 인물로 오해를 받곤 하지만, 그는 어디까지나 정도를 걷는 무인이었다. 단지 정도의 무인답지 않게 손속이 잔인하고 과단하기에 마(魔) 자가 들어가는 과격한 별호를 얻은 것뿐이었다.

한종휘는 천문산을 올려다보았다. 천문(天門)이라는 이름처럼 뻥 뚫려있는 산 정상의 모습이 그의 시선을 확 잡아끌었다.

"도대체 무슨 짓을 꾸미는 것이냐, 마해. 감히 영기가 가득한 천문산에서 무얼 하려는 것이냐?"

천문산은 예전부터 인근 사람들의 경외의 대상이 되었던 곳이다. 그런 천문산에서 마해가 무언가 꿍꿍이를 벌이고 있다고 생각하니 분노가 치솟아 올랐다.

"도대체 마해가 천문산을 점거할 때까지 구주천가는 무얼 했단 말인가? 이제 더 이상 구주천가만 믿고 있을 수는 없다. 우리의 힘으로 마해가 어떤 음모를 꾸미는지 알아내어 분쇄하고 말 것이다."

한종휘는 마해에 커다란 원한을 가지고 있었다. 이십 년 전 마해의 침공 때 하나뿐인 동생을 잃은 것이다. 그때의 원한을 그는 아직 잊지 않았다. 뿐만 아니라 마해에 점거당한 등천문과는 오래전부터 인연을 이어온 사이였다.

때문에 휘하의 문인들과 함께 천문산을 오르는 한종휘의 표정은 결연하기 그지없었다.

평소에도 등천문과의 인연 때문에 천문산을 자주 왔던 터라 산을 오르는 데는 아무런 문제도 없었다. 하지만 그는 각별히 주의를 했다. 정말 마해가 천문산을 점거했다면 곧 어떤 움직임이 있을 것이 분명하기 때문이었다.

"모두 각별히 주의하도록 하라. 언제 어디서 마해의 악도들이 공격할지 모른다."

"예!"

"알겠습니다."

한종휘 휘하의 문인들이 힘차게 대답했다.

한종휘는 이제껏 열두 명의 제자들을 받아들였다. 열두 명의 제자는 다시 각각 스무 명씩의 제자들을 받아들였다. 합이 이백

오십 명이 넘는 제자들을 거느린 것이다.

한종휘는 이번이 마해에 복수할 절호의 기회라고 생각하고 있었다.

"구주천가가 못하겠다면 내 힘으로 마해에 복수하겠다. 더 이상 구주천가에게 기대지 않겠다."

한종휘가 이빨을 뿌득 갈았다.

이 순간 천문산을 오르는 것은 한종휘뿐만이 아니었다. 그와 교감한 인근 문파의 무인들도 다른 경로를 통해서 천문산을 오르고 있었다. 최대한 마해의 전력을 분산시키기 위해서였다.

"만일 천문산을 점거한 마해의 도당들을 물리친다면 이곳에서 우리의 발언권과 권력은 크게 강화되어, 구주천가도 더 이상 우리를 무시하지 못할 것이다. 아니, 반드시 그렇게 되게 만들겠다."

사실 천문산을 오르는 대부분의 문파들은 그렇게 교감을 나눴다. 한종휘를 제외한 다른 문파의 주인들은 현재의 위기를 기회라고 봤다. 자신들의 영역에서 스스로의 힘으로 마해를 물리친다면 그만큼 영향력이 확대될 것으로 기대한 것이다.

그렇게 각자의 이해가 맞아 떨어져 천문산의 원정이 이뤄졌다. 그러나 한종휘는 개의치 않았다. 이유야 어쨌든 자신이 천문산으로 올라가는 것은 사실이었고, 개인적인 복수도 할 수 있기 때문이다.

산중턱을 오를 때까지도 마해의 흔적은 보이지 않았다. 정말 마해가 천문산을 점거하고 있는지 의구심이 들 정도였다. 하지만 한종휘는 한시도 긴장을 풀지 않았다.

그렇게 얼마나 올라갔을까?

푸스스!

갑자기 미약한 소리가 숲속에서 흘러나왔다.

한종휘가 외쳤다.

"모두 정지하라."

"정지하라."

그의 명령은 곧 뒤에 있는 제자들에게까지 전달됐다.

한종휘와 제자들은 멈춰서서 촉각을 곤두세웠다.

그 순간, 숲속에서 일단의 무리들이 뛰어나와 한종휘와 제자들을 급습했다.

"적이다."

"급습이다."

한종휘와 제자들이 소리를 지르며 급습한 적들에게 맞서갔다.

카카캉!

"마해의 주구들."

"죽어랏! 중원의 잡졸들."

무기와 무기가 격돌하고, 욕설이 난무했다.

한종휘와 제자들은 적의 급습에도 당황하지 않았다. 그들은 침착하게 기습에 대응했다. 그 때문에 피해를 거의 입지 않을 수 있었다. 덕분에 피해를 입은 것은 급습한 마해의 무인들이었다.

한종휘와 제자들의 침착한 반격에 동료들이 죽어나가자, 마해의 무인들이 천문산 정상을 향해 도주하기 시작했다.

그에 용기백배한 한종휘가 외쳤다.

"놈들을 추격하라. 한 놈도 남김없이 처단해야 한다."

"예!"

"와아아!"

한종휘의 제자들이 도주하는 마해의 무인들을 쫓아 천문산 정상을 향해 내달렸다. 꽁지가 빠지게 도주하는 마해의 무인들을 보며 그들의 기세는 더욱 등등해졌다.

"더러운 마해의 마인들. 감히 이곳이 어디라고."

"놈들을 죽여랏!"

때 아닌 추격전이 벌어지는 그 시각, 천문산 곳곳에서 비슷한 일들이 벌어지고 있었다. 그러나 그들은 서로 그런 사실을 전혀 알지 못했다.

얼마 지나지 않아 한종휘와 제자들은 옛 등천문에 도착할 수 있었다.

"이곳은 등천문? 놈들은 어디로 간 거지?"

한종휘가 주위를 둘러보았다. 하지만 어디서도 그들이 추적해온 마해의 무인들은 보이지 않았다.

"설마, 놈들에게 유인당한 것인가?"

한종휘는 뒤늦게 유인을 당했을지도 모른다는 생각을 했다.

하지만 이미 기호지세(騎虎之勢)였다. 호랑이 등에 올라탄 이상, 중간에 내려서는 순간 죽음뿐이었다. 결과가 어떻게 되든 끝까지 가봐야 했다.

그가 제자들에게 주의를 주었다.

"모두 주의하라. 어떤 함정이 우리를 기다릴지 모른다."

"옛!"

제자들의 얼굴에 긴장의 빛이 떠올랐다.

꼭 한종휘의 명령이 아니더라도 그들 역시 장내의 분위기가 심상치 않다는 것을 느끼고 있었다. 적을 추적한다는 희열감은 이미 사라진 지 오래였다.

한종휘와 제자들은 조심스럽게 걸음을 옮겼다.

그들은 점점 등천문의 심처로 향하고 있었다. 하지만 정작 그들은 그런 사실을 알아차리지 못했다.

삐꺽!

경첩이 녹슨 문을 열자 신경을 긁는 불길한 소리가 울려 퍼졌다.

"누구냐?"

"꼼짝 마라."

문을 열자마자 안쪽에서 거친 소리가 터져 나왔다. 그러나 한종휘와 제자들도 지지 않고 소리를 질렀다.

"어림없다. 네놈들이나 항복하거라. 더러운 마해의 종자들."

"이놈들! 가만두지 않겠다. 더러운 마해의 잡놈들."

욕설을 내뱉으며 무기를 휘두르던 순간, 그들은 서로의 얼굴을 확인할 수 있었다.

"아니 당신은?"

"백련마도 한종휘 대협이 아니시오?"

"연 문주가 어떻게?"

적을 향해 막 도를 휘두르던 자세 그대로 한종휘가 물었다. 마찬가지로 그의 앞에는 검을 휘두려는 모습으로 만중문(萬重門)의 문주 연은청이 엉거주춤 서있었다.

둘은 오래전부터 일면식이 있던 사이였다. 이번 천문산의 원정을 계획하면서 자주 만나 통성명을 하던 사이인 것이다.

그들은 서로가 적이 아님을 깨닫고 무기를 거둬들였다.

"연 문주께서 어떻게 여기에?"

"산을 오르는 중간에 적의 습격을 받았소. 그들을 물리치고 추적하다보니 여기까지 오게 되었소. 그런 한 대협은 어찌 이곳까지 오신 것이오?"

"우리도 마찬가지요. 중간에 습격을 당했는데, 그들을 추적하다보니 이곳까지 오게 되었소."

"으음!"

두 사람의 얼굴이 심각해졌다.

그들은 자신들이 이곳까지 오게 된 것이 결코 우연이 아님을 알아차렸다.

"유인을 당했단 말인가?"

“아무래도 그런 것 같구려.”

두 사람의 말이 채 끝나기도 전에 곳곳에서 이번 원정대에 참여했던 문파의 무인들이 속속 모습을 드러냈다.

한종휘의 표정이 침중하게 변했다.

“우리가 함정에 빠진 것 같소.”

제 8장

진격북풍대(進擊北風隊)

　비단 한종휘뿐만이 아니었다. 본의 아니게 등천문에 모인 무인들은 자신들이 적들의 의도대로 함정에 빠졌다는 사실을 깨달았다.

　무인들이 웅성거리기 시작했다. 동요가 시작된 것이다.

　"모두 조용하라. 이곳이 적의 함정일지라도 침착하기만 한다면 충분히 역경을 헤쳐 나갈 수 있을 것이다. 우리는 천 명이나 된다. 그 사실을 절대 잊지 마라."

　한종휘의 외침이었다.

　그의 외침이 군웅들의 동요를 잠재웠다.

　"잘 하셨소. 한 대협이 아니면 초반부터 힘들 뻔했소. 적시에 동요를 잠재워서 다행이오. 자칫했으면 적들과 싸우기도 전에 자중지란을 일으킬 뻔했소.”

연은청의 말에 한종휘가 고개를 끄덕였다.

그의 말처럼, 이 이상 군웅들이 동요했다면 적들과 맞서 싸우기도 전에 스스로 자멸을 할 뻔했다.

연은청이 물었다.

“이제 어떻게 하는 것이 좋을 것 같소?”

“안으로 들어갑시다.”

“하지만 적들의 의도를 모르지 않소.”

“그러니까 안으로 들어가야 한단 말이오. 이곳에서 넋 놓고 기다리고 있다가는 적들의 의도대로 될 것이오. 차라리 정면으로 부딪쳐서 그들의 의도를 파악하고, 정면으로 부딪치는 것이 낫다는 것이 나의 생각이오.”

“으음! 그 말도 일리가 있구려.”

연은청이 고개를 끄덕였다. 확실히 한종휘의 경험이 풍부하다보니 이런 종류의 일에도 훨씬 능동적으로 대처하는 것 같았다. 연은청은 한종휘가 믿고 의지할 만한 사람이라고 생각했다.

한종휘가 눈을 빛내며 말했다.

“갑시다.”

“좋소. 내 한 대협만 믿고 따르겠소.”

그들이 걸음을 옮기자 이제껏 주춤하고 있던 여타문파의 무인들이 그들을 따라 움직였다.

등천문에서는 한 점의 생기도 느껴지지 않았다. 마치 죽은 자들의 성처럼, 오직 유부의 기운만이 스산하게 느껴질 뿐이었다.

"잔인무도한 놈들. 설마 등천문의 모든 제자들을 죽였단 말인가?"

"도저히 용서해서는 안 되는 놈들이오. 등천문의 제자들이 무슨 죄가 있다고 모두 죽였단 말인가?"

"오늘 우리는 이들과 반드시 사생결단을 내야하오."

"한 대협의 뜻대로 반드시 이들을 세상에서 없애야 하오. 이들은 세상에 하등의 도움이 되지 않는 존재들이오."

한종휘와 연은청은 마해에 대한 적개심을 불태웠다.

마해는 도저히 세상에서 존재해서는 안 되는 절대악이었다. 그들을 이 세상에서 없애는 것이 그들에게 내려진 사명이었다.

한종휘와 연은청이 이끄는 군웅은 점점 등용문의 심처로 들어갔다. 등천문의 대연무장 근처에 도착할 때까지도 아무런 일이 일어나지 않았다.

"설마 마해가 우리가 무서워 도망간 것은 아니겠지?"

"그러면 얼마나 좋겠나? 조심하게. 그 악의 종자들은 결코 자신들의 것을 포기하고 도망갈 자들이 아니니까."

군웅들이 자신들끼리 속삭였다.

그들도 느끼고 있었다. 마해가 등천문을 완전히 비운 것이 아니란 사실을. 어디선가 그들이 자신들을 지켜보고 있을 거란 사실을 말이다.

결국 군웅들은 등천문의 대연무장에 무사히 도착했다. 천 명이 넘는 군웅들이 한자리에 모였어도 전혀 불편하지 않을 만큼 대연무장은 넓었다.

"저것은?"

한종휘는 대연무장 중앙에 있는 커다란 탑을 발견했다. 최근에 지어진 듯 보이는 탑은 분명 예전에는 존재하지 않았던 것이었다.

연은청이 물었다.

"왜 그러시오?"

"저 탑, 분명 예전에는 없었던 것이오."

"그럼 한 대협의 말은 마해가 저 탑을 세웠다는 것이오?"

"그것까지는 모르겠지만 내가 예전에 등천문에 왔을 때는 분명 저 탑은 없었소."

"마해가 도대체 무엇 때문에 등천문의 한가운데에 저런 거탑을 세웠단 말이오?"

"나도 모르겠소. 도대체 그들이 무엇을 노리는 건지. 왜 등천문을 선택한 것인지."

"으음!"

두 사람의 얼굴에 심각한 빛이 떠올랐다.

실체는 정확히 모르지만, 분명 심상치 않은 일이 벌어지고 있다는 사실을 직감했기 때문이다.

그때였다.

"후후!"

갑자기 낯선 웃음소리가 마치 곁에서 속삭이듯 똑똑히 들려왔다.

"누구냐?"

"정체를 밝혀라."

군웅들의 목소리가 대연무장을 쩌렁쩌렁 울렸다. 그러자 대연무장을 둘러싸고 있는 담 위에 누군가 모습을 드러냈다.

백색의 유삼을 입고 있는 청수한 학자풍의 노인. 그는 바로 낙일사주 사도광천이었다. 그의 주위에는 낙일사의 무인들이 포진하고 있었다.

한종휘가 사도광천을 향해서 외쳤다.

"누군가? 당신은 마땅히 스스로의 이름을 밝혀야 할 것이다."

우웅!

그의 사자후가 등천문을 쩌렁쩌렁 울렸다. 하지만 사도광천은 전혀 영향을 받지 않는 듯 웃으며 말했다.

"노부의 이름은 사도광천이라네."

"마해에서 당신의 위치는 어떻게 되오?"

"노부는 낙일사의 주인이라네."

"낙일사?"

"자네들은 말해도 잘 모를 것이네. 그저 마해의 한 조직이라고만 생각하는 것이 편할 걸세."

"좋소. 낙일사주, 당신은 왜 등천문을 점거한 것이오? 등천문이 마해의 심기를 건드리기라도 했소?”

“그런 것은 없었다네. 단지 우리는 필요에 의해서 등천문을 점거했을 뿐이네.”

“등천문이 왜 필요하오?”

“등천문이 아니라 등천문이 점거하고 있는 이 땅이 필요했기 때문이라네.”

“등천문의 땅이?”

한종휘의 미간에 골이 패였다. 그는 사도광천이 무슨 말을 하는 건지 전혀 알아들을 수 없었다.

“등천문의 땅이 필요해서 등천문도 전부를 죽였단 말이오? 그런 잔인무도한 일을 벌이고도 스스로 인간임을 자처할 수 있단 말인가?”

“후후! 자네는 꽤 강직한 사람이군. 그렇다면 나도 한 가지 묻지. 자네들은 하늘을 우러러 한 줌의 죄책감도 없다고 자신할 수 있는가? 자네들의 의미 없는 행동이 타인에게 피눈물 흘리게 한 적이 없다고 말할 수 있는가?”

“그건…….”

“우리도 마찬가지라네. 우리가 한 행동이 타인의 눈에 피눈물을 흘리게 할 수도 있다는 사실을 알지만, 그렇다고 안 할 수도 없는 노릇 아닌가? 그러니까 너무 노여워하지 말게.”

“궤변이오.”

“그럴 수도 있겠지. 허나 분명히 말해둔다면 나는 자네들에게 변명을 하기 위해서 이런 말을 하는 게 아니라네. 그저 마지막으로 가는 길에 자신들이 왜 죽어야 하는지 이유라도 알아야 할 것 같아서 하는 말일세.”

“어림없는 소리.”

한종휘가 노해 큰 소리로 외쳤다. 하지만 사도광천은 아랑곳하지 않았다.

“자네들이 어떻게 생각해도 상관없네. 이제부터 난 자네들을 죽일 테니까. 자네들의 죽음이 필요하다네.”

“당신들의 뜻대로 될 것 같은가? 모두 저들을 공격하라.”

한종휘가 크게 외쳤다. 그에 이제껏 눈치만 보고 있던 군웅들이 사도광천이 있는 곳을 향해 달려갔다.

“와아아!”

“마해의 주구를 죽여라.”

군웅들의 목소리가 등천문을 쩌렁쩌렁 울렸다. 그들이 마치 해일처럼 사도광천이 있는 곳을 향해 밀려갔다. 하지만 그들을 바라보는 사도광천의 표정에는 여전히 변함이 없었다.

그가 무심한 표정으로 부하들에게 명령을 내렸다.

“시작하도록.”

“존명!”

사도광천의 명이 떨어지자 낙일사의 무인들이 진을 발동시켰다.

우웅!

대연무장 중앙에 있는 거대한 탑에서 강한 떨림이 일더니 갑자기 주위의 풍경이 변화했다.

마치 거대한 어둠의 장막을 친 것처럼 보이는 모든 것이 검은색으로 변했다.

"무어냐?"

"크윽! 도대체 무슨……."

갑작스런 변화에 군웅들이 당혹해했다. 영문을 모르고 우왕좌왕하던 군웅들은 곧 자신들이 진에 빠졌다는 사실을 자각했다.

"진이다. 진법에 빠졌다."

"어떻게 진법을 빠져나가지?"

군웅들이 당혹스런 음성을 토해냈다.

진법이란 말은 많이 듣지만, 막상 강호에서 활동을 하다보면 진법과 맞닥트릴 일이 거의 없는 것이 사실이었다. 그 때문에 막상 진법과 조우하게 되면 당황하기 일쑤였다.

"으음!"

한종휘가 나직한 신음성을 흘렸다.

설마 했던 일이 실제로 일어나고 있었다. 저들은 진법이라는 함정을 마련해 그들을 가뒀다.

"진법을 벗어나야 한다. 진법에 대해 잘 알고 있는 사람이 없는가?"

한종휘가 목소리를 높여 소리쳤다. 하지만 들려오는 대답은 없었다. 어느새 주위에 있던 대부분의 사람들이 어둠의 장막에 가려져버린 것이다.

"어느새?"

한종휘의 얼굴이 일그러졌다. 그가 급히 주위를 둘러봤다. 그러나 어느새 곁에 있던 연은청은 보이지 않고, 오직 자신의 제자들만 보였다.

"모두 괜찮으냐?"

"예! 사부님, 저희는 괜찮습니다."

"우리는 진법에 갇혔다. 잠깐만 한눈팔면 서로의 존재를 잊어버릴 테니, 서로의 허리띠를 연결해라."

"알겠습니다."

제자들이 대답을 하며 허리띠를 끌러 서로 연결했다. 그렇게 이백오십명의 제자들이 한 덩어리가 되었다.

한종휘 자신도 그들과 허리띠를 연결한 후 중얼거렸다.

"내가 비록 진에 대해 문외한이라지만 그래도 주체가 있어야 한다는 사실은 알고 있다. 대연무장에서 진의 주체가 될 만한 구조물은 오직 그 탑밖에 없다. 그 탑을 찾아서 파괴한다면 진법을 파해할 수 있을 것이다. 이제부터 우리는 대연무장 중앙에 있던 탑을 찾아 파괴한다."

"예!"

제자들이 힘껏 대답했다.

한종휘가 앞장을 서고 제자들이 뒤를 따랐다. 허리띠로 서로를 묶었기에 누군가에게 무슨 일이 생긴다면 금세 알아차릴 수 있을 것이다.

한종휘는 눈을 감은 채 전진을 했다. 이런 진법 속에서는 인간의 감각이란 것이 별무소용이란 것을 잘 알고 있기 때문이다. 오감이 아니라 육감에 의지해야 했다.

한종휘는 자신의 본능을 믿었다. 자신의 감각이라면 그 어떤 환상이 나타나더라도 제자들과 함께 거탑으로 무사히 갈수 있을 거라 생각했다.

눈을 감은 채 몇 걸음이나 걸었을까?

"으아악!"

갑자기 처절한 비명성이 울려 퍼졌다. 제자들이 있는 방향에서 들려온 비명성이었다.

한종휘가 눈을 뜨며 뒤를 돌아봤다.

"무슨 일이냐?"

"무곤이 죽었습니다."

"무곤이? 무곤이 왜 죽었단 말이냐?"

"그, 그게 자살했습니다."

"뭣이 자살? 그가 왜 자살을 했단 말이냐?"

한종휘의 언성이 높아졌다. 하지만 제자는 대답을 할 수 없었다.

갑자기 자살한 임무곤은 그와 허리띠를 연결하고 있었다. 처음엔 잘만 가던 임무곤에게 갑자기 이상증세가 나타났다. 그가 무어라 헛소리를 중얼거리더니 갑자기 허리춤에서 단도를 꺼내 자신의 목을 그은 것이다.

누가 말릴 사이도 없이 순식간에 일어난 일이었다.

누구도 임무곤이 왜 자살했는지 이유를 알 수 없었다. 평소 임무곤은 성격이 쾌활하고, 붙임성이 좋아 그늘진 구석이 전혀 없었다. 자살할 이유가 전혀 없는 임무곤이 스스로 죽음을 택한 것은 이 자리에 있는 그 누구도 납득할 수 없었다.

그렇게 의혹이 짙어질 때였다.

"으악!"

또다시 제자의 비명소리가 어둠을 갈랐다.

한종휘가 외쳤다.

"또 무슨 일이냐?"

"우삼입니다. 우삼이 자결했습니다."

"우삼이? 우삼이 왜 자결을?"

또 다시 제자가 자살했다는 이야기였다. 그러나 그것은 겨우 시작에 불과했다. 또다시 곳곳에서 제자들의 처절한 비명소리가 울려 퍼졌다. 그들의 죽음 역시 모두 자살이었다.

"도대체 왜 제자들이 자결을 한단 말인가?"

자살을 한 이들 대부분이 죽을 이유가 없는 사람들이었다. 그들은 평소 다른 사람들과의 교우도 원만했을 뿐더러 밝은 성품을 가진 사람들이었다. 그런 이들이 자결했다는 사실이 도저히 이해가 가지 않았다.

"이 역시 진의 영향인가?"

한종휘는 그렇게 결론을 내렸다. 그 외에는 지금 일어나는 일을 달리 설명할 방법이 없었다.

그가 제자들에게 주의를 줬다.

"모두 곁에 있는 사람들에게 각별히 신경을 쓰도록 해라. 만일 자결하려는 사람이 있으면 반드시 막아야 한다. 알겠느냐?"

"예!"

제자들이 힘차게 대답했다. 하지만 그들의 얼굴에는 불안한 기운이 사라지지 않고 있었다.

시신은 나중에 수습하기로 하고 자결한 사람들을 묶었던 허리띠를 풀러 다시 살아있는 사람들끼리 연결했다.

한종휘가 이빨을 뿌득 갈았다.

"이놈들! 결코 가만두지 않겠다. 이렇게 더러운 수작질로 내 제자들의 목숨을 빼앗다니."

그는 마해에 대한 원한을 불태웠다.

동생에 이어 제자까지. 마해와의 은원은 끝도 없이 얽히는 것 같았다.

"반드시 거탑을 부숴 이 망할놈의 진법을 깨부수겠다. 그런 후에 낙일사주는 물론이고, 그의 수하들 뼈까지 갈아 마시리라."

"크아악! 네가 왜?"

그때 또다시 제자의 비명소리가 들렸다.

"또?"

한종휘가 급히 뒤를 돌아보았다. 그러자 어둠 속에서 제자 한 명이 미쳐 날뛰며 근처에 있는 다른 제자들에게 칼부림을 하는 것이 보였다. 예상치 못한 칼부림에 인근에 있던 제자들이 속수무책으로 피를 뿌리며 쓰러졌다.

한종휘가 제자의 이름을 불렀다.

"우종아 왜 그러는 것이냐?"

"크으으! 모두 죽이겠다."

그러나 우종이라는 제자는 대답 대신 오히려 눈을 하얗게 까뒤집고 더욱 날뛰었다. 그의 칼부림에 쓰러지는 제자들이 속출하자 한종휘가 나섰다.

쉬익!

그가 손을 뻗어 제자를 점혈하려 했다. 하지만 제자의 광기가 극에 달해 제압하기 쉽지 않았다. 때문에 한종휘가 지체하는 그 순간에도 다른 제자들이 피해를 입고 있었다.

'이 이상 그를 방치했다가는 다른 제자들이 몰살당하겠구나. 그렇다면 차라리 내가……'

한종휘는 눈물을 머금고 도를 꺼내 들었다.

쉬악!

그의 도가 바람을 갈랐다. 본능적으로 위험을 느낀 제자가 도를 들어 한종휘의 공격을 막으려 했지만, 소용없었다. 한종휘의 도는 제자의 도를 두 동강이 낸 것도 모자라 가슴에도 치명상을 입혔다.

결국 미쳐 날뛰던 제자는 바닥에 쓰러져 경련을 하다 이내 축
늘어졌다.

"도대체 우종이가 왜?"

미칠 이유가 없는 아이였다.

평소 누구보다 굳건한 심기를 가지고 있던 제자의 광기어린
칼부림이 도저히 믿어지지가 않았다. 그 모든 것이 꿈이었으면
싶을 정도였다. 하지만 그가 겪은 일은 결코 꿈이나 환상이 아
니었다. 실제로 일어난 일이었다. 그 증거로, 그의 칼부림에 상
처를 입거나 죽은 자들이 바닥에 수없이 널브러져 있었다.

한종휘가 피눈물을 흘렸다.

"크으의! 도대체 무슨 일이 일어나는 것이냐? 도대체 이 악마
같은 진법은 뭐냔 말이다."

그의 절규가 진안에 울려 퍼졌다.

＊　　　＊　　　＊

그와 같은 시각, 연은청의 만중문 제자들도 비슷한 일을 겪고
있었다. 처음에는 스스로 자결하는 자들이 속출하고, 다음에는
미쳐 날뛰어 주위 사람들을 학살하는 자들이 나오고, 그 다음에
는 제자들끼리 반목을 하며 서로를 죽이기 시작했다.

그 모든 일이 진법의 어둠 속에서 벌어지고 있었다.

                    *   *   *

　"으음!"

　함운월은 진 밖에서 그 모든 광경을 보고 있었다.

　본래는 진 밖에서 진 안의 일을 들여다보는 것은 불가능한 일이었다. 하지만 함운월은 그 스스로가 진의 주체가 되는 능력이 있었고, 또한 누구보다 진의 본질을 꿰뚫어보는 눈이 뛰어났기에 그런 일이 가능했다.

　함운월은 뒤늦게 천문산에 당도했다. 철군패를 상대로 진법을 펼치느라 심력을 소모하고, 상처를 입었기에 천문산에 당도하는 것이 늦었다.

　본래 그녀는 이대로 임관설을 찾으려 했지만, 눈앞에서 벌어지는 끔찍한 광경을 보고 움직일 생각을 하지 못했다.

　"도대체 이런 진법이라니……."

　그녀의 눈앞에 펼쳐진 진법은 통상의 진법이 아니었다.

　인간이 인간임을 스스로 포기하게 만드는 진법이었다. 그렇지 않고서 진법 안에서 벌어지는 광경을 설명할 수 없었다.

　"천마…… 도대체 무슨 일을 벌이는 것인가? 이런 극악한 진법이라니."

　진의 대가라 불리는 그녀조차 사람의 마음을 가지고 희롱하는 진법은 사용하지 않았다. 인간의 마음을 희롱하는 것은 스스로 인간임을 포기하는 것이라 생각했기 때문이다.

"이것은 자신의 죄악을 보여줘 자결하게 만들고, 서로의 치부를 들춰내 의심하게 만들고, 결국에는 광기를 폭출시켜 미쳐 날뛰게 만드는 진법이다. 인간이 가진 가장 추악한 본성을 끄집어내서 결국은 인간이 아니게 만드는 진법이라니. 어쩌면 이 때문에 관설, 그 아이는 그렇게 멸제를 오지 못하게 하려 했는지도 모르겠구나."

인간이 인간을 믿지 못하면 어떤 일이 벌어지는지 함운월은 잘 알고 있었다. 인간이 인간일수 있는 가장 큰 이유는 인간이 가져야 할 기본적인 도덕이 있기 때문이다. 하지만 이곳 천문산 등천문에서는 인간이 가진 기본적인 도덕이 송두리째 사라졌다. 그 모든 것이 진법의 영향이었다.

그러나 한 가지 의문이 들었다.

분명 천 명이 넘는 사람들이 진에 갇혀 지옥도를 연출하고 있었다. 지금 이 시간에도 수많은 사람들이 죽어나가고 있었고, 미쳐 날뛰고 있었다. 하지만 함운월은 무언가 이상하다고 생각했다.

"과연 이 정도의 결과만 노리고 천문산에 그토록 거대한 구조물을 세우고, 진법을 펼쳤단 말인가?"

함운월 자신이 진법의 대가였다.

그녀는 몇 번의 걸음만으로 진법을 펼칠 수 있었고, 마음만 먹는다면 반경 백 장을 완벽하게 이 세상과 격리시킬 수도 있는 능력자였다. 그렇기에 누구보다 진에 대해 잘 안다고 자부했다.

"마해는 이곳에 거대한 탑을 세웠다. 그 탑이 주체가 되어 진이 운용될 것이다. 하지만 단지 등천문 안에 있는 자들만을 상대로 진을 운용하기에는 낭비가 너무 많다. 도대체 무엇 때문에 그리 큰 탑을 세웠단 말인가?"

함운월은 자신이 알고 있는 진에 대한 모든 지식을 떠올렸다. 하지만 모든 지식을 총동원했음에도 별다른 답이 나오지 않았다.

잠시 고민하던 함운월은 이내 대연무장 주변을 돌기 시작했다. 그녀는 진의 구조와 사용된 재료는 물론, 기운의 흐름까지도 직접 살펴보았다.

그렇게 얼마나 살폈을까? 문득 그녀의 얼굴에 경악의 빛이 떠올랐다.

"설마 이것은?"

얼마나 놀랐는지 그녀의 전신이 푸들푸들 떨리고 있었다.

함운월이 말을 더듬었다.

"이런 미친 짓을. 이것은 단순한 진법이 아니다. 설마 진으로 천하를……."

너무나 놀라, 그녀는 말을 잇는 것을 잊었다.

그때였다. 등 뒤에서 낯선 목소리가 들렸다.

"당신은 절대 알아서는 안 되는 비밀을 눈치챘군."

함운월이 급히 고개를 돌렸다. 그러자 조용히 서있는 사내가 눈에 들어왔다.

날렵한 체형을 가진 중년의 사내였다. 한 점의 군살도 없는 균형 잘 잡힌 몸에 소름끼치도록 차가운 광망을 뿜어내는 날카로운 눈을 가지고 있는 사내. 그의 눈빛이 뱀처럼 차갑게 보였다.

그는 바로 검치산이었다.

마해의 십대장로 중 일인이며 사도광천을 도와 천문산을 점거한 사내. 그가 함운월을 똑바로 바라보고 있었다. 함운월을 바라보는 그의 눈빛이 차갑기 그지없었다.

함운원은 그를 한눈에 알아봤다.

"당신은 마해의 검 장로. 도대체 이 진법은 무언가요? 처음 말해준 것과 다른 것 같은데."

"그건 그다지 중요한 일이 아니지. 중요한 것은 당신이 쓸데없는 데에 관심을 가졌다는 것이지."

"그게 무슨 말인가요?"

"항상 쓸데없는 호기심은 명줄을 단축시키지."

"살인멸구하겠다는 건가요?"

"필요하다면."

검치산의 대답에 함운월의 눈빛이 서늘해졌다. 그녀가 물었다.

"십이사조에게 이야기해주지 않은 부분이 있군요. 숨기는 게 뭔가요?"

"십이사조 역시 마찬가지 아니던가? 모두가 그런 거지. 자신

의 속내를 철저히 숨기고 상대를 이용하는 것이야말로 병법의
근간이지."

"결국 말해주지 않겠다는 건가요?"

"이미 진에 대해 알아내고 우리의 속내를 짐작하지 않는가?"

"역시……."

함운월이 입술을 질근 깨물었다. 그녀가 주위를 둘러봤다. 혹
시 임관설이나 다른 이들이 보이지 않을까 해서였다. 하지만 돌
아온 것은 싸늘한 검치산의 목소리뿐이었다.

"주위엔 아무도 없네. 다른 이들은 모두 진을 운용하느라 여
기에까지 신경 쓸 여력이 없거든. 그러니까 자네 한 명이 죽어
도 누구도 모를 걸세. 심지어 자네보다 먼저 온 대공녀 조차도
말일세."

"당신의 힘으로 가능할 것 같은가요?"

"글쎄! 두고 보면 알겠지."

검치산이 함운월을 향해 다가왔다. 함운월이 입술을 지그시
깨물었다.

검치산이 마해의 십대장로라는 사실을 알고 있었다. 하지만
함운월은 전혀 두렵지 않았다. 그가 마해의 십대장로라면 자신
은 십이사조의 일원이었기 때문이다.

함운월이 걸음을 밟기 시작했다. 그녀가 발을 내딛을 때마다
대기에 기묘한 변화가 일어났다. 검치산은 그 모습을 유심히 바
라보았다.

함운월의 보보마다 주위의 풍경에 변화가 일어나고 대기가 공명하자 검치산은 그것이 진법을 펼치는 것이란 사실을 알아 차렸다.

"자신의 걸음만으로 진법을 펼칠 수 있단 말인가?"

검치산은 순수하게 놀랐다.

누가 있어 자신의 걸음걸이만으로 진법으로 펼칠 수 있을까? 고금이래로 자신의 몸, 자신의 걸음걸이만으로 진법을 펼칠 수 있는 존재는 함운월이 유일할 것이다.

"하지만……."

검치산이 움직였다.

그의 손에는 어느새 검이 들려 있었다.

그는 진법이 완전히 펼쳐지면 고전할 수밖에 없다는 사실을 잘 알고 있었다. 그렇다면 진법이 완성되기 전에 함운월을 제압 하는 것이 최선이었다.

쉬아악!

그의 검에서 뿜어져 나온 검기가 부챗살처럼 뻗어나가며 공 간을 절단했다.

"으윽!"

어디선가 함운월의 신음성이 흘러나오며 주위의 풍광이 흔들 렸다. 검치산의 검기에 함운월이 부상을 입은 것이다.

검치산은 함운월의 신음성을 따라 몸을 날렸다.

"챠핫!"

그의 입에서 거친 기합성이 터져 나오며 위맹한 검기가 다시 허공을 갈랐다. 그러자 주위의 풍광이 다시 한 번 흔들렸다. 검기를 피하느라 함운월의 걸음이 흐트러진 것이다.

철군패를 진에 가둘 때와는 다른 상황이었다. 그때는 만반의 준비를 갖춰놨기에 철군패를 수월하게 진에 가둬둘 수 있었지만, 지금은 달랐다. 워낙 창졸지간에 일어난 일이었기에 주위의 지형지물과 천기, 지기를 읽을 경향이 없었다. 그 때문에 진이 불완전하여 조그만 충격에도 흔들릴 수밖에 없었다.

피핏!

검기가 스쳐지나간 어깨 근처의 살이 갈라지며 피가 허공으로 튀었다.

함운월의 얼굴에 다급한 빛이 떠올랐다.

급히 진법을 완성해 검치산을 가둬두어야 하는데, 노련한 검치산이 그런 사실을 미리 눈치채고 무섭게 압박하기 때문이다.

검치산은 일검단해(一劍斷海)라는 별호답게 엄청난 검공을 자랑하는 극강의 고수였다. 검강을 쓰는 것도 아닌데 검기가 그와 비슷한 위력을 냈다. 더군다나 검기를 매우 절묘하게 조절해서 사용하기에, 함운월은 속절없이 밀릴 수밖에 없었다.

진을 펼쳐 자신만의 공간을 만들어 적을 가둔다면 얼마든지 승산을 잡을 수 있었지만, 검치산은 함운월에게 그런 기회조차 주지 않았다.

함운월이 흔들리는 모습을 보이자 검치산이 이 순간을 놓치지 않겠다는 듯이 크게 외치며 검을 종으로 그었다.

"일검파산(一劍破山)."

초식명 그대로 산이라도 부술 듯한 엄청난 크기의 검강이 함운월을 향해 떨어져 내렸다.

"치잇!"

공간을 일렁이게 만들 정도로 강맹한 공격에, 함운월은 피가 날 정도로 입술을 깨물며 마지막 걸음을 밟았다. 그러자 주위의 풍경이 완벽하게 변했다.

드디어 절진이 완성된 것이다.

동시에 그녀가 있던 자리에 엄청난 크기의 검강이 직격했다.

쿠와아앙!

*　　　*　　　*

철군패가 고개를 들었다.

저 멀리 천문산이 보이고 있었다.

푸르르!

말들이 거친 숨소리를 토해내고 있었다. 지난 며칠 동안 쉬지도 않고 말을 달려온 까닭이었다.

철군패는 사흘이란 시간을 줄이기 위해 잠도 자지 않고 화왕을 달려 천문산 인근까지 왔다. 북풍대 역시 그를 따라잡기 위해 잠 한숨 자지 않고 달려왔다. 간간히 운공으로 피로를 풀고

쉬는 시간까지 쪼개며 달려온 끝에, 그들은 천문산이 보이는 곳까지 겨우 도착할 수 있었다.

철군패는 북풍대에게 마지막 휴식을 지시했다.

지난 열흘 동안 필사적으로 달려왔기에 그들은 꽤나 지쳐있는 상태였다. 천문산에서 어떤 일이 벌어지는지 알 수 없는 이상 그들에게 충분히 운공할 시간이라도 주어 최대한 체력을 회복하게 만들어야 했다.

북풍대가 운공을 하고 있는 동안, 철군패는 홀로 일어나 천문산을 바라보고 있었다.

"정말 하늘로 통하는 관문 같군. 산 반대편의 하늘이 보이다니."

철군패는 감탄을 했다. 급박한 상황과는 반대로 천문산의 모습은 장엄하면서도 아름답기 그지없었다. 이제야 왜 천문산을 영산이라고 부르는지 알 것 같았다.

철군패가 천문산을 바라보고 있는 사이, 북풍대원들이 하나둘 운공에서 깨어나기 시작했다. 그 첫 번째는 바로 양천의였다. 양천의는 눈을 뜨자마자 주위를 두리번거리다 철군패를 발견하곤 다가왔다.

"뭘 그렇게 뚫어져라 바라보는 것이냐?"

"천문산."

"천문산에 뭐 볼게 있다고. 기껏 해봐야 산 가운데 뻥 뚫린 커다란 구멍이 다 아니냐?"

"그래서 더욱 신비롭지. 저런 상태로도 산이 무너지지 않고 있으니까."

"뭐, 그것도 그렇네."

양천의도 철군패의 말에 동의했다.

별거 아니라고 생각했을 때는 정말 별 볼일 없었지만, 거대한 공동 반대편으로 보이는 하늘을 바라보니 신비롭다는 생각도 들었다. 그가 평생을 살아온 대막은 어디를 봐도 모래언덕뿐, 저처럼 존재감이 뚜렷한 산은 볼 수 없었다.

철군패와 양천의가 대화를 나누는 사이 운공에서 깬 대원들이 주위로 몰려들었다. 모두가 똑같은 무공을 익혔기에 운공에서 깨어나는 시간마저 비슷했다.

곧 모든 북풍대원들이 운공에서 깨어났다. 운공을 마친 그들의 얼굴에는 활력이 넘쳐흐르고 있었다.

철군패가 외쳤다.

"휴식은 끝이다. 다시 전진한다. 천문산이 얼마 남지 않았다."

"예!"

"하하! 이제 겨우 몸을 풀 수 있겠군."

북풍대가 크게 웃음을 터트리며 말에 올라탔다.

천문산에서 어떤 일이 벌어질지 모르는데도 그들의 얼굴엔 여유가 넘쳐흘렀다. 그들은 두려움이라는 감정을 전혀 느끼지 못하는 듯했다.

“가자!”

철군패가 선두에서 질주하기 시작했다. 그에 뒤질세라 양천의와 북풍대가 그의 뒤를 따라붙었다.

이백 기의 인마는 한 무리가 되어 천문산을 향해 질주했다. 그들이 지나간 자리에는 누런 먼지가 안개처럼 일어났다.

두두두!

지축을 울리는 말발굽 소리와 북풍대원들의 거친 기합소리가 한밤의 정적을 깼다.

그 순간, 철군패는 천문산 중턱에서 일어나는 한 줄기 화광을 보았다. 어찌나 화광이 강렬한지 천문산 위의 하늘마저 붉게 보일 정도였다.

콰르르!

뒤이어 엄청난 굉음이 들려왔다. 빛보다 소리가 뒤늦게 전달된 것이다.

‘도대체 천문산에서 무슨 짓을 벌이는 것인가? 천마.’

상대는 칠백 년 동안이나 살아온 불멸의 존재였다. 그런 존재가 벌이는 일이다. 천문산에서 벌이는 일 뒤엔 분명 숨겨진 이유가 있을 것이다. 그 이유를 알아내야 했다. 그래야 사태가 더 커지기 전에 막아낼 수 있었다.

철군패는 화왕의 속도를 높였다.

푸르르!

화왕이 거친 콧김을 뿜어냈다.

대지를 박차는 화왕의 눈이 근래의 그 어느 때보다 활기차게 빛나고 있었다. 중원에 들어온 이후로 가장 생기가 넘치는 순간이었다.

화왕 역시 천문산에서 벌어지는 불길한 전운을 느끼고 있었다. 하지만 화왕은 겁을 집어먹는 대신 오히려 전의를 불태웠다. 철군패와 화왕은 혼연일체가 되어 천문산을 올랐다.

쉬쉬쉭!

철군패와 북풍대가 천문산 초입에 들어서자마자 숲속에서 화살비가 쏟아졌다.

"챠핫!"

그 순간 철군패의 양쪽에서 달리던 북풍대가 앞으로 뛰어나와 방패로 대신 막았다.

따다다당!

적이 쏜 화살이 방패에 힘없이 튕겨져 나갔다.

어느새 북풍대는 방패를 꺼내들고 철군패를 둥글게 에워싸고 있었다. 누가 시켜서가 아니었다. 이것이 적의 방어진을 뚫는 최적의 진형이란 것을 본능적으로 깨닫고 행동으로 옮긴 것이다.

두두두!

방패로 말과 자신을 보호한 채 달리는 그들의 모습은 성벽을 뚫을 때 이용되는 충차(衝車)를 연상케 했다.

"크윽! 이런……."

"화살이 통하지 않다니."

숲속 곳곳에서 침중한 음성이 토하지 않았다.

그들은 숲속으로 들어오는 다른 침입자를 막으란 명을 받고 은신하고 있던 마해의 무인들이었다.

아무리 화살을 쏘아도 소용없었다. 그들이 쏜 화살은 단 한 대도 방패를 통과하지 못했다. 하다못해 말을 노려보기도 했지만 그마저도 자유자재로 움직이는 방패에 막혀 한 대도 적중하지 않았다.

"뭐, 이런 자들이……."

기함하다 못해 경악성이 터져 나왔다.

수없는 화살비 속에서도 한 사람도 부상당하지 않은 북풍대가 마해의 저지선에 그대로 직격했다.

콰아앙!

"크악!"

"허윽!"

그야말로 충차의 공성추가 성문을 들이받는 듯한 소리와 함께 수십 명의 무인들이 북풍대의 전마에 부딪혀 튕겨져 나가거나 짓밟히며 처절한 비명소리를 냈다.

일차 저지선을 박살내자 북풍대의 방패가 열렸다. 그 기회를 노려 적들이 다시 공격하려는 순간, 이번에는 이백 개의 창이 동시에 쏘아져 나왔다.

푸푸푹!

거침없이 적의 가슴과 머리를 꿰뚫는 장창.

순식간에 수백 명의 마해 무인들이 한 줌 고깃덩어리가 되어 바닥을 나뒹굴었다.

"끄으으!"

"어디서 이런 괴물들이……."

죽은 자들이 속출했고, 부상을 당한 자들은 상처부위를 감싸고 바닥을 나뒹굴었다. 살아남은 자들의 얼굴에는 공포의 빛이 어려 있었다.

검이나 도, 화살 등의 공격이 날아오면 방패로 막고, 적들의 공격이 주춤하면 방패를 열고 장창으로 찔러온다.

더구나 그들은 기마병이다. 그들이 타고 있는 이백 필의 말만으로도 엄청난 위협이었다. 말과 혼연일체가 되어 질주하는 북풍대의 파괴력은 성문을 부수기 위해 고안된 충차보다도 더욱 엄청난 위력으로 마해의 무인들을 분쇄했다.

멀리서 쏘는 화살로는 결코 그들을 저지할 수 없다는 사실을 깨달은 지휘관이 외쳤다.

"모두 활 대신 검과 도로 놈들을 공격한다. 우선 말들의 다리를 잘라 기동력을 약화시켜라."

"옛!"

"와아아!"

지휘관의 명령이 떨어지자 멀리서 활만 쏘던 무인들이 달려나와 철군패와 북풍대를 향해 달려들었다.

“와아아!”

거친 함성이 천문산을 울렸다.

북풍대는 단 이백 명에 불과한데 적들은 오백 명이 넘었다. 분명 수적 열세였다. 하지만 말을 달리는 이백 명의 북풍대원들 중 자신들이 열세라고 생각하는 사람은 단 한 명도 없었다.

“어리석은 놈들. 육탄 공격으로 우리를 막을 수 있을 거라 생각했던가?”

“챠핫!”

전속력으로 달려드는 말과 기마병을 맨몸으로 막겠다는 발상 자체가 저들이 단 한 번도 이런 종류의 전투에 경험이 없다는 것을 말해준다.

쿠콰콰콰!

북풍대는 오히려 말을 더욱 빠르게 몰았다.

말의 발굽에 나뭇등걸이 부서지고, 잔돌이 으깨져 가루가 되어 날렸다. 풀잎이 짓이겨져 허공으로 흩날리고, 사람들의 비명 소리와 함께 살이 갈라지는 섬뜩한 소리가 울려 퍼졌다.

“크아악!”

“이걸 어떻게 멈추란 말이야?”

처음부터 불가능한 임무였다. 애초부터 기마를 사람의 힘만으로 막겠다는 발상 자체가 무리였다. 만일 자신들이 무인이 아니라 차라리 숙련된 군인들이었다면 북풍대를 막기가 훨씬 수월했을 것이다. 하지만 불행히도 적들 중에는 군대의 경험을 가친 자가 없었다.

그 누구도 북풍대를 막지 못했다. 북풍대가 지나가자 전열이 반으로 두 동강이 났다. 그러자 북풍대가 다시 선회를 해서 한쪽을 완전히 짓밟았다. 그 모습에 살아남은 한쪽마저 공포와 전율로 제정신을 차리지 못하고 우왕좌왕했다.

결국 공포에 못이겨 도주하는 자들이 속출했다. 하지만 북풍대는 도주하는 마지막 한 명까지도 추격해 완벽하게 말살했다.

푸르르!

한바탕 활극이 끝난 후, 말들이 여전히 흥분이 가라앉지 않는지 거칠게 투레질을 하며 발을 굴렀다.

"이럴…… 수가! 저건 그야말로 악마의 군대다."

멀리서 북풍대가 동료들을 몰살시키는 광경을 바라보던 이차 저지선의 무인들이 이빨을 덜덜 떨었다. 그들의 얼굴에는 짙은 공포의 빛이 떠올라 있었다.

일차 저지선의 무인들의 전력은 그들과 별다를 바가 없었다. 그런 그들이 순식간에 전멸당했으니, 이차 저지선을 구축하고 있는 무인들도 비슷한 시간이면 전멸할 것이 분명했다.

무인들이 동요를 하자 수장이 큰 목소리로 무인들을 다독였다.

"걱정하지 마라. 이곳은 경사가 큰 비탈길이다. 저들은 결코 말을 타고 이곳까지 오르지 못할 것이다."

그의 말에 무인들의 동요가 서서히 가라앉았다. 그의 말처럼 그들이 있는 곳은 너무나 경사가 심해 말을 타고 오르기에는 무리였다.

"우리는 이곳에서 바위를 굴리고…… 컥!"

퍼억!

그 순간 무인들의 동요를 가라앉히던 수장의 머리에 화살 한 대가 박혀 부르르 떨리고 있었다. 수장은 말하던 자세 그대로 픽 쓰러지고 말았다.

북풍대 제일의 궁수인 원경의가 화살을 날려 수장을 저격한 것이다. 순식간에 눈앞에서 수장을 잃은 마해의 무인들이 극심한 혼란에 빠졌다.

철군패와 북풍대는 그들의 혼란을 놓치지 않았다.

두두두!

너무나 경사져 말을 타고 결코 오르지 못할 거란 비탈길을 철군패와 북풍대는 무서운 속도로 질주했다. 철군패가 타고 있는 화왕은 물론이고, 북풍대가 타고 있는 전마들도 평범한 말들이 아니었다. 서역에서 가장 혈통이 좋은 말들을 교배시켜 얻은 이 전마들은 특히 근력과 지구력이 뛰어나고, 수없이 전장을 전전해 겁이 없었다.

철군패와 북풍대는 순식간에 적들의 이차 저지선을 박살냈다. 그들을 막아섰던 무인들은 어육처럼 짓이겨졌고, 공포에 질린 무인들은 사방으로 흩어져 도망갔다.

무적의 위용을 자랑하는 북풍대. 그들의 거침없는 질주에 천문산에 길이 열리고 있었다.

"크아악!"

곳곳에서 비명소리가 터져 나왔다.

북풍대는 방패로 적들의 공격을 막고, 멀리 있는 적에는 창으로, 지근거리로 접근하는 적들에겐 도로 공격했다.

창으로 적을 찌르고, 회수하고, 다시 도로 공격하고, 창으로 바꿔 잡는 일련의 동작은 눈부실 정도로 빠르고 군더더기가 없어 그야말로 예술을 보는 것 같았다.

쿠쿠쿠!

그때였다. 갑자기 지축을 흔드는 진동이 산등성이에서 느껴졌다. 철군패와 북풍대가 바라보니 집채만 한 바위가 그들이 있는 곳을 향해 무서운 속도로 굴러 내리고 있었다. 아마 공포에 질린 누군가가 아군의 안위는 생각하지 않고 산 중턱에 걸쳐져 있던 바위를 굴린 모양이었다.

둥근 바위는 무서운 속도로 똑바로 북풍대가 있는 방향을 향해 굴러왔다. 엄청난 무게의 바위에 아름드리나무가 퍽퍽 부러져 나가고 깊은 골이 패였다.

수없이 많은 나무를 쓰러트렸지만 굴러오는 바위의 기세는 전혀 줄어들지 않았다.

"모두 피해라."

"이런 미친! 으아악!"

마해의 무인들이 혼비백산에 사방으로 달려 나갔다. 하지만

철군패를 중심으로 북풍대 그 누구도 굴러오는 바위를 피하지
않았다.

"챠핫!"

철군패가 화왕의 배를 찼다. 그러자 화왕이 오히려 굴러오는
바위를 향해 무서운 속도로 질주했다.

바위를 향해 질주하는 화왕의 몸체 위에서 철군패의 등줄기
가 활처럼 잔뜩 휘어졌다. 머리 뒤쪽으로 잔뜩 젖혀진 철군패의
굵은 팔.

이어, 그의 팔이 바위까지 최단의 궤적을 그리며 무서운 속도
로 쏘아져나갔다.

콰아앙!

천지를 뒤흔드는 굉음과 함께 그토록 무서운 기세로 날아오
던 바위가 부서져 사방으로 튕겨나갔다. 마치 수천 근의 벽력탄
이 터진 것처럼 엄청난 위력이었다.

사방으로 떨어지는 바위의 파편과 먼지를 뚫고 철군패와 화
왕이 모습을 드러냈다. 그토록 엄청난 바위를 정면에서 박살냈
음에도 불구하고 그들은 상처하나 입지 않은 모습이었다. 바위
를 박살내고 무서운 속도로 질주하는 그들의 뒤를 북풍대가 따
랐다.

"하앗!"

"이럇! 이럇!"

철군패와 북풍대는 바위가 굴러 내리면서 만들어낸 고랑을

따라 산 위로 질주해 올라갔다.

그들의 모습을 마해의 무인들이 망연한 시선으로 바라보았다.

"도대체 저런 자들을 어떻게 막는단 말인가?"

북풍대의 엄청난 기세 앞에 모든 것이 추풍낙엽처럼 우수수 떨어졌다. 사람이면 사람, 장벽이면 장벽까지도 모두 철저하게 파괴되고 짓밟혔다. 그들은 한 번도 이런 집단을 본 적이 없었다.

"멸제, 그리고 북풍대…… 이십 년 전의 십전제에 이어 현시대에 이와 같은 자들이 또다시 등장하다니."

겨우 살아남은 자들은 철군패와 북풍대의 신위에 절망했다. 어쩌면 그들이 또다시 마해의 꿈을 가로막고 짓밟을지 모른다는 예감이 들었기 때문이다.

*   *   *

마해의 이차 저지선을 돌파한 철군패와 북풍대는 단숨에 천문산 중턱까지 올랐다. 바위가 만들어낸 고랑을 달려온 덕분에 본래 예상한 시간보다 훨씬 빠르게 올라올 수 있었다.

산중턱에 올라온 이후에도 그들이 전진하는 속도는 전혀 줄어들지 않았다. 그들은 오히려 탄력을 받았는지 무서운 속도로 내달렸다. 예상치 못한 그들의 등장에 등천문에 있던 마해의 무

인들이 극심한 혼란에 빠졌다. 전서구나 화살로 밑에서 보내오
는 소식마다 절망적인 것들이었기 때문이다.

　일차 저지선 붕괴.

　이차 저지선 붕괴.

　삼차 저지선까지 붕괴되자 반대편에 있던 철검당이 급히 북
풍대를 막기 위해 나섰다.

　철검당은 구주천가가 파견한 금황대를 몰살시킨 정예조직이
었다. 그들의 전력은 천문산에 파견되어있는 마해의 조직 중 능
히 제일이라 할 수 있었다.

　"북풍대란 말이지."

　철검당주 철호상이 이빨을 뿌득 갈았다.

　단 하나의 조직이었다. 수도 겨우 이백 명에 불과했다. 그런
작은 조직 하나에 천문산에 파견된 마해의 무인들이 송두리째
흔들리고 있는 현실이 쉽게 믿겨지지 않았다.

　여기에서 철검당마저 무너진다면 더 이상 북풍대를 막을 수
있는 조직은 없는 것이나 마찬가지였다.

　"반드시 이곳에서 그들을 막는다."

　철호상과 철검당이 전의를 불태웠다.

　두두두!

　멀리서 지축이 흔들리는 소리가 들려왔다. 철호상은 본능적
으로 북풍대가 다가왔음을 깨달았다.

　그가 외쳤다.

"전투준비."

처척!

철검당원들이 그들을 상징하는 무기인 철검을 뽑아들었다. 그들은 이미 화살 따위는 북풍대에게 통하지 않는단 사실을 알고 있었다. 화살과 같은 원거리 공격으로 시간을 낭비할 바에는 차라리 전력으로 부딪치는 것이 훨씬 상책이라는 사실을 아는 것이다.

능선을 넘어서 북풍대가 모습을 드러내자 철호상이 외쳤다.

"간다."

"와아아!"

그의 명령에 수백 명의 철검당이 철검을 들고 그대로 북풍대를 향해 달려가기 시작했다.

북풍대 역시 그들을 발견했지만 기세를 늦추지 않았다. 오히려 그들은 더욱 속도를 높여 무서운 기세로 철검당을 향해 부딪쳐갔다.

쿠와아앙!

완만한 산 능선에서 그들이 격돌했다.

정면에서 북풍대를 막았던 철검당원 수십 명이 와그작거리는 소리와 함께 말에 짓밟히거나 날아갔다. 하지만 그 대가로 그들은 북풍대의 전진을 조금이나마 늦출 수 있었다.

북풍대의 속도가 조금이나마 줄어들자 철호상이 소리쳤다.

"지금이다."

그의 목소리가 울려 퍼지기 무섭게 뒤쪽에 있던 철검당의 진짜 정예들이 동료들의 등을 밟고 허공으로 뛰어올라 북풍대를 공격했다.

콰앙!

"컥!"

맨 선두에서 북풍대를 공격하던 철검당원이 철군패의 커다란 주먹에 걸려 바닥으로 추락했다. 일격포에 당한 그의 몸은 본래의 모습을 알아볼 수 없을 정도로 처절하게 짓이겨져 있었다.

철군패가 화왕을 더욱 빠르게 몰며 소리쳤다.

"나 먼저 올라가겠다. 천의, 네가 이들을 처리하고 따라 올라와라."

"알겠다."

철군패는 순식간에 저 멀리 사라져버렸다.

잠시 그가 사라진 방향을 바라보던 양천의가 이내 거대한 대부에 힘을 주며 흉측한 미소를 지었다.

"흐흐! 이놈들 제법이구나."

처음으로 북풍대의 전진속도가 늦춰졌지만 그는 개의치 않았다. 이제야 제대로 된 전투를 해볼 수 있겠다고 생각했기 때문이었다. 사실 이제까지는 너무 쉬워 재미가 없었다.

부웅!

"크악!"

그의 거대한 대부에 걸린 철검당원이 두 쪽이 났다.

적들의 공세가 생각보다 거세지자 북풍대가 창을 거둬들이고, 대신 도를 뽑아들었다. 그리고 하나의 의식을 공유한 생명체처럼 유기적으로 움직이기 시작했다.

백병도(白兵刀)가 본연의 위력을 드러내기 시작했다. 동료의 허점을 완벽하게 보완해주며 위력을 발휘하는 용아도의 모습에 철호상이 이를 뿌득 갈았다.

"이놈들!"

"으하하! 네놈이 우두머리인 모양이구나. 네놈은 내 몫이다."

양천의가 철호상을 발견하고 달려왔다. 그에 철호상이 욕설을 내뱉으며 마주 달려갔다.

"오냐! 나도 네놈이 눈에 거슬렸다."

쾅!

두 사람이 격돌했다.

북풍대와 마해의 본격적인 격돌이 시작되었다.

*　　*　　*

북풍대를 뒤로 하고 달린 철군패는 얼마 지나지 않아 등천문 인근의 수풀에 도착했다. 그는 천천히 말을 몰아 등천문을 향해 다가갔다.

그때 문득 그의 시선에 피로 젖은 나뭇등걸의 모습이 보였다. 마치 본래의 색깔이 그런 것처럼 나뭇등걸은 붉게 물들어 있었다.

"으음!"

그리 멀지않은 곳에서 누군가의 나직한 신음성이 들려왔다. 철군패는 화왕에서 내려 신음소리가 들려오는 곳으로 걸음을 옮겼다.

수풀을 헤치자 거대한 나뭇등걸에 등을 기댄 채 거친 숨을 몰아쉬고 있는 여인이 모습을 보였다. 그녀는 철군패의 등장에 겨우 고개를 들어 바라봤다. 경계할 기력마저 없는 모습이었다.

철군패의 얼굴에 이채가 떠올랐다. 나뭇등걸에 힘없이 기대앉아있는 여인은 그도 익히 아는 사람이었기 때문이다.

"함운월."

"멸……제, 너로군."

피투성이가 된 얼굴로 힘없이 철군패를 바라보는 여인은 사사조 함운월이었다.

몇 걸음만으로 천하의 철군패를 진법에 가뒀던 여인이었다. 그 때문에 철군패는 하루 반나절이라는 시간을 허비해야 했다. 그렇게까지 기를 쓰며 철군패를 막으려했던 여인이 피투성이가 돼서 쓰러져 있었다.

"어찌된 일이오?"

"보면 모르느냐? 나는 죽어가고 있다."

"그렇군."

함운월의 말에 철군패가 고개를 끄덕였다.

어떻게 해서 얻은 상처인지 모르지만, 함운월은 치명상을 입고 있었다. 그녀의 복부를 가르고 지나간 긴 자상 사이로 언뜻 내장이 보이고 있었다. 내장까지 다친 것으로 봐서 그녀가 살아날 가능성은 거의 없어 보였다.

"누구에게 입은 상처요?"

"마해의 십대장로 중 한 명인 검치산에게 당했다. 꼴사납게도 진법을 채 제대로 펼치기도 전에 당하고 말았다."

함운월이 말을 이을 때마다 검붉은 선혈이 입술 밖으로 흘러나왔다. 핏물 속에 부서진 내장조각이 섞여 있었다. 이미 그녀에겐 살아날 가능성이 존재하지 않았다.

"관설은 어떻게 되었소?"

"나……도 그녀를 만나지 못했지만 등천문 안 어딘가에 있을 것이다."

"그녀도 위험한 것이오?"

"어쩌면 위험해질 수도 있다. 하지만 그보다 더 중요한 일이 있다."

"그게 무슨 말이오?"

"이곳 등천문에서 벌어지는 일은 보이는 것만이 전부가 아니다. 저들이 펼친 진법은 단지 겉으로 보이는 것일 뿐, 실제로는 그들은 천하인의 원념을…… 그렇게 되면 천하 자체가 위…… 관설은 몰라. 그들의 진짜…… 관설을 부탁한다. 관설은……."

함운월이 철군패의 가슴을 부여잡고 힘겹게 말을 이었다. 이미 기력을 모두 소진한 그녀의 목소리는 너무나 작은데다가 곳곳에서 끊어져 잘 들리지 않았다. 하지만 철군패는 최대한 귀를 기울여 그녀의 말을 한 자라도 더 담아두려고 했다.

함운월의 음성이 힘겹게 이어질 때마다 철군패의 가슴이 그녀의 피로 붉게 물들었다.

함운월이 마지막으로 남은 기력을 모두 짜냈다.

"제발 그 아이를…… 대사조는 그 아이를…… 그러니……."

함운월의 말은 결코 끝까지 이어지지 않았다. 철군패를 애타게 바라보는 눈빛 그대로 그녀의 숨이 끊어졌다. 죽어서도 그녀는 눈을 감지 못했다. 초점이 사라진 그녀의 눈빛이 무엇을 부탁하는지 철군패는 잘 알고 있었다.

철군패가 손을 뻗어 부릅뜬 그녀의 눈을 감겨준 후 몸을 일으켰다.

그때 낯선 목소리가 들려왔다.

"그토록 발버둥을 치더니 겨우 여기까지 도망쳤군."

철군패가 등을 돌리자 뱀처럼 차가운 눈빛을 가진 중년의 사내가 보였다. 한 점의 군살도 없는 균형 잡힌 몸매의 사내는 무심한 시선으로 이미 숨이 끊어진 함운월을 바라보고 있었다.

그는 바로 마해의 십대장로인 검치산이었다. 그가 함운월의 숨통을 완벽하게 끊기 위해 이곳까지 추적해온 것이다.

철군패는 본능적으로 그가 함운월의 복부에 치명상을 입힌 존재라는 사실을 알아차렸다.

검치산이 철군패에게 물었다.

"그녀가 무엇을 말하던가?"

"알아서 뭐하려고?"

"혹시나 쓸데없는 소리를 들었다면 입을 막아야 하니까."

"멧돼지가 사냥꾼 걱정을 하는군."

"뭣이?"

철군패의 말에 검치산의 눈가가 가늘어졌다. 살기가 동한 것
이다.

"네놈이 멸제란 애송이냐?"

"그러는 노인네는 누군가?"

철군패는 함운월과의 대화를 통해 검치산의 정체를 짐작하면
서도 일부러 그렇게 물었다.

"노인네?"

검치산의 미간이 찌푸려졌다. 지난 몇 십 년간 그에게 이렇게
무례한 언사를 한 이는 없었다. 더구나 반로환동(返老還童)의 경
지에 도달해 지금의 외모를 가지게 된 이후부터는 누구도 그의
본래 나이를 알지 못했다. 그런데 철군패는 일견하는 것만으로
그가 보이는 외모보다 나이가 많다는 사실을 알아차린 것이다.

그것만으로도 검치산은 철군패를 무시할 수 없다고 생각했
다.

"네놈에 대한 소문은 많이 들었다. 하지만 나는 모든 소문이
진실이라고 생각하지 않는다."

"말이 많은 노인네군."

"으음!"

또 노인네라고 했다.

철군패의 말 한마디에 검치산의 살심은 극에 달했다.

"그것으로 네놈의 운명은 결정됐다."

'결정됐다'라는 말이 채 끝나기도 전에 검치산의 몸이 철군패의 시야에서 사라졌다.

쉬악!

공기를 가르는 기파가 갑자기 오른쪽에서 느껴졌다. 어느새 검치산이 철군패의 오른쪽을 점유하고 검을 휘두른 것이다. 검치산의 공력이 잔뜩 주입된 검신이 파르르 떨리고 있었다. 스치기만 해도 치명상을 입을 것이 분명했다.

그러나 철군패는 그의 검을 피하는 대신 주먹을 휘둘렀다.

쩌어엉!

검치산의 공력이 잔뜩 주입된 검과 주먹이 부딪쳤는데 쇳소리가 울려 퍼졌다.

검치산의 검이 활처럼 휘어지는가 싶더니 '텅' 하는 소리와 함께 뒤로 튕겨나갔다. 하지만 이 모든 것은 검치산이 의도한 것이었다. 그는 철군패의 공력이 생각보다 강대하다는 것을 깨닫고 의도적으로 검을 이용해 충격을 분산시킨 것이었다.

검치산이 물러서는 만큼 철군패가 쇄도했다.

쿵!

철군패의 만중보가 대지를 둔탁하게 울렸다. 대지에 깊은 족적을 남기며 철군패가 거대한 충차처럼 검치산을 향해 달려왔다.

검치산이 미간을 찌푸렸다.

"무식하게 힘만 앞세우다니, 무공의 기본부터 다시 배워야 할 놈이로구나."

검치산은 무공은 효율적이며 최대한 적은 힘으로 적을 제압해야 한다는 신조를 가지고 있었다. 그런 그에게 강력한 힘을 앞세워 전진하는 철군패의 모습은 자신의 무공 철학과 크게 어긋나는 것이었다.

쉬익!

검치산이 검을 크게 휘둘렀다. 그가 검을 휘두를 때마다 허공에 검영(劍影)이 가득 생겨났다. 검영은 밤하늘 유성우가 되어 철군패를 향해 떨어져 내렸다.

후웅!

그 순간 철군패의 몸이 두 겹 세 겹으로 흔들렸다.

파형권 궁극의 방어기공인 천공패가 펼쳐진 것이다.

단 한 번의 격돌을 통해 철군패는 검치산의 역량을 읽었다. 적을 알고 자신을 알았으니, 삶과 죽음의 간극에 자신의 온몸을 던진다.

모든 무인이 알고 있으되, 실천은 하지 못하는 수법이었다. 그러나 철군패는 과감히 생과 사의 경계선에 스스로 몸을 던졌다.

쿠웅!

그의 발걸음에 대지가 비명을 질렀다.

만중보로 추진력을 얻은 그의 몸이 무서운 기세로 검치산을 향해 달려들었다. 검치산은 물러서며 검으로 철군패를 견제하려 했다. 우선 자잘한 수법으로 철군패의 허점을 만든 후에 위력이 큰 절기를 펼쳐 단숨에 숨통을 끊으려는 것이었다.

만일 철군패가 보통의 무인이었다면 그의 전법은 분명 먹혀들었을 것이다. 하지만 철군패는 그가 알고 있는 여타의 무인들과 차원이 다른 무인이었다.

쿠콰콰콰!

검치산이 휘두르는 검기를 천공패로 방어하며 철군패는 그의 바로 코앞까지 접근했다.

검치산의 얼굴에 잠시 당황하는 빛이 떠올랐다. 설마 철군패가 이렇듯 무모하게 자신의 몸을 내던져 공격해올 줄 몰랐기 때문이다. 그가 또다시 철군패의 공격을 피해 몸을 뒤로 날렸다. 하지만 철군패가 그보다 더 빨리 접근해왔다.

콰앙!

첫 번째 일격포가 터져 나왔다.

검치산의 검이 크게 휘어지는가 싶더니 막대한 역도를 감당하지 못하고 중간에서 부러져나갔다.

"이런 어이없는……."

콰앙!

검치산의 말이 채 이어지기도 전에 두 번째 일격포가 작렬했다. 그나마 남아있던 검신마저 산산이 부서져 사방으로 비산했다.

쿠와앙!

이어 세 번째 일격포가 작렬했다.

피투성이가 된 검치산의 몸이 뒤로 훨훨 날아갔다. 그 와중에도 검치산은 허공으로 손을 뻗어 나뭇가지를 허공섭물로 끌어당기려 했다. 뒤늦게라도 자신의 최고절기인 이기어검(以氣馭劍)을 펼치려는 것이다.

하지만 철군패는 검치산에게 이기어검을 펼칠 기회조차 주지 않았다. 날아가는 검치산의 동체를 따라잡은 철군패의 손이 타오르는 불꽃과도 같은 자세를 취했다.

검치산의 동체를 향해 떨어져 내리는 철군패의 거대한 손바닥. 그에 맞서 검치산이 급히 호신강기를 끌어올렸다.

퍼억!

그 순간 한 줄기 소성이 울려 퍼졌다.

호신강기를 끌어올리던 자세 그대로 검치산의 몸이 그대로 바닥에 처박혔다. 그의 가슴엔 철군패의 손바닥 자국이 그대로 찍혀 있었다.

파멸력을 담은 일격필살의 초식인 지옥인(地獄印)이었다.

푸스스!

지옥인에 격중당한 검치산의 가슴이 그대로 무너져 내렸다. 내부의 뼈와 장기가 모조리 파괴된 것이다. 그는 단 한마디도 못한 채 그대로 절명했다.

쿵!

그제야 철군패의 동작이 멈췄다.

땀방울 하나 흘리지 않고, 숨소리조차 거칠어지지 않았다.

처음 검치산을 공격해서 그의 숨통을 끊기까지 철군패가 사용한 초식은 네 개에 불과했다.

단 네 초식만에 마해의 십대장로 중 한 명인 검치산의 숨통을 끊은 것이다.

검치산은 대부분의 강호인들처럼 작은 초식을 이용해 견제를 하며 탐색을 하려 했지만, 철군패는 처음부터 자신이 익히고 있는 가장 강력한 수법을 썼다.

그 차이가 두 사람의 승패와 생사를 갈랐다.

함운월은 억울하지 않을 것이다. 비록 그녀는 검치산에 의해 죽임을 당했지만, 함운월의 진에 영향을 받은 철군패가 검치산을 죽였기 때문이다.

검치산의 시신을 뒤로 하고 철군패가 등천문으로 걸음을 옮겼다.

콰앙!

그의 주먹에 등천문의 거대한 문이 산산이 부서져 비산했다.

등천문에 들어선 철군패가 본 것은 지옥 같은 광경이었다.

지옥이 그의 눈앞에 펼쳐져 있었다.
쿵!
그의 거대한 발걸음이 등천문을 울렸다.

제 **9**장

마인불사(魔人不死)

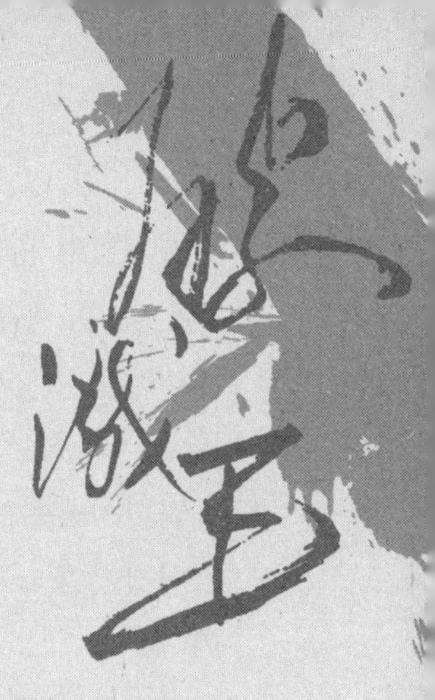

　종제영은 조심스럽게 걸음을 옮겼다.

　그는 지금 기련산(祁連山)을 오르고 있었다. 기련산맥은 새외에서 중원으로 통하는 관문인 가욕관(嘉峪關)에서 남쪽으로 불과 몇 십리 정도만 내려오면 보이는 거대한 산맥으로, 정상에는 한여름에도 눈이 녹지 않고 쌓여 있어 한기가 느껴질 정도였다.

　산 밑에는 초원과 녹지가 펼쳐져 있었지만, 산 정상에 가까이 올라갈수록 추위와 험난한 지형 때문에 나무나 풀들이 살지 못해 황량한 풍경이 나타났다.

　그 때문에 산중턱에 있는 조그만 마을을 마지막으로 더 이상 사람의 모습은 보이지 않았다.

종제영이 향하는 곳은 오래전에 사람의 자취가 끊겼다는 기련산의 한 계곡이었다. 이십 년 전부터 갑자기 안개가 끼기 시작하더니 어느 순간부터는 안개가 너무 짙어져 안의 모습이 전혀 보이지 않게 되었다는 계곡이었다.

몇몇 마을 사람들이 그런 현상에 호기심을 품고 계곡 안으로 들어갔지만, 나온 사람은 존재하지 않았다. 실종된 이들을 찾으러 또 다시 몇 명이 들어갔지만, 그들마저 나오지 않자 인근의 사람들은 이곳을 악마의 계곡이라 부르며 두려워했다.

그래서 붙여진 이름이 마곡(魔谷)이었다.

지난 이십 년 동안 마곡에는 인적이 완전히 끊겼고, 사람들도 더 이상 마곡에 대해 신경 쓰지 않았다. 그렇게 마곡은 사람들의 뇌리에서 완전히 잊힌 장소가 되었다.

종제영이 향하는 곳은 바로 마곡이었다. 악마가 산다고 알려진 계곡을 오르는 종제영의 얼굴에는 기대 반, 두려움이 반 떠올라 있었다.

마곡으로 접근하는 길은 무척이나 험했다. 만일 종제영이 무공을 익혀 몸놀림이 재빠르지 않았다면 벌써 몇 번 추락했을지도 몰랐다.

마곡으로 향하는 종제영의 가슴은 그 어느 때보다 거세게 두근거리고 있었다. 마치 오래전에 헤어진 연인을 만나러 가는 것처럼 가슴이 설레었다.

마곡에 가까워질수록 종제영이 느끼는 한기도 더욱 강해졌

다. 아무리 내공으로 무장한 종제영이었지만, 뼛속까지 파고드
는 기련산의 한기는 견디기가 힘이 들 정도였다. 하지만 종제영
은 그런 한기마저도 기분 좋게 받아들였다.

어느 순간, 종제영의 걸음이 완전히 멈췄다.

그의 눈앞에 거대한 운무가 보였다. 마치 성벽처럼 앞을 가로
막아선 거대한 운무의 벽에 종제영은 압도당하고 말았다.

"이곳이 마곡?"

거대한 운무의 벽에 가려 보이지 않았지만, 이 건너편에 마을
사람들이 말했던 계곡이 있는 것은 분명했다.

"이곳에 그가……."

종제영의 얼굴에 오만가지 감정이 다 떠올랐다. 그는 자신이
느끼는 감정이 무엇인지 생각하느라 잠시 동안 혼란해했다. 하
지만 그것도 잠시, 이내 그는 마음을 다잡고 운무를 향해 걸음
을 옮겼다.

그가 접근하자 운무의 벽이 마치 살아있는 생명체처럼 꿈틀
거리기 시작했다. 마치 낯선 침입자를 경계하는 듯한 모습이었
다.

운무는 마치 늪과도 같았다. 일단 운무 속에 걸음을 내딛자
운무가 끈적끈적하게 달라붙으며 그의 몸을 더듬었다. 종제영
은 이런 경험을 예전에도 한 적이 있었다.

"삼십 년 전, 구주천가의 금지에 처음 발을 들일 때도 이랬다.
안개가 마치 촉수처럼 몸을 더듬고 끌어당겼지."

안개의 바다 속에 들어오자 그때의 경험이 생생하게 되살아났다. 동시에 그의 몸에 소름이 다 돋아 올랐다. 아무리 오랜 시간이 흘러도 당시의 기억은 절대 잊혀지지 않았다. 그리고 오늘 또다시 생생하게 되살아났다. 마치 악몽처럼 말이다.

종제영은 어느 순간엔가 안개가 자신에게 적의를 품었다는 사실을 느꼈다. 맨살에 닿는 안개의 느낌이 소름끼치도록 차갑게 변했기 때문이다. 뒤이어 안개가 무서운 힘으로 그를 조여 왔다.

사방에서 느껴지는 엄청난 압력에 종제영이 급히 외쳤다.

"나다, 이 빌어먹을 주인아. 나 종제영이다."

그러나 안개는 그의 목소리마저도 집어삼킨 것 같았다. 그의 목소리는 안개의 벽을 넘지 못하고 안에서만 메아리쳐 울려 퍼졌다.

스르륵!

"젠장! 내가 왔다니까…… 커컥!"

종제영이 갑자기 입을 떡 벌리고 말을 잇지 못했다. 안개가 그의 숨통까지 조여 왔기 때문이다.

삼십 년 전에도 경험했던 일이었다.

'이것은 분명 무류환허진(無流幻虛陣). 그때도 이렇게 정신을 잃었지. 그리고……'

그의 사고는 더 이상 이어지지 않았다. 그대로 정신을 잃었기 때문이다.

                    *   *   *

　"으음!"

　눈을 뜬 종제영이 제일 먼저 본 광경은 모옥의 천장이었다. 나뭇가지를 얼기설기 엮어 만든 조잡한 천장의 틈으로 밝은 햇살이 새어 들어오고 있었다.

　"여기는?"

　잠시 멍하니 있던 종제영은 맑은 정신이 돌아오자 몸을 일으켰다. 주위를 둘러보자 조잡한 집기가 가득한 모옥의 내부가 눈에 들어왔다.

　직접 흙으로 빚어 만든 듯한 투박한 질그릇과 직접 못질해 만든 것으로 보이는 가구에는 손때가 가득 묻어 있었다.

　"도대체 이곳은……."

　종제영이 머리를 흔들며 침상에서 일어났다.

　자신이 정신을 잃은 곳은 분명 자욱한 안개 속이었다. 그런데 이런 모옥에서 다시 정신을 차리다니 기억이 연결되지 않아 모든 것이 혼란스러웠다.

　그가 누워있던 침상이나 방 한쪽에 놓여있는 탁자나 모두 사람의 손때가 진하게 묻어 있었다. 분명 누군가가 사는 집이었다. 그러나 아무리 둘러봐도 모옥 안에서 집주인의 신분을 짐작하게 할 만한 물건은 존재하지 않았다.

　결국 종제영은 조심스럽게 문을 열고 밖으로 나왔다.

문을 열자 강렬한 햇빛이 그의 눈을 아프게 자극해서 아무것도 보이지 않았다. 종제영은 눈을 가늘게 뜨고 잠시 동안 강렬한 빛에 적응했다.

눈이 적응을 끝내자 드디어 주위의 풍경이 눈에 들어왔다.

"이곳은 도대체?"

그의 눈에 놀람의 빛이 떠올랐다.

신비한 운무가 휘감아 도는 한가운데 맑은 계곡물이 흐르고 있었다. 계곡의 양쪽에는 푸른 초지가 펼쳐져 있었고, 초지 외곽으로는 수풀이 우거져 녹음을 드리우고 있었다. 그리고 수풀 너머로 일렁이는 회색의 안개.

종제영은 자신이 마곡 안에 들어왔음을 직관적으로 깨달았다.

"일어나셨군요, 종 대협."

그때, 종제영의 등 뒤에서 따스한 목소리가 들려왔다.

부르르!

종제영의 어깨에 잔 떨림이 일었다. 지난 이십 년 동안 단 한 번도 듣지 못한 목소리였지만, 듣는 순간 종제영은 그를 기억해 냈다.

종제영이 조심스럽게 몸을 돌렸다. 그러자 허리가 굽은 촌로의 모습이 보였다. 촌로의 손에는 찻잔과 주전자가 담긴 쟁반이 들려 있었다.

"설마 서…… 노인? 당신이 이곳에 어떻게?"

"오랜만입니다, 종 대협."

서 노인이라고 불린 촌로가 미소를 지은 채 인사했다.

이십 년이란 세월 동안 서 노인은 더욱 많이 늙어 있었다. 얼굴에는 주름살이 더욱 늘었고, 허리는 더욱 구부정했다. 하지만 눈빛만큼은 여전히 온화하고 심유하게 빛나고 있었다. 그것만큼은 이십 년 전의 모습 그대로였다.

"어떻게 서 노인이 이곳에? 구주천가를 떠나 은퇴했다고 들었는데."

"저야 죽을 때까지 대공자님을 뫼시겠다고 맹세한 사람이니까요. 그분의 흔적을 찾아 이곳까지 찾아와서 뫼시게 해달라고 졸랐지요."

"그럼, 그 인간도 여기에?"

"네!"

서 노인의 대답에 종제영의 몸에 경련이 급속히 번져갔다. 얼마나 격동이 컸던지 그 자신도 주체하지 못할 정도였다.

"그는 어디에 있소? 그 빌어먹을 인간은 어디에 있냔 말이오?"

종제영의 목소리가 높아졌다. 하지만 서 노인은 싫은 기색 하나 내보이지 않고 손가락을 들어 마곡의 정상에 있는 커다란 바위를 가리켰다.

마치 하늘을 관통할 기세로 서있는 창 모양의 바위였다.

서 노인의 대답을 듣자마자 종제영이 바위를 향해 경공을 펼

쳤다. 오늘날의 무영신투를 있게 만든 극고의 경공술이 펼쳐진
것이다.

순식간에 한 점으로 사라지는 종제영의 모습을 보며 서 노인
이 아쉬운 표정으로 중얼거렸다.

"차라도 들고 가시지."

그러나 종제영은 서 노인의 음성을 전혀 듣지 못했다.

그의 모든 신경은 눈앞에 있는 커다란 바위를 향해 있었다.
창 모양의 바위에 다가갈수록 그의 심장이 금방이라도 뛰쳐나
올 듯 격렬하게 고동을 쳤고, 그의 모든 신경은 예리하게 살아
났다.

바위 근처에 도착하자 그의 발걸음이 점차 느려졌다.

종제영은 호흡을 가다듬으려고 애를 썼다. 하지만 심장의 고
동은 쉽게 가라앉지 않았고, 거칠어진 숨소리는 쉽게 조용해지
지 않았다.

한 발.

또 한 발.

종제영은 조심스럽게 걸음을 옮겼다.

바위에 다가갈수록 그의 눈이 크게 떠졌다.

세상의 모든 전경이 발아래로 내려다보이는 바위의 정상에
그가 있었다.

세상의 끝에서 천하를 굽어보는 남자가.

주위의 어둠이 마치 소용돌이처럼 그의 주위에서 굽이치고

있었다. 유독 그의 주위만 더욱 어둡게 느껴지는 것은 단지 종제영의 착각만은 아닐 것이다.

세상에 수많은 사람들이 존재하지만, 이런 위험하고 어두운 분위기를 가진 남자는 오직 한 명뿐이었다.

종제영의 입이 조심스럽게 열렸다.

"천……우진."

『파멸왕』 8권에서 계속

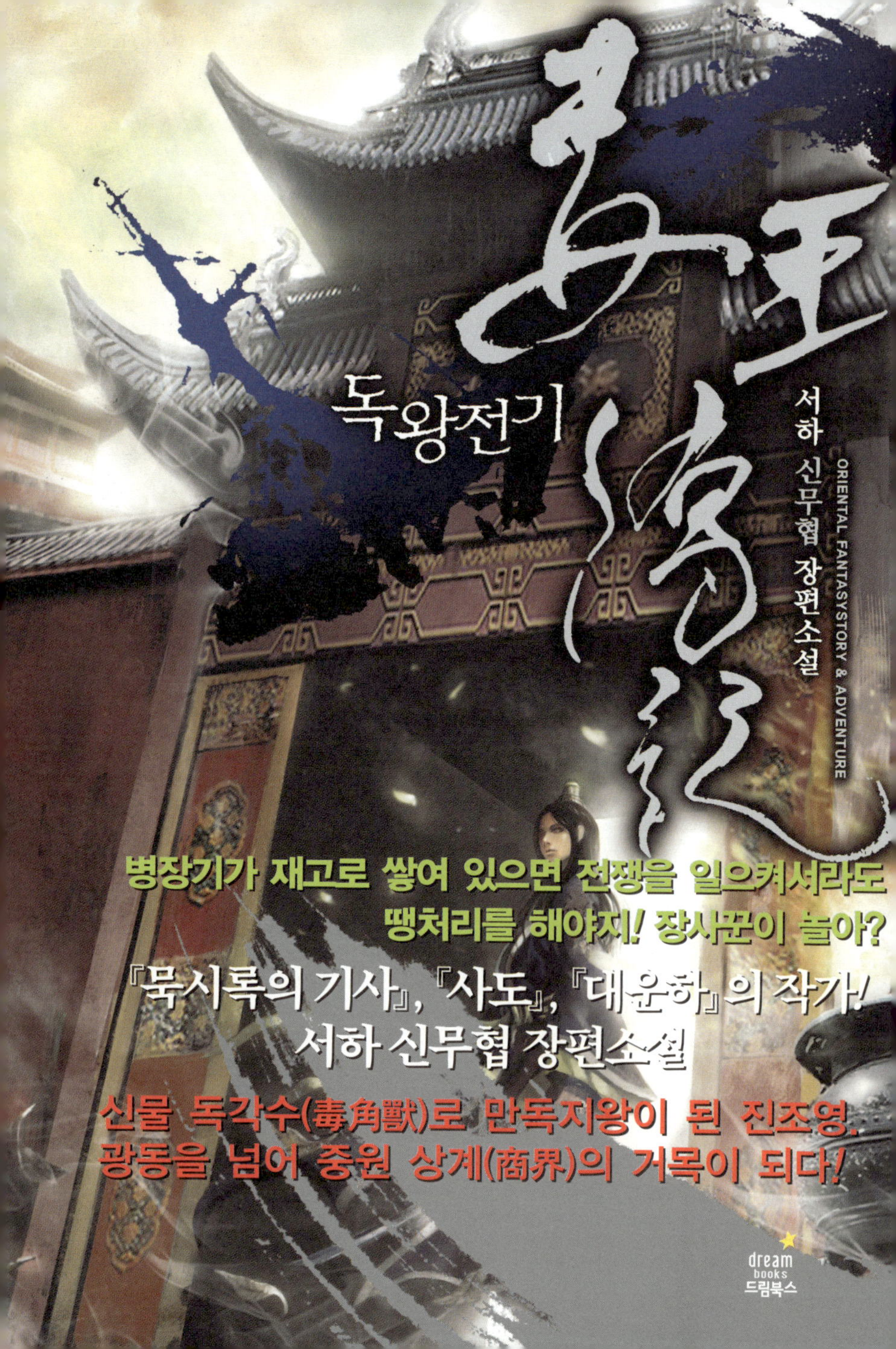

독왕전기

毒王傳記

서하 신무협 장편소설

ORIENTAL FANTASYSTORY & ADVENTURE

병장기가 재고로 쌓여 있으면 전쟁을 일으켜셔라도
땡처리를 해야지! 장사꾼이 놀아?

『묵시록의 기사』, 『사도』, 『대운하』의 작가!
서하 신무협 장편소설

신물 독각수(毒角獸)로 만독지왕이 된 진조영.
광동을 넘어 중원 상계(商界)의 거목이 되다!

dream
books
드림북스

이환 판타지 장편소설
FANTASYSTORY & ADVENTURE

숲의종족
클로네

『은빛마계왕』, 『정령왕 엘퀴네스』의 작가!
이환이 그려간 신비로운 숲의 종족 클로네!

태곳적부터 이어온 클로네와 마물족 간의 대결.
그리고 그에 얽힌 세계의 종말에 관한 비밀!

세계를 구하려면 클로네의 비밀을 찾아야 한다.
운명의 아이, 세이가 그 끝 모를 모험에 뛰어든다!

dream
books
드림북스

천극지서
天極之書
2010년 무협계가 주목한 작가
권인호 신무협 장편소설
권인호 신무협 장편소설
ORIENTAL FANTASYSTORY & ADVENTURE
일류가 삼류에게 패하는 강호 초유의 사태.
모든 것은 한 소년이 쓴 무공서에서 시작됐다!
재미 삼아 쓴 23권의 얼치기 무공서.
세상에 나타나자마자 천하 무림에 파란을 일으키다!
dream books
드림북스